# 零公里

## 我們與幸福的距離

KILOMÈTRE
ZÉRO

MAUD ANKAOUA

莫德・安卡娃 著　　黃琪雯 譯

給每天教導我的你，給我親愛的讀者。
我給出這四十五年來一點點所學的，
希望當中能有某個字眼、某個句子，
為你的人生帶來更美好的時刻。

祝你旅途愉快

CONTENTS

# 目錄

# 1. 遺憾或是悔恨？

包容一個反對者比排斥他需要更多性格的優勢。
——賽巴斯田・普羅佛斯特（Sebastien Provost）

我招了一輛計程車，穿過整個巴黎來到了萬神殿。自從五年前，我到這裡的高等師範學校進行最後一次報告之後，便不曾再到過這裡。由於經費不足，我們便選擇到那些最優秀的工程師學院進行直接遊說，希望能夠吸引一大群高材生到我們創立的工廠：一間充滿天才的新創公司。八年來，只要醒著，我的人一定在工廠裡期待奇蹟發生。在極短的時間當中，我的職位從財務經理，又多增加了法務經理、人資經理與分公司經理，我盡可能地學習，耗費的心力沉重到讓自己幾乎喘不過氣來。

只要再多花一點點時間讓這些文件定稿，我就可以享受幾天的假期了。這一天，就如同每個禮拜四，我提早下班去健身房，根據課程計畫，跑個九十分鐘的跑步機……一半的時間當中，我會胡思亂想作著白日夢，一臉漠然地看著那些輪番使用健身儀器的客人。隨後，我想起還得驗證最近幾次的網路交易。到底有什麼緊急的，讓羅蔓這麼堅持？我都一年沒她的消息了。

「瑪耶拉，我有事情得跟你說。明天早上十點我在烏倫路26號等你。」

「怎麼了呢？週末不行嗎？」

她一再冷冷地說：「不行，因為真的很急。你來就對了！」接著又恢復了原來溫柔的聲音，彷彿就是這麼擅長於轉換語氣，接著沒聽我說就掛斷電話。

我愣了一會兒之後，試著打電話給她，但是卻直接進入語音信箱，最後我發了一封簡訊給她：「明天應該沒有辦法。星期天中午到安潔麗娜餐廳吃早午餐？」這間著名的茶館就位於杜勒里公園的拱門底下，我們以前習慣在那裡共進一點也不早的早餐，聊聊彼此的生活：我們的當務之急；我們的失望；我們的愛情故事，是的，尤其是我們的愛情故事！她立刻回了訊息：「我需要和你說說話，親愛的朋友，我就靠你了！」

羅蔓並不是那種會要人家幫忙的人。這個三十四歲的黎巴嫩女子，無論是社會地位和身材都讓人敬畏三分，只是她的人生並沒有因此而輕鬆，不過，每一次的艱苦都令她更為堅強。

我們倆是在巴黎政治學院認識的。她最後選擇成為醫生。我的事情，她無所不知。她也會告訴我關於她自己的一切；我們倆一直形影不離，也無所不談——除了她在貝魯特的童年。唯一提及的一次，是某次兩人於夜間偷偷外出溜達時，她對我說出那些就像是另一個世紀的事件：戰爭、炸彈、恐懼……而後便不再提及自己的過往。她所散發出的勇氣與力量，深深令我著迷。羅蔓大抵是因為尊重傳統的關係，所以結婚得早。她一連生了三胎之後便投入工作，就像是彌補為了滿足文化需求而失去的時間。時間，她確實成功彌補了。她在五年的時間裡，順利地在一家全球知名製藥集團擔任高級主管。我與她見面的時間少了，但是我可以從報紙上得知她的消息。近幾個月，她幾番主動約我吃午餐，可是我拒絕了。因為那一陣子我的工作也相當繁忙。這次我找不到任何理由推辭，只得投降：

「羅蔓，好，我會到。」

一路車行順暢，不到二十分鐘，計程車已經開過了法國工藝學院。我在克羅德貝爾納路與烏姆路交叉口處下車。由於距離預定時間還有二十分鐘，我趁機在一家小餐館喝了一杯咖啡，前一夜因為對於這場神祕之約的種種猜測所以睡不安穩，此刻藉著這杯咖啡，恢復精神。

餐館裡，除了一名男人端著白色酒杯，懶洋洋地坐在吧台前大談總統對於扭轉危機方面的無能之外，只有我一個客人。穿著民族服裝、身材高大且表情冷淡的男服務生，興味異常盎然地聽他說話。大咖啡壺散發出的香氣，混合著廚房的味道，讓今日特餐完全走味：如石板上寫的週四燉肉，便調入了潮濕地板所蒸散出的漂白水氣味。服務生立刻端上我點的咖啡，再將帳單放在桌上之後，便繼續與吧台的那名客人熱切討論。

我沉思著。羅蔓的語調與平日不同。這場平日中午的約會實在太不尋常了，完全不像她的作風。她究竟有什麼重要的事情要跟我說的？為什麼偏得要今天呢？

九點五十五分。我走出小餐館，橫越馬路，踏上了秋天的街頭。梧桐樹葉隨著四三拍圓舞曲的節拍舞動：我的左腳踏散了樹葉，右腳讓舞動繼續，不停迴旋的風再將葉子們帶回我的跟前。儘管天空蔚藍，可是屬於這個季節的晨間涼意是騙不了人的。

我走上烏姆路，在高等師範學校的某個入口前停下了腳步。當我還是學生的時候，多虧一個喜歡上我的師範生，所以拿到了一張門禁卡，讓我得以在一年的時間當中好好利用未曾公開的手寫檔案，以及發生幾場火熱的邂逅！我很訝異羅蔓竟然要約在這個我們倆不曾再一起回來的地方。

黑色的鐵柵欄前，當我的視線停留在「45」這個號碼上，回憶便原封不動地逐一浮現腦海。羅蔓於前一夜指明的是「26」號，而不是「45」號。我多等了五分鐘，卻還是等不到她，才走到26號前。羅蔓這個人一向不遲到，所以也受不了別人遲到。我遠遠地看見她對我揮手，於是加緊了腳步。她一身休閒打扮，這完全不像她。黑色亮面風衣、緊身牛仔褲、高筒運動鞋，看起來就像是準備要去森林健行一樣。斜垂的灰色羊毛無邊軟帽遮住了她部分的眼睛，也更加深了我的疑惑。我上前摟住她，而她也一如往常地緊緊地抱住了我。「啊，這麼神神祕祕是怎麼一回事？有什麼重要的事情要跟我說嗎？我人雖然來了，可是我今天早上其實沒有什麼時間，工作就是這樣啊，你知道的。」

羅蔓聽我把話說完。她那精緻的臉孔，平滑的棕色肌膚，以及溫柔而堅定的眼神打動了我的心。這個早上的她，儘管可以感覺得到她所散發出的力量，整個人卻顯得柔弱。她剃光了眉毛，改以眉筆畫上。我心裡覺得可惜，但並沒有讓她知道。她朝26號的方向撇頭當作回應。我朝那個方向看過去：一大塊以白色字體寫著「醫院」兩字的灰色板子高踞入口大門之上，旁邊是「居里學院」的浮雕標誌。這是我頭一次看見這棟面積佔據三分之一條道路的巨大建築物。

「我們來這裡做什麼？」我的血液凝結。我感覺一股電流穿遍了全身。我愣住了，張著嘴說不出話來。我試著從軟帽的大線圈中看她的漂亮黑色捲髮，可是卻什麼都沒看見。我摀住了嘴遮掩自己的詫異。我的雙眼無法從她的臉上移開。淚水滑落，話語哽在喉嚨裡。她一把摟住了我，喃喃地說：「你還是這麼地聰敏！」

幾十年來，居里學院致力於抗癌醫療，因此很容易進行聯想。我用盡體內最深處的氣力，不讓自己被情緒淹沒。我的雙腳想要逃避，但我不讓它們擅自決定。「該死，羅蔓……不要是你！」她無可奈何地看著我，說：「瑪耶拉，對，是我，跟其他人一樣。」

她語氣堅定地繼續說：

「嗯，我要你來這裡，不是要你來可憐我的命運。我知道你趕時間，我也要去做化療。陪我去，我同時也可以跟你解釋我為什麼打給你。」

「化療？」

「對，不過別擔心，那又不會傳染。跟我來吧，我要遲到了。」

我跟著她走，心裡依然感到震驚。經過櫃台的時候，羅蔓並沒有停下腳步。我注意到了醫院所散發出的氣味。這種混合了消毒劑與痛苦的氣味，讓我對於小酒館之旅感到後悔。我不知道我們倆當中誰病得比較嚴重，但是就此刻而言，是我！

走過了一段幽暗、像是永無止境的通道之後，我們來到了某種壓力艙前。一條二十公里長的戶外走廊，連接了兩棟大樓。羅蔓短暫地休息了一下。化療中心位於另一區。陽光自玻璃天橋照了進來，可是我卻感覺自己正走在死亡通道上。我的雙腿猛烈地顫抖，我的心跳逐漸加速，我的胃也麻痺了。我們遇見了第一位女病人。她沒了頭髮、眉毛與睫毛。接著是第二位女病人。她的手上還吊著點滴，賣力地呼吸著。她微微一笑。羅蔓也不假思索地回以微笑。我不敢抬起頭來。我咕噥著「早安」兩個字，但聲音卻深深地沉在喉嚨底。

通道盡頭，兩排四連座的椅子背對著我們。我坐上第一張椅子，想要讓心情平靜下來。與此同時，羅蔓向一位名叫卡洛的祕書報到。她客氣地說：「早，我把籤條給您。」羅蔓語氣中透露出的信任與喜悅令我困惑，彷彿心裡毫無恐懼，而且聽上去就像是專櫃小姐建議客人去試衣間。「小姐，加油喔！」

羅蔓向她打過招呼之後便轉過身對著我說：「你來不來？有點遠喔。」她趕忙走上對面的走廊。我要如何才能有力氣站得起來；才能有力氣面對這場痛苦？我並沒有準備好要面對這一切。我的肌肉僵住了。我在椅子上無法動彈，幾乎昏厥。羅蔓回過頭來，驚慌地跑向我。

「你是不是不舒服？你的臉好蒼白，要不要喝一杯水？」

「不用……呃……好，這實在有點突然，我完全沒想到……」

我的思緒混亂。頭疼讓我的狀態百分百地可悲。「要是你比較想在外頭等，那我晚一點再過來找你。除非你沒有時間。」沒等我回答，她一把跳起。「我去給你倒一杯水喝，等我。」

卡洛走了過來，在我的身旁坐下。

「別擔心，第一次通常都是這樣，然後就會習慣。」

「習慣？習慣什麼？」

「習慣氣味、習慣其他病人的外表……習慣不把他們的痛苦掛在心上不放。撇開外表，剩下的就只有事實：與病魔對抗。唯一能夠幫上你朋友的方法，就是相信她，給她亟需的力量。」

「我很想，可是我不知道自己能不能給她需要的力量。」

「既然她選擇了你，就表示你一定有的！這半年來，我每個星期都看見她帶著同樣的鬥志與微笑前來。就我的經驗來說，這樣的病人會恢復得比別人好。我們這裡治癒了超過八成的乳癌病患。她來對地方了。」

「相信一定是這樣的，只是……」

「生病的人是她，不是您！這是第一次有人陪她來這裡。您能夠將美好的意象傳達給她是件相當重要的事。」

她拍拍我的腿。「好了，打起精神來吧，她就要回來了，你要堅強，因為她需要你！」卡洛坐回辦公桌，而我也重新打起了精神。她的話語讓我得以理智思考：我應該要能夠讓她依靠，因為生病的人是她。只是平常都是獨自前來的她，為什麼要選這一天帶我來呢？

她端著一杯水再次出現在我面前。

「我應該要事先跟你說的。」

「不是啦，我只是有點中暑而已。你知道我向來不喜歡醫院的！」

我一口氣把水喝光，而後站了起來。羅蔓的臉冒著汗珠。這一次似乎輪到她不舒服了。她脫下大衣，將大衣披掛在手臂上。

「你怎麼了？怎麼流這麼多汗？」

「我覺得很悶。我不確定你有沒有準備好看見我現在這個樣子。」

「別開玩笑了，我知道你是什麼樣的人：一位將會突破難關的女鬥士。拿下你的帽子，我們一起去打仗吧。兩個人會比單打獨鬥還有力量。」

我調整自己，不讓自己因為看見她那光禿禿的頭顱而軟弱。她摘下帽子，低垂著頭，以免承受我的目光。我抬起她的下巴，把她的臉挪正。「你的頭形很美，真是幸運！你看起來好像電影《V怪客》裡的娜塔麗・波曼喔。一樣的性感、一樣的微笑，一樣的火辣！」我抱住她，在她耳邊說：「癌症沒辦法毀了我們的人生！」卡洛暗暗地對我眨了個眼睛。我也眨眼回敬。「來吧，羅蔓，開始了！跟我說是怎麼發生的。」她笑了，同時把我摟進懷裡。在向一位護理師報到之後，她坐在我的身旁等候。

「告訴我……你是什麼時候發現的？已經多久了？」羅蔓便開始從頭詳述一開始的疑惑、檢查、等待檢查報告的焦慮、宣判、戰鬥、苦痛、後果、恐懼……我聽她說話，想像她到底承受些什麼時，一位穿著白袍叫巴絲卡的女士宣布治療開始。

「這一次有人陪你來啊？」

「是啊，很久沒像這樣來場女生之間的小旅行了……」

羅蔓眨了眨眼睛。我們走進了一間公共大廳。那裡的每個空間都有屏風遮擋視線，保護隱私。我們每個人各就各位：羅蔓躺著，裸著肩膀與上胸部，露出了導管；巴絲卡備著混合藥劑；而我呢，坐在一張扶手椅上，感覺自己隨時都會昏倒……

「上星期您打了紫杉醇，今天，就比較輕鬆一點，只打癌思停而已。」巴絲卡手裡拿著一大只針筒靠近羅蔓。

「準備好了嗎？」

「準備好了。」羅蔓咬著牙回答。

她用力地深呼吸。我也跟著深呼吸，用力鼓起我的胸膛。巴絲卡一下就將針筒插進導管裡，接著將幾個裝了液體的袋子掛在與智慧型點滴相連的靜脈輸液上方，而後開始進行設定。「女士們，你們有半小時的時間聊天了！要是有需要我的地方就招手。」

羅蔓看起來沒有痛苦的樣子，她利用遙控器將病床的靠背升直，接著給了我一個同情的微笑。

「就知道你會照顧我。我讓你忍受並不容易忍受的事情，不過我有一件很重要的事情需要你的幫忙。」

「好啊，什麼事情都可以！」

我提起扶手，將屁股底下的椅子盡可能地拉往羅蔓身邊。她低垂著頭。「除了你之外，我沒有人可以找了。」我開始擔心起自己沒辦法達到她的期待，於是專心地注意她的嘴巴。

「你還記得去年我們見面的時候，我加入一個遠赴加德滿都出任務的研究團隊嗎？我本來應該要在那裡待三個月，結果一抵達那裡的兩個星期之後，我的婦產科醫師傳來訊息，將我出發前的檢查報告內容通知我。結果就是現在這樣……」

「癌症？」

「對。我整個人詫異極了。我把這件事告訴一位美國教授傑森。他在加德滿都已經住了五年。他向我提到一種尼泊爾的祖傳方法可以透過意識與改變心靈狀態，達到治癒的目的。」

我皺起眉頭。羅蔓繼續說：「好幾本書都提過那種方法，可是對於內容卻隻字未提。

他向我坦承線索很薄弱，但是他堅信那種方法將會改變整個世界：而這也是他到尼泊爾的目的。」羅蔓順過呼吸，同時將襯衫拉高至胸前。「在一次晚餐的時候，他將自己所收集到的一些令人不安的事件告訴了我：彼此距離遙遠的國家在不同的時期都同樣提過這種認知。」

我狐疑地將整個身子縮進了扶手椅，交叉起雙腿：

「這些年來都沒有人找得到？」

「對。有好幾位研究員功敗垂成。目前最可能的假設是，由於尼泊爾與中國發生了衝突，政府因此將那本文集藏了起來。」

我聽著她說話，卻不明白她到底想要說什麼，也不明白她對我期待著些什麼。

「我決定上大使館，並且位於加德滿都的所有部會進行一連串的會面，可是沒有人聽說過那本文集。可是每當我提起這個話題時，不少人都顯得相當關切。接著，我的醫生要我回法國開始進行治療。」

「所以你已經盡力了！」

「還沒完呢。在我離開的前一天，一個男人在飯店大廳裡將一封信交給我之後，立刻拔腿就跑。」

「你的故事就像是一場全新的尋寶歷險……」

「瑪耶拉，我是認真的！」

「抱歉，好，我聽你說，只不過還是得承認……」

她的眼神嚴厲了起來，我不敢再挖苦她。羅蔓從包包裡拿出一個信封，然後把裡頭的東西給我：一張皺巴巴的紙，上頭以道地的英文寫著：「請把您的尋覓都拋在腦後吧，因為那只會為您帶來煩惱。」

她似乎很掛意這件事，可是我也懷疑是不是治療的副作用讓她胡思亂想。她猜出了我的想法。

「我知道你覺得很荒謬，我自己也是懷疑了好幾個星期。」

「坦白說，你應該要的！」

「我和傑森保持聯絡。儘管不斷地收到警告，他還是繼續搜尋。每一封匿名信都證實了這個傳說的真實性。而種種發生的事件讓他更有理由相信。前天他打電話告訴我說，自己拿到了那個方法的複本，並且準備交給我。就如同我們所懷疑的那樣，他發現政府把手稿藏了起來，因為所牽涉到的金錢利益龐大到無法讓藥品販售數字有下降的危險。這種與預防治療的思維相關的方法一經披露，會使相關領域的利益平衡受到質疑。」

「等一下！在利益失去平衡之前，還會有好幾年的時間！我最近才讀到全球藥品市場的營業額估計超過八千五百億美元，相較於二十年前，增加了四倍之多，而且還持續不斷攀升，關於這個，你知道得比我清楚……」

「所以呢，想像有一種方法會使這種趨勢減緩，整個世界的經濟就將會受到影響。」

「羅蔓，你得客觀一點！那可是些古早時期關於思維、形象化、轉變的技巧。你以為一份手冊可以改變一切嗎？」

「是的，透過全球意識當然可以。每個人缺少的是一個方法。」

我嘆氣。

「好吧。那你要我做什麼？」

「你把那份手冊帶來給我。瑪耶拉，你明白嗎，那份手冊可以把我治好！」

「可是羅蔓，你不應該盲目相信這些故事！你應該信任醫學，然後繼續奮鬥。現今大部分的乳癌都能夠治療，而且你也找對了方向。現在有我在，我們倆同心協力，絕對是贏定了。」

「我想要把握住所有的機會。要是那對我來說不重要的話，我就不會問你了。」

「我知道，可是我認為你把自己捲入了一個荒唐的故事裡，而你也因為相信這個故事所以感覺安心。這我懂。可是你必須實際一點。你得集中所有的精力在具體的東西上——我是指化療、休息——並且讓醫學發揮它的效用。」

羅蔓用娃娃音問我：

「你要跟我去嗎？」

「當然不要！」

「啊，我最後一次請你幫忙不知道是多久以前的事了？」

她的音調變了。我瞭解她這個人好鬥得像一頭面對獵物的獅子。獵物毫無逃生的機會。她的問題一針見血。我真的不記得這些年來，她有哪次開口要求我幫忙了？我垂下眼，她彷彿要給我致命一擊似的，代替我回答：

「從來沒有。瑪耶拉，我們當了十六年的朋友，我從來就沒有要求過你幫任何的忙。」

「是沒錯，可是羅蔓，我如果答應了，就表示認同這些故事，但我完全不想對你說謊，你明白嗎？」

她別過了眼。我握住她的手。

「讓我想一想，等我放完假，我們再談這件事。」

「要是你不立刻就去度假的話就太遲了。這件事可是攸關生死。」

「可是我沒辦法啊！」

「生命只不過是一連串的選擇。」

「你別說了，我已經認不得你了，你讓我覺得害怕。你跟那個男人根本不熟。」

「選擇權在你。」

與此同時，智慧型點滴響了。巴絲卡立刻出現。她關掉通知鈴，記錄螢幕上的資料，而後拔針。「小姐們抱歉，得讓出位置給其他人了。」她看著羅蔓：「我們下週見了。」再對我說：「下次見。」我們倆默默地走到醫院出口。

羅蔓堅持載我回家。車子裡一片沉默，好久之後，她才憂心地坦承：「我很想去，可是我有療程得做，走不開。」然後沒再說話。過了一會兒，因為等不到我答話，所以她又說：「我其實有做好那個方法對我無效的心理準備，可是我想要確認自己真的什麼都試過了。」我們抵達了目的地。她停車，從手提包裡拿出一個信封給我。

「當你決定好了之後再打開來看。答應我在那之前，你不會先打開來看。」

「我想我今天已經受夠了猜謎。跟我說裡面是什麼吧。」

「答應我！」

「好啦好啦！」

我的朋友一個勁地抱住了我，同時在我耳邊拉長了音說「謝謝」。並加了一句：「我好愛你。」我親吻了她的臉。她如此表達情感實在令我訝異，因為她一向是個羞於表達情感的人，我不知如何回應。我一手拿著那個信封，往羅浮宮的方向走，一手向她揮別。我感覺得到她的目光在我背後跟隨許久。

這一個早晨讓我整個人昏昏沉沉的。我穿越了杜勒里花園，往我那位於馬德蓮廣場附近的辦公室去。時間剛過了中午不久，但這是我第一次沒有任何飢餓的感覺。我跟著陽光走，直到羅浮宮的方形廣場，接著是那座倒金字塔，再來是卡魯索凱旋門，最後到了那座圓形水池。這一天，應該只有我一個人對這個景致優美的地方視若無睹吧。眼前出現一張椅背斜向陽光的矮椅子，呼喚我坐下休息一會兒。我不想抗拒。我將身子深深地坐進椅子，疲累地閉上雙眼，臉無力地朝向那顆火熱、暖和了空氣溫度的星球。風停止吹送，溫柔地撫著我的臉。我打起盹來，直到四個年輕觀光客的笑聲響起才醒。我坐直身子，同時在大衣口套裡找出設定成靜音模式的手機。三十五通未接來電、四十八封e-mail，十二則簡訊，以及三個約會提醒。我跳了起來，趕忙從協和廣場離開這座花園。百年老樹的樹葉邀請我再跳一次圓舞曲，可是我已經沒有心情玩樂。我忿忿地用力一腳踩散落葉。我邊走上羅亞爾路邊聽著累積的語音訊息。

電梯門才一打開，接待小姐便立刻跑向我。

「瑪耶拉，董事長一直在找您。我打了好幾次電話給您耶。」

「我知道。請通知他我到了。」

我走過第一個開放空間，業務經理走上前。「還好嗎？遇到了什麼問題嗎？皮耶找你呢。」

在這八年當中，我確實不曾在未通知任何人的情況下，人不在公司超過兩個小時。至於訊息呢，手機總不離手的我，習慣在十五分鐘之內回覆。

在三名擔心我的同事攔下我說話之後，我走到了我的辦公室。我推開門，打開電腦。螢幕的亮光令我目眩，加劇我的頭疼。過了兩分鐘，皮耶怒氣沖沖地進門。「瑪耶拉，你在搞什麼？我們今天早上應該要為了向投資者報告做準備，提醒你，我們星期一就要與他們會面了！」

這一百個月來，我和這個四十三歲的男人努力地思考公司策略，而每一天，我都為了公司策略奉獻生命，但是現在他卻問我到底在做什麼！我確實一個早上的時間都不在，也確實該罵。當然，他沒辦法明白，就在前幾個小時當中，我為人生設定的所有優先要務都化為烏有。我看著這個人多雜亂的螞蟻窩——我自己也是其中重要的一分子——可是一切的感覺已不再相同。羅蔓佔據了我的所有思緒，以致於我已經分不清罹患癌症的人是她還是我。

我情緒崩潰地哭了。皮耶見狀感到不安。他換了口吻：「瑪耶拉，好了，好了啦，別這樣，你知道我這個人脾氣發作得快，你也已經習慣我這樣了啊。」我止不住淚水。他尷尬不已。

「發生什麼事了？」

「我很累。我要回家。別擔心，我明天會到，而且會把一切都準備妥當。」

「我擔心的不是會議，而是你。你今天早上發生什麼事呢？」

「一場海嘯。不過我現在沒辦法說。」

「你知道有我在。你想的時候可以打電話給我。你需要多久的時間都沒關係，我會想辦法應付投資人。」

我讓自己鎮定下來，同時向他道謝之後，便收拾東西回家。

天空突然暗得嚇人，預告一場暴雨即將來臨。我在我家那棟樓的大廳快步爬樓梯上二樓，然後穿上暖和的衣服窩在沙發上。

怎麼可能？僅僅兩個小時就足以打亂我的日常生活。羅蔓所說的字字句句在我腦裡迴響。她說的「這攸關生死」是什麼意思？這些年來，她確實沒有要求過我什麼。她的存在與對我表現出的忠誠，無論是在順境或是逆境，都不曾減少一分。要如何拋下一切去尼泊爾呢？我甚至連這個國家位於喜馬拉雅山的哪個位置都不清楚。而且目前我的工作沒辦法請假，要如何拒絕我最重要的朋友呢？另一方面，我又要如何接受這個荒誕奇妙的故事呢？可要是我是她的話，我也會隨便緊緊攀住什麼不放吧。

隨後的三個小時當中，那些沒有答案的問題不停地在我腦海翻騰。可是我打從心底明白，要是我的朋友有任何不測的話，我這輩子永遠不會原諒自己沒有嘗試這個機會。我思索著這個抉擇，考量接下來幾天的緊急狀況：就如皮耶所說的，他可以在沒有我的情況下獨自撐個幾天，而且我自己可以決定是否取消假期。至於其他的事呢……沒有什麼其他的事了！

我相信羅蔓對於那個方法的真實性與神奇威力上，選擇自欺欺人，可是我又無法忍受自己沒有滿足她的要求。我又花了一個小時猶豫，隨後下了決定。我無法逃避。

我的胃咕嚕作響：那是如釋重負的信號！我在兩片吐司上抹了鱈魚子醬，擠了幾滴檸檬汁後，送進烤麵包機，再給自己倒了杯白酒，而後一口氣喝完。我再倒了第二杯，然後躺臥著品嚐我的點心。酒精稀釋了我的思緒，讓我的身體變得輕盈。突然之間，我想起和羅蔓分別之際，她所交給我的那個信封，立刻從床上跳了下來。當時我把信封塞進了口袋裡，然後就忘了這回事。她要我答應在下決定之後才打開來看。現在這樣算嗎？我是不是太急了？

俗話說，思考需要一段時間。要是這俗話說得對的話，我應該先等待一段時間再打開信封看。我把那個信封放在面前的廚房小吧台上。我坐在高腳椅上，再次認真思考。在反覆思考了同一個問題幾千幾百次之後，我確定了：一趟來回旅程抵過無止境的悔恨！我撕開信封，一張飛往加德滿都、上頭寫有我姓名的機票，以及一張羅蔓寫給我的信從打開的信封中露了出來！

「瑪耶拉：

我知道你不會拋下我不管的。要不是這件事非常重要的話，我也不會請你幫忙。就如同你從那張機票上看到的，要是你想和傑森見到面的話，就得明天出發。」

「明天？她瘋了不成？」

我拿起電話。「羅蔓，當你聽到留言之後，請回電給我。我已經準備好要去加德滿都了，可是不是明天！」機票上的出發時間寫著：十五點四十分於戴高樂機場。這不是開玩笑吧？

我繼續看下去：「他會在加德滿都等你，不過他不會在那裡待上太久。他會親手將那份文集的副本交給你。我替你在一個名叫瑪雅的朋友那裡訂了一間房間。她在滿願塔開了一家名為曼陀羅的旅館，地點就離機場不遠。你只要說旅館名字，所有的計程車司機一定都會知道。好好利用週末的時間參觀那座古老城市吧。瑪雅會很樂意給你建議的。

每次做完化療之後，我就會到山林野外去，在副作用出現之前與世隔絕。你在抵達加德滿都前是聯絡不到我的，不過我會打電話給你。你下這個決定令我很開心，也會為了能夠擁有像你這樣的朋友而感到驕傲。愛你。

羅蔓

P.S. 好好照顧自己，並且……帶能夠禦寒的衣物，當地的夜晚會『很』冷。」

出發時間預定在幾個小時之後，中途會停靠卡達首都杜哈市，而後於隔日早晨十一點飛抵加德滿都。我整個人慌了起來。我試著打電話給羅蔓，可是電話才一接通，便立刻轉到語音信箱。我迷迷茫茫地又把這封信看過一遍。真是一場惡夢啊！我已經後悔做這個決定了。到底我讓自己陷入了什麼樣的窘境啊！這一整天所發生的事情讓我精疲力盡，我勉強入睡。凌晨四點的時候，羅蔓說的那幾句話：「我需要你幫我一個忙」、「我們當了十六年的朋友，我從來就沒有要求過你幫任何的忙」、「我想要把握住所有的機會」、「愛你」，以及卡洛所說的：「她選擇了您」、「您能夠將美好的意象傳達給她是件相當重要的事」……這些話擾亂了我的睡眠。

我再也睡不著，於是起床。只剩幾個小時可以整理行李了。

在開往機場的計程車上，我給皮耶傳了一封簡訊，告訴他自己很快就會回來，好讓他安心。

§

飛機穿透了厚厚的雲層，將毛毛細雨與我的迷惑都留在了巴黎。

# 2. 以孩童的眼睛看

我們把自己的處境看做是天堂或是地獄，皆取決於我們的觀點。

——佩瑪．丘卓

一名身材矮胖結實的尼泊爾人問我：「簽證呢？」身上的軍服令他汗如雨下。我聽不懂他用粗略的英語說什麼，不過我知道要是沒有簽證的話，我就進不了這個國家。而當然了，我沒有。儘管我問海關人員要怎麼辦，他卻只是把我的證件還給我，同時以手勢示意下一位旅客上前。幸好一位法國女性的出現解救了我：「要是您在出發前沒有申請簽證的話，就去右邊的辦公室。他們會跟您收五十美元。」

然而當我看見櫃台後方排隊的人龍之後，原先的興奮一掃而空。我得等了差不多二小時才能夠走出機場。

我尋找著計程車。幾個年輕的西藏人圍著我，想要替我拿行李，可是我不願意放開手。一群孩子試著向我推銷他們的商品。我一個動作就足以把他們推得遠遠的。那正好！這種需要談判個十分鐘才能通過的國家，實在令我受不了。

我看見右手邊聚集了一群司機。二十幾輛一模一樣的白色車子，停成了三排。我向第一個司機用英文說話。他打手勢示意他的同事載我。那個人連忙將我的行李放上了車頂的行李架，連固定起來都沒有。我很訝異，但也沒有表示什麼意見。因為我沒有力氣爭吵。

他替我打開後座車門。車門發出吱嘎聲，可想而知這輛車子已屆高齡。我鑽進後座，坐上以紅黃網眼羊毛毯護住的人造皮車椅。他繞到車子另一邊，坐上駕駛座，接著轉過頭朝我微笑。他含糊地以英語問我：

「早安，女士，您想去哪裡？」

「請載我去滿願塔。」

「佛塔嗎？」

「不是，我要去滿願塔的曼陀羅旅館。」

「沒聽過。不過佛塔附近有很多旅館，應該就是其中一間吧。女士，我們出發吧？」

我茫然地望著他，完全沒預料到他如此遲疑。羅蔓明明在信中寫著所有人都知道那間旅館的啊……男人猛力發動車子，在汽車、腳踏車、卡車之間穿梭，掀起了一陣跟在車後不散的煙塵。我一定是遇上了唯一不知道那間旅館的司機，可真是幸運啊。他車子的開法讓我心臟很不舒服，雖然我禮貌地掛著微笑，可是我覺得自己越來越想吐。當我將注意力轉移到馬路上的時候，一幕幕不可思議的光景在眼前輪番上演：右邊，一張雙人床墊捆在一個摩托車騎士的背上；左邊，一輛機車載滿了一家大小：最年幼的那個坐在車頭上。在他背後與騎士之間夾著另一個孩子。一個小女孩坐在最後頭，用力地摟著爸爸的腰，免得機車一加速就被甩出去。行人的每一步都得冒著生命危險，可是卻顯得毫不在意。那裡，一頭牛吃著探出人行道的草，接著消失在車陣之中。一個老人用拐杖指著一個騎腳踏車的年輕人，罵這個不謹慎的年輕人騎車撞了他。

幾個小時，幾個字詞，就足以把我那無菌的世界丟進了一只巨大的垃圾桶裡；眼前是個黃沙飛揚的戰場。然而，我到底在這裡做什麼？十分鐘後，眼前上演的眾生百態戛然而止。車子已經開到那座著名的佛塔前了。

「您從那個大門進去，然後您要找的旅館大概就在您的右手邊了。」

「您確定？」

「對，我覺得就是那裡！」

他對著跳表拍了拍。在這趟瘋狂兜風的旅程之中，跳表的線路斷了。最後，他收了我三百盧比（相當於二點五歐元）。我二話不說地付了錢，拿下了還僥倖躺在車頂上的行李。我的司機朝我揮了揮手，同時飛速開走了。爭先恐後的行人推擠著我。我拖著行李，奮力地為自己開出一條路。許多人邊喃喃誦經邊搖著轉經筒與鈴鐺，以順時針的方向繞著佛塔走。我驚恐地看了他們一會兒之後，將行李拖在身後，反方向地走入人群。線香的氣味，自一些販售佛塔主題紀念品與其周邊商品的小鋪中飄散出，飄散在街道上方。攤商圍繞著廣場。他們面向佛陀而坐，等待著想要購買新念珠的僧侶，以及為這個地點所吸引而來的遊客。當我朝著一條死巷走時，看見了那家旅館的招牌。我推開柵欄，穿越草木繁盛的花園，來到了一棟樓房前。萬籟瞬間靜寂。十幾張鐵圓桌散置在草坪上晒著太陽。一名年輕女子雙手合十地歡迎我，隨後朝我點了點頭，說：「Namasté您好！這趟旅程還愉快嗎？」她的法語聽起來很有學問，而且腔調很重。

迎賓大廳頗為簡樸：一個充作辦公桌的吧台；兩張破舊的扶手椅圍著一張同樣狀況老舊的三人座沙發擺放，櫃台右邊堆疊著行李。我急著想洗個澡休息，於是斷然結束談話：「一個朋友用我的名字：瑪耶拉．卡尼爾，替我訂了一間房間。」

接待員察看了記錄，接著以英語說：「對，您的房間已經準備好了。在二樓。要是您想用午餐的話……廚師還要一個小時才會離開。我可以讓您在花園用餐。」我點頭表示同意。

「下午五點以後就有熱水。」

「五點？什麼意思？」

「是的。我們是利用太陽能把水加熱。我們的設備齊全，所以可以比其他人更早啟動太陽能發電氣球。」

比其他人更早？要是在別的旅館的話，會是什麼樣的狀況？

「這就是為什麼我們的住客都很滿意。我們在去年的時候，大力投資這套現代化系統。」

我疲累不堪地嘆氣說：「很棒。謝謝。」

我接過她遞來的鑰匙。

「還有一件事：我們這裡每天經常會斷電。」

斷電？太讚了吧！

「不過別擔心，斷電時間都是事先就規劃好的。」

事先？啊，是啊！

「今晚斷電的時間是從七點到十點。床頭櫃上有蠟燭。」

我無力地望著她。我不知道自己是來到了什麼樣的世界，只不過有一件事我很確定，那就是：我不會在這裡待太久！我沮喪地走上樓梯，心裡並不期待會有行李搬運員的幫忙。

「啊，小姐，還有最後一件事情！」又有什麼要通知我的？我覺得自己好像陷入了最恐怖的夢魘之中。我轉過身。她一個箭步繞過櫃台，將一封信交給我：「有一封給您的信。」給我的信？羅蔓真是細心啊！

我舉步維艱地踩著灰白磁磚階梯上了二樓。從一條俯瞰整座花園的露天走廊走到了房門前。插上鑰匙，打開了穿過兩個門環的鎖——其實只要輕輕踢個一腳，門鎖就會斷掉。

房間面積大概有三坪大：一張大床佔據了整個房間大半的位置；一張上漆木頭床頭櫃；三根蠟燭；一把柳條椅靠著牆；一只三腳穿衣架模仿著比薩斜塔的姿態。一間顯然從建造完成之後便沒有整修過的浴室位於房間的最裡頭。我開始探索起這間浴室的隱蔽角落：義大利式的蓮蓬頭，開關是以一根鐵絲綁在位置上；一個古老的搪瓷洗手台上，一小塊倖存的肥皂沉睡著；就連培訓中的考古學家，都能夠從馬桶的層層水垢當中考證出這間旅館的建成年月。我轉動了水槽把手，管子開始振動，接著從調溫水龍頭出口咯出了淡黃色的水。得等個幾秒之後，整套設備的出水才開始順暢。我抬起頭，鏡子裡，我那落魄的神情，襯得這可悲的裝潢更加可悲了。羅蔓，你人可真好！你沒讓自己破費，而我還以為你不會虧待我。

我精疲力盡地躺在床上。我打開信。信上以英文寫著：

「親愛的瑪耶拉：

我沒辦法在旅館給您那本手冊。我今天得出發，預備在喜馬拉雅山裡走上幾天，到一間寺院進行緊急醫療。

我會把手冊帶在身上，還會請一位尼泊爾嚮導尚堤載您到我這兒來。他是我的朋友。他知道如何為您安排這趟路，並且保護您的安全。在您抵達的那一天，他會到您下榻的旅館去見您，並且向您解釋所有細節。

對於這場突發事件，我感到十分抱歉，不過我相信您一定會體諒的。

祝　好

傑森」

這是在開玩笑嗎？為什麼他不把手冊留給他的嚮導？這個傢伙根本就是瞧不起我嘛！我怒火中燒，一把跳下床，想要打電話給羅蔓，可是回應我的還是她的語音信箱。電池開始閃爍，看樣子連它都要棄我於不顧了。我找著找著，終於在椅子後方找到了插座。好消息是：插座運作正常！我花了十幾分鐘才讓自己情緒平靜下來。我抵擋不住舟車勞頓的疲累，於是上床睡覺，同時希望醒來時，頭腦能清楚一點。

等我再次搞清楚整個狀況，已經是兩個多小時之後的事了。一件事、一件事來：洗澡，然後吃點東西恢復精神。在熱水柱底下，我的身體重新獲得了一點精力。我穿上乾淨的衣服，下樓到接待櫃台。那名年輕女孩已經換成了一名年紀六十開外、高大、優雅、留著一頭柔軟長髮的女士。她以頗為流利的英語對我說話：

「您是瑪耶拉吧？我是瑪雅，這間旅館的主人。您的朋友羅蔓跟我提起過您。很開心能夠認識您。」

我不知道說什麼好。這位婦人的親切，讓我的怒火全消。

「我也很開心能夠認識您。」

「您一定餓壞了吧？我的廚師卡拉斯準備了非常美味的尼泊爾傳統羊肉咖哩當作今天的晚餐。」

我開心地接受了。「您要不要趁著有太陽的時候，到花園走走呢？」真棒的主意。瑪雅隨後也到這片綠意空間來。四周一片寂靜，幾公里處的喧囂顯得極不真實。

「在您休息的時候，尚堤打過電話來。他兩個小時後就會到旅館來。」瑪雅似乎認識他。我習慣性地以挑眉表示訝異。

「喔，尚堤是一個老朋友了！他曾經陪我到喜馬拉雅山去進行人道救援。尚堤出生於潘坡崎；那是一座位於聖母峰附近的雪巴人村莊。」

「所以他很熟悉喜馬拉雅山囉？」

「啊，對啊！您會發現，這座山對他來說已經沒有任何祕密了！您找不到比他更好的嚮導了。別懷疑，他絕對會帶您到指定的地點。」

「您知道我該去哪兒嗎？」

她開心地說：「不知道，只有您自己知道。」

「我不知道，不過我知道我該找到一個叫傑森的人，但是我完全不知道他人在哪兒……」

「羅蔓向我解釋過，他應該把要給她的手冊交給您。」

「您知道這件事？那您是怎麼想的呢？」

她沉吟了一會兒。

「為了挽救我們所愛的人，什麼都得要嘗試去做。什麼都要，沒有例外。」

「所以我才來這裡。可是我比較想知道傑森對您而言，是什麼樣的人。您認識他嗎？」

「我和他只見過一次面。他全心投入於他的癌症研究，其餘的時間則是都奉獻給了西藏人。流亡的西藏人都到尼泊爾來。尼泊爾人對他們相當寬容，可是他們沒有任何的社會地位，而他的協會就是以提供他們醫療，與協助他們融入社會為目標。」

「那您認為一本手冊會揭示我們都不知道的真相嗎？」

「我不知道，可是柳暗花明又一村的狀況常有。」

我望著她，整個人說不出話來。「關於您的問題，我並沒有答案，不過要是您留意即將發生的一切，那些您目前還不知道的問題，就會找到答案。」我一個字都不明白，可是時差所造成的疲累讓我無法做出任何反應。一名年輕女子將我的餐點端到桌上。瑪雅起身。「我就不打擾您用餐了。要是您願意的話，我們可以在您和尚堤碰面之前，到滿願塔的四周走走。」她如蝴蝶般輕快優雅地走開了。

咖哩的氣味，是異國香料譜成的交響曲，搔著我的鼻孔。這道印度餐點，做成了棕色、黃色、金色萬花筒的形狀。第一口就令我沉浸在遠東的辛香味裡。香氣從國界的另一端向我發出邀請：印度！我與托馬的最後一場旅行！即將滿五年了……一個寶萊塢式的幸福，因為托馬在三個月後，也就是我們遷入新居之際，為了一個無腦年輕小三離我而去所以變成了惡夢。這個懦夫！他只是傳了一封簡訊給我就要為我們三年的熱戀劃下句點。我想這一段過往有什麼用？我都已經往前走了，只是認真地想一想，我也沒有走出什麼新境地……

我看著手機，尋找著連不上的網路。這次與外界斷絕聯繫，讓我重回孤寂。一隻麻雀飛來棲在桌上，啄著散落的烤餅屑，同時斜眼觀察著我。幾公克的有翅膀小生物，搭上背景的嬌豔鮮花與和諧的香氣，平息了我的孤單。當我吃下了最後一口之後，瑪雅又出現了。她的從容緩和了我的焦慮。

她笑著問：「看您的盤子，您是餓了還是喜歡這道餐點呢？」

「真的很好吃。」

「您要不要去滿願塔繞繞呢？」

「好，我很好奇。」

我跟在瑪雅後頭，走在狹小的石板路上，直到出口。一群人佔據了滿願塔，他們以輕快的腳步繞行這座建築。滿願塔是佛教朝聖重地，也是尼泊爾的主要聖地之一。眼前景象令我大為震撼！整個區域聚集了數以千計的西藏難民。自從第十四世達賴喇嘛於一九五九年出逃之後，無數的西藏人湧向了滿願塔，五十幾座佛寺與喇嘛寺因而興建。那些西藏人也見證了滿願塔於宗教上的重要性——滿願塔與拉薩的建立緊密相關。事實上，滿願塔就位於連接加德滿都這座城市與山谷的古老商路之上。這座佛塔盤踞於正中央，寬高各為四十公尺，為尼泊爾境內最為莊嚴宏偉的佛塔。佛塔基座包含三座平臺；這三座平台象徵著曼陀羅，可供信徒繞行。

瑪雅完全符合那種用盡辦法讓遊客獲得最多資訊的嚮導形象。她向我解釋，這座佛寺的建築都是有寓意的。宇宙與構成世界的要素是佛教教義的象徵：基座是土；穹頂是水；穹頂之上的塔是火，而圓形華蓋是風，頂部小塔尖是天。她要我跟著那些信徒的步調繞行，接著她時而在一百零八座佛龕當中的某座佛龕前停下腳步，向我說起裡頭那尊佛像的故事。這位充滿熱情的女士，其儀表風度，深深吸引了我。

「就如您上方所見，塔上畫的那對生動佛眼，其實四面都有。佛眼凝視著四個基本方位，提醒佛教徒關於佛陀的存在以及祂對他們的人生所帶來的影響。最上方那個如長形金字塔的部分是由十三個階梯所組成的，看到了嗎?這些階梯將小塔尖與穹頂分隔開來，象徵通往覺悟過程的十三層天界，以及達到全知——『菩提』或者『佛陀（覺者）』——的十三個階段，而這就是『滿願』這個名字的由來。」

瑪雅拉住了我的手臂，帶著我從一扇狹小的門走進一座建築。「跟我來，我請你喝一杯薑茶。」我們快速地踩著鋪著白色磁磚的台階，走上了六樓，來到了一座崖柏圍繞的露天平台，隨處擺放的桌子坐滿了人。油漆的氣味洩露出新近整修的事實。兩棵竹子之間有一面牆，一張加德滿都與山谷的地圖覆蓋著牆面。瑪雅在地圖上指出我們的所在位置。原來這座城市位於國界上的偏遠處。「加油!我要帶你到最上頭去。」她指著最裡頭右手邊的一道梯子，接著敏捷地搶先往上爬。才一爬上去，眼前佛陀的眼神深深吸引了我。祂那對三十公尺高的眼睛以智慧穿透了我的心，夕陽餘暉染上了祂的白色長袍，反射著橘色的光芒。我走到平台的最前端，凝視著底下一幕幕渺小的敬拜場面。

瑪雅要我坐最靠近巨人的仁慈雙眼那一桌。一位女服務生連忙上前，同時恭恭敬敬地鞠躬。瑪雅點了茶。這個地方極美，而時間也彷彿暫停了下來。

「你從很久以前就住在這裡嗎？」

「二十年了吧。我在印度達蘭薩拉出生並且度過了童年，然後結婚。撒拉吉剛好在加德滿都的房地產業遇上了機會，我們於是搬來這裡定居。這也讓我得以投注心力在自己以協助西藏人融入尼泊爾為目的所創立的協會上。」

她凝視著佛塔，沉默了下來。我檢查網路訊號：還是收不到訊號。我關掉手機，又重新開啟，想要藉此讓網路連線初始化，可是沒有任何效果。

「那瑪耶拉你呢？你過得好嗎？」

「我過得好嗎？……好啊……」

「這不是個出於禮貌所問的問題，我要問你真正的感受。」

她的堅持令我訝異。這絕對是第一次有人問我這個問題，同時期待我真心回答。她如此在意我的感受，令我卸下了防備。

「瑪雅，我很好，只有因為旅途的關係有一點累。」

「我感覺你因為手機的關係心煩意亂。」

「因為我從來到這裡之後，就一直連不上網路。」

「你在這個距離你人生八千公里遠的地方還需要網路嗎？」

「是的，一直都很需要。我該追蹤出發前那些未解決的文件後續處理狀況。」

「一定非你不可到這個地步嗎？你認為你幾天沒上班會對你的同事造成問題嗎？你是不是組織力有缺陷，才會所有事都落在你的肩頭上呢？」

我分不清她是天真還是挖苦。她的眼神與音調證實了第二個假設為真，讓我頗不開心。

「我管理一家三百人的公司，我們幾天之後就會面臨到銷售大集團的關鍵時期。所以我人不在公司會是個問題，這可是關係到好幾百萬歐元啊。」

「那你來這裡做什麼？」

「是為了羅蔓，我得拿到那手冊的。這我想你都知道的！」

她的問題令我惱怒。她憑什麼批判我？

「瑪耶拉，要是你的心思不在這裡，是要如何平靜從容地體驗這趟旅行呢？你要從中找到什麼幸福呢？」

「啊，瑪雅，我不是來這裡玩樂的，我也不是在度假！我是來這裡找我的朋友要的東西，之後就要回法國過我的正常生活。這不是一個選擇，而是一種義務，你明白嗎？」

「你的意思是有人強迫你來的？」

我大聲地嘆了口氣。

「瑪雅，你很聰明，別假裝不懂。羅蔓病得很重，要是那本手冊能夠以某種方式幫上她的話，我就得來。」

「好吧，可是既然現在你選擇來到這裡了，為什麼你要覺得不甘願而不是開開心心地體驗這裡的一切呢？」

「我要如何開開心心地在這裡呢？我無意冒犯，可是你看，這裡也太悲慘了，天氣冷、沙塵多、沒有通訊網路、不牢靠的供電、不穩定的生活享受、旅館的爛房間！我感覺自己倒退了好幾個世紀！」

「你是對的。西方世界的生活條件確實不一樣，可是我認為你的不自在來自於別處。」

「是嗎？你這樣認為的嗎？看你一副什麼都知道的樣子，為什麼你會這樣想呢？」

「從你對這個地方的想法猜想出來的。」

確實那些想法沒能夠讓這個悲慘的場面感覺美好一點，而且瑪雅對於這個場面有不一樣的看法。服務生端上了兩杯熱騰騰的茶，向我們鞠躬後走開。

「今天是星期六，在這個時間點，你的同事一定正在舒舒服服地放鬆。忘掉你的手機吧，今晚你的手機一點用都不會有，好好欣賞黃昏餘暉，享受這一刻吧。」我喝下一口滾燙的茶。瑪雅是對的，我已經收不到巴黎的任何消息。我照著瑪雅的建議做，任自己沉浸在白日盡頭的溫暖之中，井然有序的群眾所誦念的經文安撫了我的心。幾公尺遠處，鳥兒在為我們遮陽的樹木上啁啾啼唱，猶如為經文伴奏。

我深深呼吸，所有的思緒隨著焦慮飛散。感覺變得舒暢。幾分鐘之後，我睜開雙眼，看著令人深受感動的景象：那個火球似乎要在等待到我的注意之後才願意下山，於是發射出最後幾道光芒，將滿願塔變成了鮮橙色。我邊喝完我的茶，邊望著太陽呈現最好的節目。這杯瑪雅硬要請我喝的茶用溫暖將微笑還給了我。我們讓太陽盡情演出，默默地在貴賓席觀賞美景。

「在你和尚堤碰面之前，我有最後一件事情要跟你說，那就是每個你花在不幸的片刻都永遠不會重來。你知道自己的人生如何開始，卻不知道將在何時結束。活著的每一秒都是我們不應該糟蹋的禮物。現在幸福就靠自己去體驗。要是你認為在這裡是種義務，那麼接下來的時間裡，你將會經歷到辛苦與困難，因為山呢，是一面巨大的鏡子，會映照出你的靈魂……以及你的存在狀態。你可以選擇抓住這送上門的機會，以不同的方式體驗這場旅行，同時停止與你這個人、你所知的一切、你的文化、你的生活水準和你的享受進行比較。要是你可以在面對種種差異時，忘記自己所見識過的一切，並且不抱任何立場，以一種全新的眼光進行觀察的話，你將會發現一個全新的世界，而你也將會在那個世界裡發現一種比以往更為至高的喜悅。你的目標不是在尼泊爾定居，而是嘗試不一樣的事物。你準備好接受挑戰了嗎？」

我才剛經歷了一場罕見的感官與視覺體驗，而那是我已經許久不曾有的感受。我思考著瑪雅的提議。為什麼不試試呢？這場遊戲確實吸引我。既然我人已經在這裡了，不如就好好試試吧。

「我是一個勇於挑戰的女性！」

「那麼，你一定會玩得開心。」

「我該做什麼呢？」

「拋下你所確信的一切，每一件事情都是新發現，就如一個初生嬰兒，對於所有一切都感到驚奇。」

「我想我做得到！」

瑪雅的臉上漾起了微笑，接著看著她的手錶。該回去了。尚堤應該已經在等我了。

當我們結束繞行佛塔之時，瑪雅建議我開始這項練習：「讓你的所有感官接受挑戰，聆聽生命發出的轟鳴吧。」她不再說話，開始觀察周圍。我望向那些色彩，感覺到了線香的氣味飄進了鼻子裡。我拉長耳朵，注意著每一個喃喃誦經的信徒。我發現自己不一樣了，於是臉上揚起了微笑。事實上，一切都變成新的了。這裡的風俗習慣與布景裝飾和我平日生活裡的那些毫無共同之處，這也有助於我以彷彿初次拜見的眼光觀察一切。而事實上呢，確實是初次拜見！

瑪雅感動地望著我看，讓我好生尷尬，於是趕忙問她其他問題：

「沒有電，他們就這樣整夜摸黑祈禱嗎？」

「不要與你所知道的一切做比較。忘了有燈泡這個東西吧，想像一隻鳥兒不帶有任何特別意識地發現一處地點。你以為這隻鳥兒會在意這種事情嗎？不會的，牠會活在當下。繼續以恍如全新無瑕的頭腦觀察吧。**不要有任何想法，就以眼睛去看吧。**」

我開始明白這並不是場單純而簡單的遊戲了。每當有這個想法出現，就會佔據我的意識、我的文化與我的信仰。我忍住了好幾個想問的問題，因為那些問題都讓我遠離當下，可是我沒辦法讓此時從某個回憶當中脫離，無論是那個回憶是什麼。

瑪雅走上通往門廊的小路，來到了旅館的柵欄門前。接著，她轉身對我說話，讓我從思考中回到現實。

「別擔心，要是你願意的話，就能夠馴服你的大腦。當我們準備好了的時候，**產生意識只需要一秒鐘，但是改變陳年習慣則是得多花一點時間。**」

「我不知道你說的這些話能不能讓我比較安心……」

「你相信當你開始健身之後，每一分鐘的訓練都能讓你的身體練出線條來嗎？每一次的鍛鍊，都有助於計畫的成功。想是不夠的，但想卻是創造之母。」

是沒錯！只是我已經很久沒上健身房了！

# 3. 正面或反面

你們不能夠停止海浪，但是你們可以學習衝浪。

——約瑟．戈爾茨坦[1]

蠟燭照亮了穿越花園的小徑兩旁擺放的桌子。空氣清爽，靜謐的氛圍讓人想躲進這個安詳的避風港。尚堤坐在入口旁，一看見我們便站起身來。他給瑪雅一個友善的擁抱問好，接著轉身向我。他握住我的手，接著再熱情地用另一隻手覆上我的手。

這個男人的身材矮小。陽光刻鑿了他的臉部線條，而那對因為微笑而加深了魚尾紋的雙眼，證實了他的血統。「我很榮幸能夠為了這個崇高的理由帶您上喜馬拉雅山，我也會盡我所有能力讓這趟旅程盡可能順風愉快。」他的尼泊爾口音英文很難聽得懂。他邀我與他同桌。

「關於接下來的行程，我們應該要取得共識才對，而我也得要提醒你關於我們可能遇

---

1 約瑟．戈爾茨坦（Joseph Goldstein,1944-），當代眾多佛教書籍作者。

上的危險。有沒有人事先警告過你，在這個時節，我們會遇上什麼樣的天候呢？」

我放聲大笑：「啊，尚堤，你在說什麼啊？聽你這麼一說，好像我們要去地心旅遊呢。」

他訝異地轉身看著瑪雅，而瑪雅只是聳了聳肩，什麼也沒說。

「到底我們是要去哪裡？我是預定到旅館拿一本書，幾個小時之後便出發回法國。」

「要是你想要帶著那本書回去，就得花比幾個小時還多的時間。」

他從小肩背包裡拿出一張地圖，在桌上攤開。我認出寬闊的喜馬拉雅山山脈。他在地圖上分別指出我們與傑森的所在位置。傑森人正在安娜普納峰的深處。

「正如你所看到的，我們要去的地方很遠。我們有好幾條路線可選，不過我建議從康德出發，經過澳洲基地營，然後一路從藍珠克、溫泉村、竹林往上走，最後到德烏利，從那裡進入安娜普納基地營。雖然得多花上一天步行，但是與從東邊過去相比，路會比較好走。要是一切順利的話，我們需要五到六天的時間走到頂峰，三到四天的時間下山。你覺得呢？」

「我覺得一定是哪裡出錯了。我並沒有準備好要進行這類活動，而且我完全沒有時間去個十天。」

尚堤困惑地折起地圖，嘆了一口氣。

「那麼你就得放棄前來這裡尋找的東西。」

「不可能的！別開玩笑了！總有辦法搭直升機到那間寺院吧。當然，費用由我來出！」

「是沒錯，可是我們就會引起注意，而且在這段時間當中，我們也不能這麼做。」

「為什麼？你是不是有事沒告訴我？」

我心裡一陣焦慮。尚堤轉向瑪雅。瑪雅朝他點了點頭，鼓勵他說。

「因為那間寺院收容了尼泊爾警方通緝的西藏人。中國與尼泊爾當局達成了協議，將那些被認為具威脅性的擾亂分子引渡回中國，所以我們得低調。傑森緊急趕到那裡的原因是那一區爆發了流行性感冒。他不知道你到底會不會來尼泊爾，所以寧可把那本手冊帶在身上。你朋友一直到昨天才確認你會來，可是傑森已經離開加德滿都了。」

「難道沒有更快的方法去那裡了嗎？」

「恐怕沒有。沒有任何車輛會行駛山區。」

我設想著可能的解決辦法，可是顯然想不到。這個情感與理智衝突的抉擇真是令人沮喪。尚堤與瑪雅給我時間接受這個消息。直到我下定決心之前，他們沒說一句話。

「不行！不行！我得走了！我沒辦法離開巴黎這麼久。我的同事需要我，你們懂嗎？就已經連不上網路了，還……」

「只要是基於好的理由，也就是**基於符合你的心意的理由所做的決定，都會是好的決定。**」

「我不懂你想對我說什麼！」

「讓我猜猜。我相信你的學歷很高，讓你可以善用你的大腦。在多數情況下，這確實很有幫助，可是你的心呢？有人教過你要好好傾聽你的心嗎？要下這種決定，並且不會感到後悔，不需要靠運氣，靠的只有傾聽內心的鼓動。在你的人生道路上，這是唯一可以指引你不致失去方向，並且符合你的本質，也能帶領你走向自我實現的東西。」

我不敢打斷他說話。他的這番話在我聽來，活像一位教派導師，可是他的從容平靜又讓我忍不住聽他把話說完。他渾身散發著一種奇妙的光芒，而他的存在也令我自在。我可以感覺到自己的好奇心蠢蠢欲動。

「我的大腦與我的心，都是我的存在不可或缺的兩種器官。我不相信只依憑其中之一所下的決定。我的人生中的每個選擇，都是在面對不同的取捨之時深思熟慮的結果。我已經過了奮不顧身往前衝的年紀了。」

「這無關盲目行動，而是讓恐慌的吶喊平息下來，傾聽內心渴望的歌唱。你有傾聽你的心想要的是什麼，還是就讓恐懼的嘈雜聲愚弄自己呢？」

「呃……我不知道，我從來就沒問過自己這樣的問題。」

「問題就在這裡！你為什麼來？」

「啊，你知道的，就是要拿到那這本手冊！」

「那麼，既然你人都來了，為什麼現在就要放棄？」

「因為我預計只是一趟來回而已。我的公司這段時間很忙，所以我沒辦法在這裡待上十天，要是我真的待這麼久，就太沒有自覺了。」

我緊張地讓他看我的手機螢幕。

「而且你看，這裡一直都收不到訊號！」

「看得出來。可是你覺得你的公司在十天內就會垮了嗎？」

「呃，是不會……可是一天浪費掉了就很難彌補回來。」

「很好。事實上，你為什麼想要放棄呢？」

我認真想了一會兒。我有個想法，只是提出來會令我感到不自在。

「我覺得自己的身體狀況沒辦法上山，尤其是和陌生人到一個危險的目的地。」

「我比較清楚你的決定了：你怕到不了目的地；怕單獨和陌生人在一起；怕失望；怕帶不回那本手冊。你的大腦讓你洩氣，並且找到勸你回巴黎的好理由，那就是：『你的能力應付不了，你是文人，不是運動員；那些人大概都不老實；萬一那本書根本不存在呢……』而當這些質疑沒辦法說服你自己時，這個蠻橫的聲音就會利用別的武器，像是罪惡感：『你怎麼能夠丟下員工不管？你以為自己有時間從事這樣的消遣活動嗎……等等。』」

我笑了。這些想法確實在我的腦海裡迴響。「既然你現在已經辨識出自己恐懼的是什麼，或許你可以告訴我，要是那些恐懼並不存在的話，你會怎麼做呢？要是那段路程很簡單、很輕鬆，而且你的公司也希望你能夠開心，再加上那本手冊找到的機率很高，那你會怎麼決定呢？」

「我當然就會去。因為羅蔓對我來說很重要，要是有任何機會可以讓她康復的話，我會想要把那個機會給她，然後……因為對於拯救一個我深愛的人來說，生命中的那十天真的不算什麼。」

我由衷地說出了那些話。尚堤好幾次點了點頭。他的眼睛直直看進了我的眼睛。

「只有你的心有辦法下這種決定。撇開你的恐懼不談，你已經聽見它的平靜聲音。為什麼不試試這個機會，並且克服你的恐懼呢？明天，你坐在辦公室裡，難道不會因為自己所做的決定而後悔嗎？山，對我而言並不陌生。雖然會有很艱難的時候，而且這個時期的天候嚴峻，可是我百分百相信依你的能力絕對辦得到。要是你願意的話，我會帶你到最上頭去，沒有你的話，我就什麼都做不了了。」

「那整個登山隊呢？」

「這個登山隊是我組成的，所以我很瞭解這個團隊：第一位挑夫尼夏爾從事這個行業已經有三十年之久了。他是我童年時的朋友，也是第二位挑夫西姆的叔叔。西姆是他帶大的。西姆的爸爸發現這個孩子頭腦不大好之後就很排斥他。他的理解力或許比一般人還慢一點，但是非常善良。你會發現和他旅行很開心。他是個很認真的學徒。最後是我們的廚子古馬。他這個人總是心情很好，也很有趣，整個行程當中，他會懂得如何滿足我們的胃。好多年來，我和他與尼夏爾走遍了喜馬拉雅山。你一定會喜歡他們的！你該問自己的問題就是，為什麼要信任我？因為我是傑森為你選的嚮導，而傑森與你最好的朋友又很親近。這應該夠了吧？」

我微笑。

「尚提，你真是個厲害的談判專家。」

「我沒有什麼要賣給你的，不過你的讚美我就收下了。所以，你決定聽從誰的聲音？你的大腦與恐懼，還是你的心與對朋友的愛？」

我雙肘支著桌子，將頭埋在手裡。所有的選擇於短短的時間當中，在腦中彼此衝撞。我站起身，手指畫圈按摩著太陽穴，接著深深地吸了一口氣，眼睛直直望向尚提的眼睛。

「什麼時候出發？」

# 4. 福與禍

我只發現一個知道我們會去到哪裡的方法，
那就是出發與往前走。

——亨利・伯格森[2]

我在旅館的露天平台上吃完早餐。陽光照在我的臉上，隔壁寺廟的誦經聲傳入了耳中。梵鐘的響聲在經文之間迴盪。我害怕尚堤的到來，之後即將發生的一切也讓我心悶。像我這種連獨自待在鄉下一天都受不了的人，竟然要上喜馬拉雅山！還是與我完全不認識、卻得信任他們的人一起，這合理嗎？我還是一直聯絡不上羅蔓。我怎麼會做出這個瘋狂的決定？我越想心臟就跳得越快。我感覺自己的胃悶痛了起來。

尚堤穿過了大門，遠遠地向我招手，接著穿越了花園，二階二階地跨著樓梯走到了我面前。

「這可是個大日子啊！你準備好了嗎？」

「還沒。我不大確定自己到底準備好了沒。我睡得不好，而且我認為自己的體能可能辦不到……而且我……」

「別擔心，第一天的時候，我們搭車的時間會比步行多。我們會按照你的步調前進，你會有時間去習慣的。」

尚堤認真地望著我那雙驚慌的眼睛，接著饒有興味地指出：「昨晚，你用你的大腦讓我們的對話繼續。一整夜，你的大腦都沒有放過你啊，所以你今天早上才會這麼焦慮。馴服你的大腦，讓它知道誰才是老大是最困難的了。」說完，他眨了一下眼睛，接著說：「我們得出發了。這趟路會很漫長，我們得在天黑前抵達澳洲基地。」

我由著他的熱情帶領我到門口。我抱住了瑪雅，而她也緊緊地回抱住我，接著在我耳邊輕輕地說：「好好把握這趟旅程吧。想想我昨天對你所說的話：『拋開記憶，好好體驗每一個時刻，就像把你所發現的事物，當成是你所知的全部。』」

尚堤向我介紹我們的司機卡爾瑪，接著把我的行李裝進了小巴士。我坐在第二排空位的正中央。我們默默地穿越沉陷於晨間紛嚷中的加德滿都。卸貨的卡車堵住了汽車道，讓汽車司機不耐煩地等著。只有二輪車在由車輛形成的障礙之中穿梭自如。喇叭聲替這首不和諧的拜讚歌打著節拍。

我們在塔美爾暫停，讓我添購這趟山區之行可穿的衣服（因為我並沒有預備在這裡待

2 亨利．伯格森（Henry Bergson, 1859-1941），法國哲學家，一九二七年諾貝爾文學獎得主。

上超過一個週末的時間），之後，便開上了普里特維公路：這條鋪上柏油的雙車道主要道路，連接了加德滿都與博卡拉兩地。在沒有人行道的情況之下，砂土砌成的長條隔開了居民與道路。兩旁民戶以鐵皮屋為多數。居民在鐵皮屋的低處做起了路人的生意：修理腳踏車、肉鋪、裁縫、雜貨店——或者可以說是故障雜貨店！

尚堤告訴我，我們有兩百公里的路要跑，差不多等於五小時的車程。我已經累壞了。夜晚因為時差的關係，我睡得很不安穩。我打了一會兒盹，等醒來時，車子正沿著馬哈巴哈拉特山開。一些具歷史性的小村落與古老廟宇連續交互出現。

我張大了嘴打呵欠，整個人感覺昏昏沉沉的。我疲倦地以雙手揉著眼睛，同時又接連打了幾個呵欠。我看了手錶。十一點了。原來我已經睡了二個小時了！尚堤對我微笑。路程已經走了一半，再過兩個半小時就抵達目的地。

不久之後，卡爾瑪在一間小屋前關掉引擎。兩名穿著便服的男性收取通行證。沒有柵欄，也沒有任何標示，只有一個三角警示牌。

陽光照進了車窗，讓我那已經發熱的身體變得更熱了。我看著眼前一幕幕的風景，腦中迴響著瑪雅說過的話：「拋開記憶，好好地享受每一個時刻。」聽話照做一點都不難，因為這裡的一切與我過去所知大有不同。這條公路上，乘客超載的卡車、馬虎拼裝的腳踏車、在路上四處遊走，找尋青草反芻的牛隻，在我眼中都是一幕幕不可思議的景象。我向尚堤詳述了瑪雅建議我進行的體驗。

「對我來說，在像尼泊爾這樣的國家裡頭，很容易觀察到全新不同的東西，因為所有的一切對我來說都很陌生。不過最難的是不對此加以批判！因為當我一比較起自己所知道的東西時，就會立刻發覺自己對什麼都有意見。」

「那是因為你的大腦需要感到安心。就如同你昨天所瞭解到的，全新的東西會讓善於批判的小我感到害怕，因此利用你的心智能力進行比較，於是將你帶進它的知識圈裡，好讓自己感到安心。瑪雅的建議，對你而言是場絕佳的練習。忘掉全部你學過的東西，意味著你就不再能對任何東西進行比較了，從而能夠以觀察者的角色面對眼前所見。你不再能夠評斷，因為任何一切皆如是存在。已知與未知不會再有，唯有眼前的景象。」

「那會有什麼用呢？」

「讓汙染的思想不致侵入你的內心，你才能夠欣賞當下的每個時刻。當你排除了汙染的思想之後，再也沒有什麼能夠妨礙你內心的自在。難道這不是一個在任何時刻都能安適的美好目標嗎？」

我同意，卻忍不住地冷笑了一聲。尚堤問我是否不這麼以為。

「當然不是這樣了！」

「為什麼？」

「太多太多我經常無法控制的事情了。工作令我感到緊張，生活強迫我做我必須得做的事情……」

與此同時，一輛汽車突然插了進來。卡爾瑪緊急煞車，差一點就撞上那輛車子。那個司機從車內後視鏡對我們比了個侮辱的手勢，接著繼續在車與車之間魯莽蛇行。我怒罵：「看看那個冒失的傢伙！這是要怎麼讓內心保持平靜啊？他不僅做錯事，還侮辱我們，真的太過分了！」我的兩名嚮導一聲不吭。依舊處於驚嚇狀態之中的卡爾瑪左右擺著頭，讓自己鎮定下來。

尚堤困惑地自言自語：

「生命中的巧合給了我驚喜。剛才我們所經歷的事情，正具體呈現了我要解釋給你聽的想法！」

我怒斥：「我不懂這與我們的討論有什麼關連！」心裡依然因為那個司機的行為而惱火。

「你正告訴我，某些外在狀況能夠妨礙你感覺自在。」

「是的，這是一個完美的例子！那個傢伙的愚蠢與不負責任的行為擾亂了我內心的平靜，而且他不但不道歉，還敢侮辱我們。像這樣的狀況就會讓我生氣，而且我覺得生這個氣也是理所當然的。」

尚堤察覺到了我的語調變得嘲諷，但是他依然保持平靜：

「事實上，確實是理所當然，但也不合乎情理！」

「為什麼不合乎情理？」

「或許沒有什麼好生氣的情理。」

「等等，我沒聽懂。你認為那個人的行為是正常可接受的嗎？」

**「不，不正常！但是為何不接受呢？」**

「是嗎？你認為這種陷別人的生命於危險之中的輕率舉動是可接受的嗎？」

「你想像一下，這個男人很可能有正當理由才會冒著危險開快車。他可能接到了一通緊急電話通知他，他的妻子要生了；他的孩子生病了……」

「尚堤，當然了，我們可以想出各種理由，可是我認為所有的理由都不對。別這麼天真行嗎？」

「為什麼不能天真？為什麼得認為別人的行為是衝著自己來的？我們要試著去觀察一些事實……」

「事實就很清楚……一個白癡亂開車，差點撞了我們。這種混蛋總是會讓我火大。就這樣！」

「一個人凶猛地超我們車。我們因為這個突發的狀況而受到驚嚇。本來事情可以到這裡為止，可是驚嚇的感覺在我們的內心裡引發了連鎖反應。因為我們得將驚嚇的感覺合理化。我們等著對方道歉，但對方不給，反而指責我們擋路。驚嚇過後，繼之而來的是被冒犯、羞辱的感受。你認為他是故意要害我們嗎？」

我嘟著嘴回想。尚堤又繼續問：

「為什麼我們需要感覺自己受到攻擊？」

「就像你剛才解釋過的：他的行為引發了連鎖反應，而我們沒辦法默默地全然接受！」

「我們可以選擇讓自己回復事情發生前的自在，也可以選擇要氣那個人多久，只是我們感覺驚嚇的每一秒，都不足以讓隨後長時間的不舒服成為理所當然。」

「我不知道自己懂不懂，但是我生氣是很正常的吧？」

「我們用何種心境過每一刻的決定，都得由自己負責。」尚堤的冷靜令我惱火。我脫下毛衣，熱氣令我窒息。

「那你說，我該怎麼做？」

「你可以改變態度，讓自己不再受到那個情境的影響。一旦意外爆發，我們便會尋找引發我們情緒的罪魁禍首。現在，我們已經找到了罪魁禍首了，對吧？可是你沒發現害你發脾氣的，還有另一個比較不明顯的罪魁禍首嗎？」

「沒有耶……全是那個傢伙的錯！」

「唯一要負責的人，就是你！」

「你說什麼？我？這個人害我們差點有生命危險，結果錯的人是我？這太讚了！」

「不，瑪耶拉，你該負責的不是那個人的行為，而是你自己的情緒與不快。我跟你一樣都在意外事件發生時感到恐懼，可是我想辦法控制自己的意念，不陷入反而對自己不利的負面情緒當中。我就是這樣找回內心的平衡。要是我們承認幸福源自於我們的內心，並且沒有什麼能夠使它變得不穩定，那麼，我們就鎖上了通往外界有害情境的那扇門。我們進行觀察，並且不添入任何汙染的思想。」

尚提的話提醒了我。我意識到原來只要改變心境，承認自己需為內心的惡毒思想滋生負責，就有可能脫離各種痛苦的情境。丟臉的感覺並不好受，但他是對的。

我整個身子縮進了車椅，望著車外一幕幕的景色。壓在胃上的重量消失了，而我的身體開始放鬆，聲音也溫和了起來：「你是對的！我得承認你讓我感到佩服！」他大笑。

「這樣你就佩服？」

「不，你錯了……我這個人一向不聽長篇大論的說教或是小啟示！我的同事總是怪我不在意他們。」

小巴士無力的空調敵不過逼人的熱氣。車子開在那條沿著毫無養護的泥土通道鋪設的柏油路上，不規則的起伏讓避震器吃盡了苦頭。我們停下來歇歇腳，喝點東西。還有一個小時就到了午餐時間，以及我們這趟冒險的起點。卡爾瑪將車子停在路肩。煞車時，一片煙塵逐漸變厚，後方隨之而來的是一群流動攤販。他們加緊腳步上前向我們介紹個人的各式作品。尚提一把推開他們，帶著我到一個由十幾個農夫共同販售的果菜攤前。他們每個人依據規定的顏色擺設自己的農產品。我們眼前擺成的彩虹，令我想起我們那一區的有機市集：蘋果、香蕉、番茄、橘子、茄子。一點兒異國風情也沒有！此時秋季正是橘子的盛產期。尚提買了二公斤的橘子。他嚐了幾塊果乾之後，把一大堆綜合果乾給我，再接連嚐了好幾塊。卡爾瑪在稍遠處的石頭邊坡上與一個認識的人合抽一根捲菸。

我跟著尚堤走到了一間以木板與鐵皮臨時搭起的屋子前。門口處，一名衣衫襤褸的女性拍了尚堤的肩膀，接著轉過身來與我握手。她邀我們在那唯一一張由三棵樹幹拼成的桌子前坐下，接著走進了屋子裡，當她再次出現時，手上端著的兩個杯子，熱騰騰地冒著煙。尚堤與她用西藏語說了幾句話。我聽著他們對話，但並不明白他們說了什麼，只是嫌惡地望著她放在我面前的那杯綠色混濁的水。儘管我想起了瑪雅所說的話，但我完全不想因為這個點心而中毒！

尚堤一口氣喝完，然後注意到我的意興闌珊。「你可以喝，這杯植物綜合精華已經熬了好幾個小時了，喝了可以幫助你抵抗熱氣。別怕。」我存疑地將嘴唇湊近並嗅聞著氣味，先是以舌尖沾了一點液體，而後含在嘴裡幾秒鐘，準備找機會吐掉之時，藥草的微妙組合令我驚豔，其中鼠尾草的味道最是鮮明。我心甘情願地喝了第二口，接著開心地喝了好幾口，最後還喝了第二杯。尚堤向我解釋，這名婦女善於運用山區植物的功效。她會利用植物療法治療附近的居民，甚至有某些人特別遠道而來想要求助於她的豐富知識。

我為自己方才的偏見感到羞恥，因為我想要在這趟旅程之中做到不與自己所知的一切進行比較，就算這裡沒有什麼與我的人生有共同之處也好，可是我得承認，探索這個國度與其文化思想的渴望帶給了我某種樂趣。而且我已經有一個小時沒察看手機了！

尚堤要大家出發。卡爾瑪用力地抽了一大口菸，直到燒到了菸屁股才停，而後向他的朋友告別。當我們準備上路時，尚堤給了我一把花生米，讓我能夠撐到吃午餐的時候。我在車上又睡著了。

§

卡爾瑪激烈的抱怨聲吵醒了我。當他繼續抱怨之時，我問尚堤是怎麼一回事。尚堤和他說了一會兒話，順利安撫了他的情緒。原來卡爾瑪錯過了出口，以致於我們得繞回頭，也讓我們要比預定時間晚了半小時抵達。這下輪到我得接受這個消息。這趟路已經長到可以想像有延長的可能。我們的司機似乎因為這個錯誤而難受，我就不要戳他的痛處了。尚堤的情緒依舊穩定。他察覺到我的沮喪，於是跟我說了一個故事：

在一座村莊裡，有個貧窮的老人養了一匹好馬。那匹馬因為生得俊美，所以城堡的領主想要把牠買下來，可是老人一直堅決反對：「對我來說，這匹馬已經不是動物，而是一個朋友。你怎麼會想把朋友賣掉呢？」某個早上，他去馬廄發現那匹馬不見了。所有的村民都對他說：「就跟你說吧！你早就應該把牠賣掉的，結果現在被偷了吧……你可真倒楣啊！」這個老人回答：「有誰能說是福是禍呢？」每個人都嘲笑他。可是十五天之後，那匹馬帶著一群野馬回來了。牠在逃跑期間和一匹母馬好上了，結果把整群馬都帶回來。村民讚嘆：「好幸運啊！」男人與兒子開始調教那幾隻野馬。可是過了一星期，當兒子在訓練馬匹的時候摔斷了一條腿。男人的朋友對他說：「真倒楣啊！你這麼窮，你兒子又是唯一的支柱，要是他不能再幫你忙的話，你可怎麼辦才好呢？」老人回答：「有誰能說是福是禍呢？」不久，國王的軍隊進入了村莊，強徵所有身體健康的年輕男性入伍，除了老人的兒子，因為他斷了腿沒辦法走。「你真幸運啊，我們的孩子都去打仗了，只有你的兒子還能留在你身邊。我們的兒子說不定都會死在戰場上！」老人聽了回答：「有誰能說是福是禍呢？」

所以，錯過了出口，有誰能說是福是禍呢？

我笑了出來。「是啊，有誰能說呢？」事實上有誰能說呢？要是卡爾瑪走了最近的那條路，說不定我們都死了？這讓我想起自己有時早晨沒趕上的地鐵：當我到了月台上時，車門已經關了，讓我氣得要命。但或許也是因為如此，我才能活到現在！

卡爾瑪抄了一條狀況很糟的泥土路。小巴士的車輪空轉了一圈，接著往前衝，在三或四個急轉彎之後，開上了山。路面狹窄到只能容一輛車通行。幸運的是，沒有車從對向過來。

道路的盡頭處，有一座餐廳的露天平台。從平台上眺望，從博卡拉山谷到喜馬拉雅山脈之間，那片在水平線綿延不絕的壯麗美景，一覽無遺。美景當前，有那麼一刻，我靜靜地站著不動，忘記了自己的胃被咖啡廳中傳來的香味吸引，咕嚕咕嚕地響。尚堤問我要不要在最靠近綠蔭的桌子前坐下。

「在這裡，你可以品嚐我吃過最好吃的達八。這是我的國家最具代表性的美食。基本菜色有：白米飯、豆湯，也就是尼泊爾扁豆湯。我們每天會吃兩次達八。經濟比較寬裕的人的人還會配上咖哩與糖醋泡菜。達八通常是素食，因為肉類很貴，不過這裡會有犛牛肉搭配著吃。只要跟著我，你一定可以大飽口福！」

他站起身，帶著我進廚房。櫃台上有許多金屬容器，將各種配菜分開盛放，下方墊以發熱的底座。尚堤逐一介紹那些配菜：白米飯、扁豆湯、辛香料糖醋泡菜、少量咖哩、以棕色醬汁醃漬，泛著銀光的犛牛乾。一鍋鍋混搭成這道傳統料理的菜餚熱騰騰地冒著煙，我吸著飄散出的香氣。兩名年輕人專心等待著我的結論：「我認為這會是最棒的達八！」

他們眼中的擔憂褪去，取而代之的是欣喜。第一個年輕人連忙端一個金屬盤給我，盤上擺著四個空碗。他朝我指著雙耳蓋鍋。尚堤幫忙告訴我，米飯應該放在中間，而每個容器都會用來裝不同的配菜。服務生依據美學規則替我上菜。他在我的盤子上裝了滿滿的花椰菜胡蘿蔔黃瓜沙拉，接著再擺上一張孜然炸薄餅。尚堤在我對面的位置上坐下，卡爾瑪還是在廚房吃。

我將叉子插進每個碗中，品味著不同的香氣，接著學我的旅伴將所有的滋味於盤子中央混合。每吃下一口，他便重複一次同樣的動作。糖醋泡菜隱約帶著甜味，煮犛牛乾時裂開的辣椒辛辣，因白米飯而變得柔和。扁豆強化了所有的香氣，帶來了一種精緻與好味道。我邊觀賞著前所未見的好風景，邊大快朵頤。陽光以一種平靜的愉悅陪伴我們短暫休憩。

# 5. 拒絕優先順序

思考真正具有某種價值，以及為我們的人生帶來某種意義的東西，我們再據以安排自己的優先順序。
——丹增嘉措，第十四世達賴喇嘛

在短暫睡了個午覺之後，我們再次上路，好在下午三、四點的時候抵達博卡拉旁的康德。團隊的其他成員在那裡等著我們。尚堤向我介紹他們：庫馬，三個人當中身材最高大的一個。他第一個上前，熱情地向我伸出手來。他那雙會微笑的眼睛讓我不得不跟著微笑；他有一頭長度及頸的黑髮，不算濃密的鬍鬚，加上下巴上那幾根散亂的毛髮，形成了一圈山羊鬍。他有中國人的典型外表。敞開的羽絨衣底下的鮪魚肚，確認了他於團隊中所扮演的角色。其他兩個人的身高都不超過一米六。

接下來，低著頭走上前的尼夏則是拘謹多了。他看起來頗為瘦弱，可是當我們握手的時候，他的手勁令我意外。渾身肌肉的他，穿著卡其色與棕色相間的迷彩服，再搭上一件藍白色外套，以及一雙涼鞋，壓低的棕色鴨舌帽遮蓋住了躲避的眼神。消瘦的臉部輪廓與深刻的皺紋，讓他的年紀看起來像五十多歲。我聽見從他的稀薄鬍鬚底下傳來一聲微弱的

「Namasté」。我以頭鞠了個躬表示敬意。他退下。

最後，西姆迫不及待地握住我的手。他比他的叔叔還大方一些，展現出無比熱情地歡迎著我。他穿著灰色牛仔褲，淺棕色毛衣，一件紐約刑警的夾克，圍著一條酒紅色長圍巾，並戴著一頂綠色羊毛毛球軟帽，可以說西姆遵循著驚人的傳統主義的同時，也把玩著地方流行與國際時尚。

尼夏朝行李走去，然後將行李依據重量，平均分成兩部分，接著在西姆的協助下，用繩線捆住。西姆照著叔叔的每一個動作做，熟練的程度，證明了這並不是他第一次翻山越嶺。

這座露天平台是由木頭小屋改建而成，突出的鐵皮部分為一張桌子與兩把椅子提供了遮蔽。我們在這裡喝完了最後一杯汽水。卡爾瑪鳴了喇叭，祝我們一路順風。

尚堤叫喚去抽菸的庫馬回來。庫馬立刻起身。我們已經在海拔一千七百七十公尺的高處，我的嚮導踏出了第一步，開始了這趟翻山越嶺之行。兩位挑夫把擔負的行李擱在一面小牆上，接著轉過身去，將繩子繞在他們的額頭上，再一起將行李拉上腰間。尚堤命令尼夏帶頭，接著是西姆，再來是庫馬。他要我緊跟著他們走，而他則是在我後方壓隊。我踩著庫馬的腳印前進。走在碎石泥土路上需要極度謹慎才行。在一個有四間房屋的小村落之中，我的眼睛注意著每一幕景象。右方一名婦人在簡易的水龍頭下洗衣服——水量當然不會太理想——與此同時，她的狗兒躺在她的身旁把握著黃昏餘暉。左方一隻山羊以頭頂摩梭著羊圈的竹柱子。

我專心注意著居民的活動，當我回神時才發現我們已經在爬高了，眼前也換了景色：數公里長的梯田在山谷蔓延開來，每一層每一層的顏色各有不同：橡木林、樺樹林、楓樹林與松樹林，讓這塊青綠調色板上的綠色更加齊全。轉琥珀色的太陽發散出的橘色光輝，襯出了天空的蔚藍。這個午後，天候理想，氣溫宜人，加上吹拂的微風，讓我們精神充沛地往前走，腳下的路也變成了石階。我想瞭解這裡最早期的居民文化，可是氣喘噓噓的我，無法開口提任何問題。

挑夫腳步超前太多，我已經看不見他們的身影。尚堤與庫馬一左一右地在我身旁，配合我的步調陪著我走，就像是我的兩個保鏢一樣。他們找了理由喊了幾次暫停以放慢節奏。我們在上坡時，繞過一個居住區，泥土路的兩旁分別有人。那裡的房子建築手法相同：石頭地基，以形狀規則或不規則的松木板打造成的房屋正面；延伸了一公尺長的鐵皮屋頂，以梁柱支撐，為露天平台提供了遮蔽。房屋主人親手以粗木棍橫豎拼組成的圍籬劃分界線。一個孩童的笑聲吸引了我的注意。我轉過頭去。他追著一頭小羊，在懸掛於兩根梁柱之間的彩色衣服中穿梭奔跑。

在往上爬了二個小時之後，尚堤又喊了一次暫停，他先向我介紹幾座喜馬拉雅山的山峰。我的眼中只有那令人目瞪口呆的景色，完全忘記上山的艱苦。已經到了傍晚時分，太陽也拉長了影子。

還有兩百公尺就抵達我們的第一站：一個有二十幾棟二層樓高建築的村子。這些建築外觀一模一樣，唯一的區別只有顏色。大部分的入口處都掛著一張寫著「Guest House Australian Camp」的招牌。村子的盡頭處，那間位於末尾的屋子以赭石色的外觀與泥地，尤其是其位置而獨樹一格。這間另外於小山丘上搭建起的屋子，居高臨下，俯視著整座村子。它的座向背對著村子，如此便可一百八十度欣賞喜馬拉雅山山脈的美景。花園裡，草皮上細心地擺上了幾張塑膠桌，邀請人欣賞這場演出。

尼夏與西姆已經在那裡有好一會兒了。他們的面前擺著一杯咖啡，等待我們的到來。他們將行李擱放在通往房間的木頭樓梯底下。我完全無法將視線從那片時時變換顏色的高山上移開。陽光即將鞠躬謝幕。尚堤建議我做一點伸展運動，以免明天四肢痠痛。儘管我很想一看到椅子就一屁股坐著不動，還是遵循了他的建議。而我也發現了長久以來為自己的身體結構所忽略的肌肉。

一名年約三十多歲的婦人從屋子裡走出。往後梳的黑色長髮與棕褐色的臉，提示了她的印度血統。一名少年跟在她的身後。他將注意力全集中在手上的托盤。他體貼地為我們端來兩杯茶表示歡迎。尚堤給了女主人阿米塔一個熱情的擁抱。兩人以尼泊爾語交談了幾句之後，尚堤向我介紹她，接著要我坐下，同時把椅子轉向夕陽。夕陽四散的橘色光輝，映照在層層的白雲上，為整場布景增添了立體變化。

這顆火球的升起與落下，是這一天當中最為特別的時刻。尚堤向我說明自己從好幾年以來便設法不錯過任何一次。至於我，則是已經好久不曾見過了。

「因為你不喜歡嗎？」

「我當然喜歡啊！沒有什麼比日出日落更美的了，可是我沒有時間……而且從辦公室裡只看得見其他建築物。」

四周陷入了沉默。這幕演出讓大家深深地著迷。我們全望著同一個方向。只有鳥兒有資格用牠們的歌聲，在上天的恩典中，為顏色變換伴奏。

我的嚮導問我：「你結婚了嗎？」我側著頭挑眉，直直地看著他的眼睛，他察覺到了問題的沉重。

「對不起，我不是有意要冒犯你的，請別以為……」他睜圓了眼，話停在嘴邊，接著才又說：「我只是想要瞭解你是什麼樣的人而已。」他的笨拙惹我發笑。

「我得要找到適合的人才結婚，不過我已經吃了太多虧，所以寧願一個人就好。男人都一個樣，我已經沒那個時間耗在他們身上。」

「你也不想要有小孩嗎？」

「我想，可是一個人怎麼生？我不想要我的寶貝有個單親媽媽。」

「你會運動嗎？」

「會，我會去健身房，其實，也不算啦，因為我的時間很難配合，而且……我週末很難有空。」

「你的工作幾乎是你的全部。你的工作一定是有趣到佔滿你所有的生活，讓你忘記最重要的事情！」

尚提的口吻變得諷刺，讓我頗為不快。我不懂他為什麼態度變了。這個男人活在一個與世隔絕的國度裡，對我一無所知，憑什麼評斷我？我拿起手機，希望能讓自己心情平靜下來。奇蹟出現了，我的手機竟然連得上網路。手機螢幕顯示出了NTC（尼泊爾電信）三個字母。我開始收聽留言。終於有羅蔓的回音了：「瑪耶拉，接下來的幾天你會很難聯絡得到我，不過別擔心，一切都很順利。我希望你也是。我知道在你身旁的都是很棒的人。在這個不可思議的國家好好享受吧，希望你可以把那本手冊帶回來給我。我的好朋友，給你一個大大的擁抱。想你。」我想要打給她，可是電話又自動轉到語音信箱。

夜幕逐漸低垂。尚提的眼依舊望著幾乎消失在這片黑色團塊當中的山脈。最後，他移開了眼，將椅子拉回桌前。他定定地望著我，而後親切地說：

「我不想讓你不高興。要知道我並沒有評斷你，我只是試著瞭解你的優先順序而已。」

我厭煩地說：「不要再提了！」

他並沒有堅持。他示意西姆將我的行李搬上左邊的房間。他遞菜單給我，並建議我在晚餐準備好之前，先好好地沖個熱水澡。

「我還不是很餓。我很累了，要去睡覺。」

「明天會是漫長的一天，所以你得要儲備精力才行，不然你會受不了。我來幫你點吧。」

我一點兒都不想反抗。他的話總是聽起來有道理，而這也讓我頗不開心。

西姆把我的行李掛在肩上，陪著我走到我的房間。我跟在他後頭上樓，心裡急著想要趕快進房間。在房門前，他像個小孩子一樣蹦蹦跳跳。他開心地說著比不準確更不準確的英語：「你在這裡會覺得很舒適。老闆把最漂亮的房間留給你一個人。」他接著又強調說：「房間還有電！」

他打開房門，轉了電燈開關：一顆搖搖晃晃的燈泡充作「電燈」。我發現這間他們特地留給我的「皇家套房」是這樣的：五平方公尺大小、兩片膠合板當作牆壁，將這間房間與旁邊的附家具房隔開、兩張墊高的泡棉床墊，而所謂的窗簾是一塊布。「這是什麼鬼啊。」我低低地說。

「怎麼樣？嚇到了吧？」

「啊，是啊，我真的是嚇到了啊！浴室呢？在床底下嗎？」

他大笑：「才不是！浴室在走廊的最後面。給你看看浴室是怎麼用的。」他接著給了我一把鑰匙，用來打開封住阿里巴巴洞穴的那把鎖。

「我猜廁所是在走廊的另一端。」

「對啊！還有廁所呢。」

我訝異於他的興奮，錯愕地跟在他後頭。我以為在加德滿都的那家旅館所遇到的狀況已經是最糟的了，沒想到還有更厲害的……浴室，就跟房間一個樣，是一根灑水管接在一個骯髒的水龍頭上。至於廁所呢，要進去得先暫時停止呼吸才行。眼前糟糕透頂的景象，令我愣在原地，西姆似乎不覺得哪裡不對勁，他繼續驚嘆：「熱水可不是每天都有喔，好好享受吧。」

最後，他問我還需要什麼。我很想大喊說，什麼都需要，可是我不想壞了他的興致，於是努力地擠出笑容，謝謝他的幫忙。

當他前腳一走，我便打開睡袋，把一些過夜用的物品拿出來。我記得挑夫說熱水的享受不是天天有，因此勉為其難地沖了澡。儘管環境這麼糟，燒燙的熱水促進了我的血液循環，也緩和了我的肌肉痠痛。熱氣讓我的精神為之一振。我快速地穿上衣服，免得因為冷熱溫差而著涼，接著下樓到了花園。

夜晚的涼爽重新取代了消失在地球另一端的太陽。我裹著厚厚的羽絨外套，站在樓梯上看著照亮每張桌子的小小蠟燭散發著隱隱的光暈。尚堤還是坐在椅子上。他望著天空啜飲著一杯啤酒。

他望著銀河，問我要不要喝杯什麼暖暖身。我要了薑茶。他趕忙去拿。我坐在椅子上，望向了宇宙，一顆流星劃破了夜空。尚堤以服務生的從容以一隻手穩穩地端著托盤過來。他給了我冒著煙的薑茶，接著在桌子上擺了兩個小咖啡杯以及一個空玻璃碗之後，走進了花園深處，接著消失在黑夜之中，不久，他帶回了一個袋子擱在椅子腳邊。他在碗裡放進了三顆石頭。

「瑪耶拉，碗是滿的嗎？」我疑惑地看著他，不懂這個問題的意義在哪。他沒說話，只是從斜背包裡掏出一把砂礫，輕輕地放進了玻璃碗裡。他搖了搖那個碗，砂礫滑進了每個間隙之中。他再次問我，碗是不是滿的。我從椅子上站了起來，認真地猶豫了一會兒，給了肯定的答案。他拿起那只袋子，將袋子裡剩下的沙子全倒了進去：砂礫填滿了所有的空隙。他又問了一次同樣的問題。我帶著笑容，興味盎然地回答：「這一次，我想它是滿的了！」尚堤對著桌子反手一抹。

「想像這個碗是你的人生。三顆石頭象徵對你而言最重要的東西：也就是沒有了這些東西，你就不會幸福。再把那些砂礫看做是次要的東西，也就是排名在不可或缺之後的東西。」我望著他，不懂他想要對我說的是什麼。

「最後，想像沙子等於剩下的東西，也就是無意義的幸福。無意義的幸福能讓你覺得開心，但卻只不過是最重要之事與重要之事的補充。」

「喔，重點是什麼？」

「要是我把這個碗都裝滿了沙子，就沒有空間可以給砂礫與石頭了。你的人生也一樣：要是你把時間和精力都耗在次要的事件上，就沒有餘裕做最重要的事情了，你也就錯過了自己的人生。**你追逐著膚淺的事物，同時不懂自己為何不快樂。**」

我帶著笑容鼓起掌來。真棒的講解！

「現在該你斷定自己的優先要務了。什麼東西對應了你生命中的石頭，而對你來說，什麼是最重要的事情？意思是，你不會犧牲掉或是非常非常想要的東西。」

「我不知道……現在，我很累了。」

他語氣堅定地命令我：「請好好的想一想！」

我捧著頭，望著地上，開始思考這個問題。我知道自己的心在意的是什麼，可是為了把那個當成人生的優先要務，讓我吃了許多苦。摻雜痛苦的回憶模糊了我的視線。我抬起頭，以手掌撐著下巴，手指蓋住雙頰，任憑淚水一滴滴滑落。我難過地坦承：「當然，我希望能夠每天早上在所愛之人的懷中醒來，也希望能夠有自己的時間給家人與朋友，向他們表示我的愛。我想要不用什麼理由就可以開懷大笑，想要分享簡單的時刻，旅行……」這些優先的事項都沒有排進我的日常生活當中。我錯過了自己的人生。

尚堤的手蓋上了我的手，同情地對我說：「那麼，就別在你的碗裡再裝滿沙子了。瑪耶拉，去活出你的夢想，好好照顧你自己、你的身心、你的渴望，以及你所愛的人。讓你自己成為本來的自己，不要害怕痛苦。就是因為害怕痛苦，讓你不幸福，並且將自己封閉在自己的傷口中。」我流著淚，定定地望著尚堤，他繼續說：「冒險活著、成為你自己。思考你人生中的每一件優先要務，同時將一顆又一顆的石頭、一塊又一塊的礫石、一粒又一粒的沙裝進你的碗中。每當你擺進去一個東西，那個東西就必須勝過所有其他後頭會擺進去的東西。請先選出第一顆石頭，接著再放進第二顆，同時告訴自己永遠不會為了第二顆而犧牲第一顆，然後循著相同的思考模式繼續下去，直到放最後一粒沙子。不過你得留心自己想要的是什麼東西，因為你有可能會得到！」

尚堤碗裡的東西都倒在了桌上，然後給了我三顆大石頭。我思考著要把哪顆當放進碗裡的第一顆。顯然我的工作在我的人生中的分量最重，因此成了我的第一優先。可是尚堤是對的，那難道不是因為有其他選擇的緣故嗎？難道不是因為怕墜入情網嗎？這幾個月以來，我有花時間照顧自己、照顧我的家人朋友嗎？有老是想著自己的價值與能讓自己幸福的事情嗎？我已經好久不曾有過悸動了。我熱愛我的工作，可是那難道不是為了忘記生命中的空虛嗎？我轉著桌上的那三顆石頭，沒辦法決定哪一顆石頭配上哪件我喜歡的事情。尚堤察覺到了我的驚慌。

「要是你有一根魔法棒的話，什麼會是你的理想生活呢？」

「呃……和一個懂我的超級好男人生活，我會支持他，而他會給我依靠。我會旅行，與他共同探索世界！我會與我的家人、朋友共度週末與晚宴時光。我每天的生活會很簡單，而且充滿小確幸：山間漫步、夕陽、愛情……總之，這一切都很美好，但是只存在於童話故事之中！」

「不，對於那些將你說的這些視為第一優先的人來說，是事實。只不過你並不是其中之一，因為現階段的你，工作才是最重要的。」

我一隻手緊張地搓揉著那些石頭，另一隻手將沙粒攤在桌子上，同時不確定地為自己辯解。因為我缺了其他的東西，所以就緊緊抓住手中所擁有的。「請反向思考。在界定你的優先要務時，你也在體驗它們。因為你所有的精力將會集中在最為重要的東西上頭。」

我選擇了第一顆石頭。我翻動著手，讓那顆石頭在手中滾來滾去，接著對著它呵氣，想讓它變暖，與此同時，我思考著該給它取個什麼樣的名字。我抬起眼看著我的嚮導。

「尚堤你呢？對你來說，什麼是最重要的呢？」

他毫不猶豫地回答，一派理所當然：

「我的健康！」

「當然了！沒有健康，萬事不能，你的答案太簡單了。」

「太簡單？不對喔！對我來說，健康是最奢侈的願望，我很清楚健康這東西有多麼地脆弱。每一天，我會留心自己吃進去的東西，免得傷害我的身體；我會控制自己的思想，免得傷害我的靈魂。**健康從來就非必然，而是需要時時小心注意**。健康是我最終極的第一優先，所以我不會為了放別的東西進我的碗裡而犧牲它。」

我鬆開手，喝了一口熱茶。尚堤又再次說對了。我當下想起了羅蔓；想起了她這幾個月以來所忍受的痛苦；想起了自己運氣好，才能健健康康。此刻，我明白那就是我最珍貴的石頭。我拿起桌上最大的那一顆放進了碗底。這就是我的第一號石頭，名叫：「健康」。接著，我想也不想地放進了第二顆石頭：這顆石頭就叫做「愛」，我的感情生活、家庭與朋友都共同包含其中。最後第三顆則定義為：「分享與幸福」。怪的是最後這兩個名詞不斷地在我的心上重複出現，彷彿是我的一項優先要務。尚堤看起來頗為訝異，不過並不是因為我的第三個選擇，而是少了某個東西。

「你怎麼沒跟我說到你的工作和錢呢？」

「因為我相信工作和錢都達不到這個等級。你覺得怎麼樣？這是不是一個好答案？」

「瑪耶拉，好答案並不存在。只有你的心知道什麼對你才是重要的。傾聽你的心對你說的話，你就會知道自己是誰。」

我用礫石又做了一次同樣的事。我把這些礫石分別與我的渴望、工作、抱負、夢想、較不親近的周遭人等以及房子搭配。最後，我再順帶為那些在物質層面上佔有一席之地的沙粒定名為表象與膚淺。

尚堤默默地觀察著我，同時替我將手中殘餘的沙粒拍乾淨。我很確定自己的優先要務，就算那些優先要務與我目前的優先要務天差地別也無所謂，因為我的心已經好久不曾像此刻這樣悸動了。我充滿感激地望著尚堤。

「現在你的碗是滿的嗎？」

「這一次我很確定，不但是滿的，而且還很有秩序！」

我認真地看著不同的岩石所形成的線條起伏，同時把玩著那只玻璃碗，最後再將碗遞給他。他也仔細端詳起那只碗，接著擺在桌上，然後將剛才放在一旁的兩杯水倒了進去。

我笑了起來。

「這水又是代表著什麼了呢？」

「沒有，只是要提醒你，就算你的生活充實又忙碌，依然還是騰得出空間與朋友一起喝杯咖啡！」

# 6. 積極的精神

我們的重複行為造就了我們。
——亞里斯多德

在六點的鬧鐘響起之前，我睜開了眼睛。夜晚的不舒適並未影響我的睡眠，這全多虧了睡前庫馬給我們喝的拉西[3]，光是用嘴唇蘸了一下就夠讓我茫茫然了。這一早，我的精神充沛。我一把拉開了窗簾。眼前的壯闊景象，就如同房間冰冷的空氣一樣撲面而來。我裹著睡袋，盤腿坐在窗前。天空的顏色依舊還是夜空藍，等待著晨曦替它更換色調。

我呼出的熱氣與房裡的寒冷之間的溫差所引發的化學反應，帶我回到了童年時在鄉間奶奶家短暫居住的時光。我和瑪歌都會呵氣玩，假裝抽菸。而我妹妹最愛的遊戲是扮演貴婦。我們會以食指和中指夾著一根小棍子當作是菸，然後誇張地吸著。我的瑪歌啊！要是我跟她說自己正經歷了什麼，她一定不會相信我的！我可以聽見她說：「別想騙我……你？去

---

3 raksi，用小米或是白米釀的尼泊爾傳統蒸餾酒精飲料。

爬山？還是喜馬拉雅山？沒化妝沒穿高跟鞋？你別想要我相信你可以超過一個小時不看手機、不收mail，就為了聽你的高貴大腦認定以外的事實真相？……姐啊，別逗了！」

我微笑。瑪歌經常給我一些自我成長的書。我總是把那些書仔細地收在書櫃裡，連翻都不曾翻過。有好幾次她試著替我報名我不知道是什麼名堂的培訓，但是我從來不到場參加。她偶爾會選擇以挑釁的方式，用她的方式讓我瞭解自己正錯過了自己的人生。我覺得她這個人很古怪，可又很愛她。我認為她這個人最令我感動的地方，是對所有人的親切善意。

魚尾峰在我面前開始閃耀著光芒。這位神聖的雙峰巨人模樣正如其名。時間靜止了，彷彿不再存在。我想著自己正在這裡；想著羅蔓、這趟旅行、這個任務；想著與尚提的相遇，打亂了我的人生與確信的事物，此時，一束強烈的光線射進了我的眼裡。這覆滿白雪的龐然大物褪了顏色，接著從螢光橘轉換成了各種各樣的黃，而後跟隨著火球爬升天空的節奏，逐漸穿回了白袍。倒數計時中……新的一天可以開始了。

我聽見一樓傳來了早晨一切開始熱鬧的聲音。咖啡香裊裊地穿越了牆壁，搔著我的鼻孔。我深深吸了一口氣，勇敢地拿下睡袋，穿上被凍硬的衣服。我整個人感覺相當輕快，無拘無束。我想著瑪雅對我所說的話，接著再想著尚提那番關於我的優先事務的談話。

我走下樓，加入了那些正忙著做自己事的同屋住客。阿米塔要我從菜單上選出喜歡的東西。我餓得要命，所以選了一套全餐：炒蛋、高山蜂蜜鬆餅和麥片粥等等這些夠撐幾個小時的東西……

中央火爐溫暖了整個空間。西姆、庫馬與尼夏在廚房唯一的那面鏡子前，輪流整裝。尚堤過來在我旁邊坐下，接著打開了一張地圖：「今天早上呢，我們要往上爬到德烏利山口。那裡的海拔是二千一百公尺。接著，我們從另一邊下山到海拔比較低的藍珠克村。」這第一天的路程似乎漫長得無止境，不過我全心都在新獲得的能量之上。我嘴巴含著食物，口齒不清地說：「我會跟著你，喔，我是說我會想辦法跟著你走！」「我們半小時後出發，到時太陽升得比較高，陽光也會讓氣溫比較暖一點。」話說完，隨之而來的沉默，再次提醒我注意自己的第一要務是什麼。

自從我來到加德滿都之後，沒有人能夠向我說明那個美好到不可能為真的方法。有數百萬人為癌症所苦，怎麼會沒有人知道呢？

「尚堤，你覺得我們要找的那本文集怎麼樣呢？你有聽說過嗎？」

「沒有喔，不過喜馬拉雅山裡藏了許多祕密，其中有好幾個還曾經引發了中國與西藏之間的戰爭，直到現在依然還是衝突的來源。要是你有機會能夠走完這趟路，就會有答案。」

「為什麼要有機會才行？你讓我開始擔心了……」

「因為路程漫長，只有老天爺知道我們能不能夠辦得到。」

尚堤對於這個話題，態度總是神祕，也不多說，根本不能讓我安心。我感覺自己投入了一項比自己原先設想得還重大的任務。

「那你相信那本手冊的事嗎？」

「這個嗎，我得知道裡頭的內容是什麼。別煩惱，一件事、一件事來。目前我們已經上路了，當時機一到，我們就會有答案。」

我吃完早餐，走到外頭去伸展一下因為前一天的勞累而痠痛的腳。吸進了第一口自鄰近屋頂流洩而來的芬多精，讓氣管感到一陣冰涼。我走下村子，好幾次因為壯闊山景而停下腳步，接著再走回小屋。

出發的時間到了。尼夏坐在行李邊的矮牆上把菸抽完，而西姆則是追著蝴蝶跑。庫馬帶頭，我亦步亦趨地跟著他走。尚堤則走在我後頭。我們默默地沿著階梯一階一階地往上爬。這道階梯似乎永遠也走不完。依舊低垂的陽光為四周風景染上了金色。我將注意力全集中在那些似乎正監視我們的巨人，從而得到前進的力量。我強迫自己痠痛的肌肉運動，才走了不久，那些肌肉的溫度上升，變得較有彈性了。

我的身體因為活動而開始發熱。在第一次暫停休息時，我脫下了第一層衣物，與此同時，尼夏又抽了一根菸，就好像高海拔的氧氣對他而言濃度變得太高似的。我走到了正望著山谷的尚堤身旁。

「我思考過了你昨晚向我解釋過的優先要務。你的話聽起來有道理，可是一切都不是操之在我。我的其中一顆石頭是活出愛，但是要活出愛就得找到對的人，但是目前我並沒有找到對的人。」

「你說得沒錯，機會很重要，可是你接受邂逅嗎？接受各類型的約會嗎？你為你的優先要務取了名字，現在你得改變心態迎接機會來臨，並且避免犯下重複的錯誤。為了得到幸福，就得換個思考方式，**變得積極正面，相信你所想望的，相信生命，因為你所吸引來的，成就了你。**」

「我這個人很樂觀的！」

「這是好的開始。不過積極正面，就是向外界敞開心胸。舉個例子好了：要是你在路上想知道幾點，你會問那些顧著講手機，腳步匆忙的人呢，還是對你微笑的人呢？」

「當然是以眼神歡迎我的人啊？我可不想打擾另一種人。」

「我也是！但是這並不代表那些忙著講電話的人就不是樂觀的人，對吧？」

「好，我懂了，可是要如何向外界敞開心胸呢？」

「首先，要充實內心。當你反覆咀嚼著有害的思想，你就會呼出負面的能量，而你的身體也會表達出這樣的狀態：肌肉緊繃，表情扭曲，當機會出現時，你也會有所畏懼。反過來呢，當你是個正面思考的人呢，你整個人就會放鬆，也就會變得親切。如此一來，遇到你的人也就會想要靠近你。」

尚提脫下毛衣，把毛衣綁在腰間。我們趁機會短暫休息一下。再次上路時，他向我解釋：

「你說自己的優先要務之一，就是找到愛情，可是我又聽你說自己不適合情侶或夫妻生活，注定要一個人過，還說你已經吃夠了苦頭，可是如果你一直都是抱持著這樣的心態的話，什麼就都不會改變。幸福已經站在門外，可是你得願意把門打開。」

「你站在我的立場吧！我遇見的男人都不值得我犧牲那麼多時間。」

「那你為何要犧牲？」

「因為我都是在分手後才發覺的啊。」

「從經驗當中得到教訓是件很重要的事情，否則你就注定會重蹈覆轍。」

「我同意！這就是為什麼我不會很快就又上當。」

「唯一真正的錯誤，是你重複犯的錯誤，其他的都是獨一無二的學習機會。別怕失敗，因為失敗為成功之母。要勇敢，愛情就意味著冒險。要是你選擇封閉內心，就沒有人會接近你。」

「保持積極正面並不容易吧？」

「就跟身體一樣都需要鍛鍊。要是你想要鍛鍊身材，就得每天訓練肌肉，注意健康的生活方式。不是每個月做個半小時的運動，大吃油膩食物就可以達標。你的精神也一樣，需要每天注意自己的思想，不讓自己受負面汙染。積極正面，是能夠控制自己的恐懼，相信自己的夢想，並且將夢想具象化，讓機會進來。你其實已經做了最重要的事情：你決定以自己的人生為優先考量而做決定。當我們知道自己要往何處去的時候，起身行動就會比較容易。」

「是啊，可是當我們讓自己受到傷害的時候，就很難相信自己的夢想了。」

兩隻斑頭雁自我們的頭上飛過。尚提訝異地看著牠們飛遠，一會兒之後才解釋說，這個時節很難看見這種鳥兒。

「因為受過傷所以不想要愛情是一種選擇，那按理說，你應該放棄把享受愛情當作優先要務才對。每種狀況難道都一樣嗎？每個人難道都不是獨一無二的嗎？」

「當然啊，可是我感覺自己並不知道該怎麼做，也感覺自己只會遇到傷害我的人。」

「你所吸引來的，成就了你。**你害怕受苦就不會給任何人有機會進入你的世界。當你鎖上了入口，就等於關住了自己。**」

我長長吐了一口氣。尚提是對的：我給我的生命設下路障。我給自己找了拒絕承認的理由，同時將自己埋沒在工作裡，藉以忘記自己的夢想。

「我應該要怎麼做才能達成理想？」

「我已經跟你說過了：改變你的心態。意思是，你應該控管自己的每個意念，確認你的意念與你的目標是一致的。當其中一方走偏了路，你就得針對偏差的那一方進行重新規劃，讓它回到正途。之前痛苦的決裂並不一定需要忘記，但是要從中記取教訓，不要躲藏在那些決裂的背後。把目標具象化：要是與某人邂逅是你的優先要務，那麼，那會是什麼樣類型的男人呢？你想要與他分享什麼呢？你希望有什麼樣的生活呢？要確認沒有任何有害的思想讓即將到來的約會改道而去。至於其他的呢，就交給宇宙處理吧！」

當我在我的背包裡找水壺時，開始幻想著我的白馬王子牽著我的手在塞納河邊漫步，兩人一起拼湊著共同生活的樣貌；與他在世界各地共進浪漫晚餐；瘋狂歡笑；身體合而為一……此時，我的心充滿了溫暖柔情。尚堤坐在一塊岩石上，並不打擾我，任我沉醉在愛情幻想中。我在他身旁坐下，喝了一口水之後，向他說出自己的心裡話：

「我開始懂了。」

「你感覺怎麼樣？」

「幸福。」

「你也感覺到了能量正在你的身體裡循環流動嗎？」

「是的，我感覺很平靜。我也感覺內心的桎梏鬆開了。」

「你就是該盡可能地讓自己接近這種狀態。花些時間觀察內心的安適，而後每當疑惑出現的時候，就讓自己的內心重新回到這種安適的狀態。」

我感覺自己的心臟活潑地跳動了起來，整個人充滿了感動。大腦的寂靜也令我大感訝異；我已經沒有什麼好思考的，因為我的內心平和。那些綑綁住我的鎖鍊逐一解開。

我的其他旅伴趕上我們，接著在距離我們幾公尺處歇腳。我的嚮導站起身來。我也跟著站起身。這股全新的能量真的令我十分訝異。一種輕快的感覺伴隨著我的快樂笑容，其他四個人也跟著笑了。我們歡喜地重新上路。

庫馬伸手拍了拍我的肩膀，接著大大地畫了個圓弧，再將上半身往前傾，優雅地朝我鞠了個躬，讓路給我，要我先走。我們一起走了一段時間。他先是給我看他的三個小孩照片，而後對我說起他的家庭。這二十四小時以來，這個在此之前都只是擔任旁觀者的敏感纖細男人，第一次與我交談，而不再只是與我眼神交換。

西姆走在我前頭。他就像我們途經農場時所遇見的小山羊那樣地蹦蹦跳跳，為著能夠共享這個特殊時刻而開心。我的四名保鏢似乎也感受到了我的喜悅，以及對於這個小團隊的平衡所帶來的立即影響。尚堤嘴上掛著微笑，默默地壓後。我時而轉身確認他的人還在不在，而他則是會朝我眨了眨眼作為回應。

達達的蹄聲伴隨著鈴鐺清脆的響聲自遠處傳來，並且越來越接近。一隊驢子，腹側掛著許多袋商品，在一個少年的連續吆喝聲中，前後有序地走著。這幾隻動物在經過我們身旁時加快了腳步。我看著這支小商隊走過，隨後又回到尚堤身旁繼續往上走。

「決定了，我只要一回到巴黎就要想辦法改變我的心態。」

「為什麼要等到回巴黎才做？」

「這個嘛，尚堤……我在這裡不會與誰相遇的！」

「為什麼不會？」

我大笑。

「我說的是感情。」

「我懂！未來永遠不會來到，瑪耶拉啊，**只有當下是真實的**。你可以得到幸福，實現夢想，所以別等『以後』，而是現在就改變你的心境。敞開心胸迎接機會與邂逅吧。**人生，是每個當下的總和**。糟蹋掉的每一秒都是失去，而且無法彌補。」

尚堤的語調變了。堅定而不容一絲懷疑。我明白自己的自動思考導航系統正隨機領路，我應該把這個系統調整回我的目的地。但是要怎麼做呢？我還在想著這些問題的時候，尚堤搶先問我：

「你知道要建立起一個習慣需要二十一天嗎？」

「你是說，我可以在三個星期之內就進步嗎？」

「不是！你可以在接下來的那一秒就有所改變。你的全新自動性通常只需要一秒就可以取代舊的自動性。」

「那要怎麼修改我的意念呢？我的意念總是不請自來。你可以幫我判斷出它們會從哪裡來嗎？」

「我又不能住在你的腦袋裡。要知道你並不能控制你的所有意念，因為每一天，你的腦子裡有六萬個意念不停轉動著。但是你可以讓你的異議分子委員會慢慢地不發聲。你的負面思維是你最大的敵人。它們會限制改變進行。難道你沒聽見自己老是再三地說：『這並不實際，這連試都不值得一試。我已經試過了：事情發展並不順利，你浪費了時間，你所做的一切都沒有用，別再相信任何人，你知道結果會如何的……』」

我只能同意。尚堤好像進入了我的腦中。

「那些意念如何控制我們，你絕對想像不到。它們會讓我們的人生停留在『暫停模式』。」

「嗯，雖然我可以從貫穿每一天的六萬個意念中判斷出那些不好的思想，可是事情不是這樣就算了，我該如何把那些不好的意念驅出腦子呢？」

「對於每個生出的負面、甚至是無意義的意念，試著以另一種正面的意念取代，讓那些不好的意念失去影響力。接著，給正面的意念多一些重要性。例如，當你起床的時候下雨了，你腦中的第一個意念會是什麼？」

我開始想像那個場景，脫口而出：「又是他媽的一天！」尚堤微笑。

「你開始了新的一天，但是卻沒意識到這句話如何毀壞你的幸福。」

「是啊，可是我又能怎麼與氣象對抗呢？」

「對，你沒辦法，但是你可以改變自己的心境！水是生命的元素。請提醒你自己，雨水對於森林、草皮、花朵、原野、街道清潔等等的種種助益，你的不滿就會一掃而空，對於這項天降的禮物也會心懷感激。你會感覺幸福，而且也會受到你的身心平衡所需的循環所保護。你以與環境和諧共處的方式開始新的一天，當你走出家門之後所感受到的侵擾將會透過意識而轉變。藉著不斷地控制自己的思想，你將得以繼續走自己的路。」

「我不想悲觀，可是一天有六萬個意念需要判斷，我覺得那根本辦不到！」

「看看你背後的山。早上它在那裡嗎？」

我回顧著來時的路，滿是驚訝：

「我們一步步爬上了這座山。一個意念接著一個意念，然後發現自己比自己所想像得還往前走得更遠。你知道一天當中的所有意念，有百分之八十是前一天就有的嗎？」

「你給了我一點希望了！如果針對壞的意念，每天進行消除，同時避免創造出新的來，那麼就只有好的意念會更新囉？」

「完全沒錯！」

我藉著總是如此壯觀的風景輪廓淡化登山的辛苦，直到抵達了德烏利山口。我背靠著一座俯瞰整座山谷的佛塔——看起來像是某種海角——觀察著遠處的農人彎著腰在梯田間來回犁田。接著再次陷入思考，直到午餐休息時間。

一戶農家為我們端上了燉蔬菜與白米。飯後，我們挺著飽足的肚子晒著太陽，直到尚堤宣布下半天的行程開始。

我以前從來不曾發覺這些自動產生的意念會不斷地嗡嗡作響。我試著將這種新的動機與腦海中閃過的影像融合為一體。我將意念具象化，同時試著在它們生成時逮住它們，就如同一隻貓蜷縮著身子躲藏起來，窺伺著老鼠從洞穴裡溜出來。可我越是期待，它們就越是不出現。只要我的注意力一鬆懈，腦袋就被一波波不斷湧出的各樣景象給佔據：那些在巴黎等待著我的文件；羅蔓的癌症；我的人生目標，接著工作搭配起放下工作離開的罪惡感，重新佔了上風。

萬一羅蔓沒撐過去；萬一我不適合談情說愛；萬一我注定獨身一輩子；萬一……萬一……

尚堤打斷了我那豐富的想像力，帶我回到了當前的現實。

「看你皺著眉頭，我猜你的心離開了尼泊爾。你可以發現意念是如何讓你自我封閉。」

「每當我試著觀察我的意念時，它們就不出現，真是令人驚訝啊。而只要我的警戒心一鬆懈，我的自動性就會重新作主。恐懼融入了我的思想，直到你把我拉出這個牢籠。」

「你剛剛領悟了最重要的一點。當你選擇與到來的一切正面相對，就是活在當下。你把握住了機會。相反的，要是你受到自己的意念所束縛，那麼，那些意念就會帶你到過去或是未來，焦慮不安也隨之而至。」

「我不知道是從哪個時候起，一切都開始掌握不住，我覺得自己好像被催眠了一樣，受到了控制。」

「你越是能夠意識到自己的無意識行為，無意識行為就越不能強迫你屈從。你可以透過觀察，讓自己脫離這種惡性循環。一開始，幾秒鐘的注意力就已經足夠，接著每天多增加一點時間，到了最後，這個過程就會成為自然。」

「可要是你剛才沒有插手的話，我就會繼續受到禁錮。我要怎麼做才有辦法靠自己脫離禁錮呢？」

「當我開始處理我的意念時，我給自己立了幾個基準點：每穿過一道門，就會試著去集中我的注意力。到了一天的尾聲，我發現自己只有十分之一的機率會注意到自己的意念，而隨著時間過去，機率也逐漸降低。或是你也可以在手機設定整點鬧鐘，讓你保持專注，這也會有幫助！」

我立刻在手機設定鬧鐘，而且我從那一串古怪的建議清單當中，選定了傳統大鑼作為提示鈴聲，把我的這幾個朋友逗笑了。我雖然感覺這項針對意念的練習相當困難，但是我依然保持樂觀。一件事、一件事來。絕對不能打退堂鼓。

山坡上的層層梯田造就了山谷的風景。到了傍晚時分，我們隨著一條沿著梯田起伏蜿蜒的緩降坡抵達了藍珠克。在一道自山壁中鑿出的階梯上，農夫正持著修枝刀收割小米，再將割下的小米裝進放在最高一層階梯上的柳條筐中。接著，有人將小米先攤散在一塊防水布上，再掃進一種像是簸箕的東西裡。我在一名蹲在地上靈巧搖篩的尼泊爾婦女之前停下了幾分鐘的腳步。

眼看我的幾個旅伴已經開始往前走，我於是加緊腳步趕上。我們順著一條石頭路下山，在一個小時當中，農民的日常生活盡收眼底，接著在一片晴朗的天空下，來到了中途村。

高度超過七千公尺的安娜普納南峰與希安初里峰就在我們面前。高山的壯麗緩和了一路步行的辛苦。我盡情享受這道讓人充滿靈感的夕陽：霧氣籠罩著森林與嵌進山壁的村莊，唯有最高的頂峰穿破了這層於岩石間攤展的神祕布幕。赭石色的光芒，在山谷間混濁的裊裊煙霧中顯得極不協調。

在小屋的入口前，我們圍著一片圓形黃銅板與黃銅小雕像而坐。尼夏「迎戰」房東。西姆焦慮地觀望著戰局。尚堤走向我。「虎棋（Bagh Chal）是尼泊爾的傳統棋戲，我們這裡常常玩。你看，棋盤上畫了五條平行線、五條直線，還有其他對角線。尼夏有二十隻羊，而另一位玩家則有四隻老虎。尼夏得努力讓老虎無法移動，而老虎則是得想盡辦法不讓自己的路給堵住，因此得跟跳棋一樣，跳過羊隻以綁架羊隻。如果輪到了羊隻移動，但四隻老虎都無法移動了的話，羊隻就贏了。反過來，要是老虎吃掉了二十隻羊當中的五隻的話就贏了。」

遊戲看起來很簡單，可是我很快就發現其實需要運用大量的策略。這一晚，我並不打算熬夜。疲累與肌肉痠痛困住了我的身體，吃完一頓豐富的晚餐之後，我很快就睡著了。

# 7. 懸而未決

事情完成之前，看起來都像不可能。

——尼爾森・曼德拉[4]

早晨醒來後的前幾個動作，對我而言都像是酷刑。除了過了一夜依舊固執的嚴重痠痛之外，生活起居的舒適度一日糟過一日：以一片木板充作床墊，再覆蓋上一層細薄的床單，就成了床。依照這種進度，最慘的狀況可能就是直接睡在戶外地面上了。因為腰疼，我舉步維艱地走進了公共大廳準備吃早餐。第一道陽光驅散了夜晚的寒氣。我瞥見尚堤正在一顆大岩石上盤腿而坐。幾分鐘之後，他帶著一貫的親切神情進了大廳。他猛力地搓著雙臂取暖，勉強張著凍麻的嘴巴問我睡得好不好。我全身到處都痛呢。要是能夠再睡個回籠覺，我就會舒服一些，只是考量到那張床的狀態，還不如醒著好！吃完早餐後，尚堤建議我先做些伸展運動再上路。

第一回合的攀高讓我頗為氣餒，不過在旅伴們的鼓勵之下，我找回了我的節奏。安娜普納的峰頂吸引了我的注意，也緩和了身體的辛勞。整趟上山的過程共花了超過一小時的時間。如同尚堤先前對我所說，我的肌肉在熱過身之後變得聽話許多，直到我完全動不了。我的雙腳開始發抖。我向我的嚮導求救，但是一句話都說不出來。眼前一道幾百公尺長的吊橋，讓我更是完全無力。我怕高怕得不得了。我的臉色蒼白，幾乎昏厥。尚堤看出我的苦惱，打趣說：「瑪耶拉，怎麼了呢？別跟我說你害怕穿越莫迪河谷！」

我實在無法想像自己踏上這個布滿洞眼、最高點有五十公尺高的平面。我的身體變得僵硬，心跳也開始加速，腳下的地面彷彿開始崩塌。尚堤連忙上前扶我在一塊石頭上坐下。

「我很怕高，根本沒辦法走過這道橋。我們可以改走別的路嗎？」

「恐怕不行。如果不走這道橋就到不了山谷了。」

西姆全看在眼裡。他走上橋，在繩索間蹦蹦跳跳。掛勾的伸縮給了我一種橋面增長的錯覺。此刻，那名少年因為跳躍的動作，在我眼中從一個人變成了四個人。他在臨時的跳床上笑著，邊跳邊大聲喊叫，試著讓我安心。

「尚堤，我就走到這裡，不走了。我們應該重新從另一個方向出發。」我心意已定，但是我的嚮導並沒有因為我的堅決而退縮。他揮了揮手，要西姆安靜下來。西姆停下蹦蹦跳跳的腳步，朝我們走來。

尚堤蹲在我身邊，溫柔地問我到底害怕什麼。「我沒辦法跟你解釋，我怕高，所以頭

4 尼爾森・曼德拉（Nelson Rolihlahla Mandela,1918-2013）：南非首任黑人總統。

量。我是真的很想走過去，但是我辦不到。」我站起身子，決定返頭。尚堤也跟著站起身，對我說：「我懂，可是我們不能夠放棄。恐懼這種主觀的感受是根基於我們先前的經驗。有沒有看到西姆在橋上玩得開心？他的大腦將那條吊橋詮釋為一條愉快的通道。而你的呢，則是有喪命的風險！」

響亮的鈴鐺聲遠遠從對面陡坡上傳來，而且距離耳朵越來越近。一名尼泊爾少年以一根牧羊棍領著一群水牛與母牛走在不穩固的板條路上。這幾隻牲畜側腹上綁著行李與食物，一隻接著一隻地前進，隨後開始上橋。我看著那道吊橋因為牲畜的走動，再次變成兩道、三道、四道時，頗為擔心。整整五分鐘當中，我連大氣都不敢喘一聲。二十幾隻牲畜與那名年輕牧人的性命，都繫於幾片綁在一起的木板、兩條纜繩，與連結兩者的網子之上。牲畜的重量壓得這道吊橋左搖右晃，忽高忽低。我忍不住猜想那道橋即將在我眼前斷裂。第一隻水牛朝我們走來；牠先是在這條歪斜的板條路上蹣跚前進，隨後找到了平衡，繼續往前走。在那名年輕牧人的趕牛吆喝聲中，這群牲畜身上的鈴鐺隨著步伐的韻律叮噹響著，逐漸走上了我們這一邊的陡坡。我們自動分出了一條道路讓牧人與牛隻逐一通過。他們艱難踩著步伐，繼續前進，彷彿腳步不曾中斷。

我打起精神，儘管可能發生的災禍依舊令我顫抖，與此同時，我的四名旅伴一派輕鬆地等著我。尚堤伸手過來。

「該是你體驗將恐懼具象化的時候了。就如你剛才所看見的一樣，那道吊橋能夠負載巨大的重量：牲畜群年復一年地走過這道橋。這道橋或許晃動、變形，但是一直都在那！你的大腦想像出悲慘的情節，但是那都只不過是虛構出的產物。一切都是假的。」

「或許吧，可是我的不舒服是真的。」

「那就跟做夢一樣。」

「你是指惡夢吧！」

「當你睡著的時候，沒有什麼比你的想像力還真實的了。身體會因為情緒而出現反應：面對恐懼，你會全身僵直；你的心跳會加快；你的呼吸急速，而當你醒來的時候，就會擺脫這種緊張的狀態，因為你腦子裡所接收到的信號是令你安心的信號。現在也是同樣的道理：你被想像出的惡夢給困住了。但是你自己也看得出來，現實並非如此。」

「我懂，可是就是忍不住啊。只要遇上嘗試新的事物，我的身體就會無法動彈。」

「你得讓你的身體感到安心，並且控制你的負面思維。讓自己脫離驚嚇的狀態。首先，你得從深呼吸開始。」

尚堤深呼吸了三次。他用力地吸飽氣，接著長長地把氣吐盡。他要我跟著做。第一口氣不是很順暢，接下來的第二口氣，我有了感覺，第三口氣，我的胸骨大大地放鬆了。

「很好！現在，你搭著庫馬的肩膀，跟著他的腳步走。你踩著他踩過的地方，然後注意我的聲音。我會在你的後面。」

他與庫馬說了幾句話之後，便要另外兩名挑夫顧著行李等我們。庫馬往我前方一站，我就像個機器人一樣自動站起身，把手勾在他的脖子上。他往前，我便跟著走。我渾身發抖，把注意力集中在他的鞋子上。尚堤在我後方，扶著我的左右肩膀。走了兩步路之後，他在我耳邊輕聲說：「很好，繼續吧，深呼吸，再慢慢吐氣。」我聽見他誇張地呼吸，藉此激勵我專注呼吸。他重複做了好幾次。我一步一步地跟隨著庫馬的節奏，兩隻因為恐懼而蜷曲的手緊緊抓著他的脖子。那道橋隨著我們前進的腳步而逐漸後退，透過板條與板條之間的空隙，我看見了自己正懸在高空上。我的心臟開始狂跳，肌肉也僵住了。

尚堤察覺到我的狀況。他推著我的肩胛骨，阻止我停下來。「瑪耶拉，走出你的惡夢吧，你不會有事的！閉上眼睛，然後吸氣。把你的注意力放在你的雙腳，別讓它們無法動彈。**仔細觀察外面發生的事情，保持超然，別有任何情緒**。來吧，再一次深呼吸！」

我閉上雙眼，不再想要主導什麼，只是讓前方的庫馬拖著，後方的尚堤推著，就如同夾在中間的一節車廂，跟著火車頭前進。除了與他們在一起之外，我什麼事都不做了，這也讓我安心了片刻。隨後，庫馬開始大喊。我睜開眼睛，他正朝著從對面陡坡上走來的一名雪巴人揮手示意，要對方停下腳步。我們一行人正走到了橋中央，也是橋身最容易搖晃的位置。我看見底下蜿蜒於岩石間的激流，整個人再次驚慌了起來。我的雙腿發軟。尚堤要我「離開」所有的意念。「聽我的聲音！想像我們在海上搭著船，往前方航行。大風狂吹，海浪緊貼著船隻。」

我試著在腦中想像整個畫面，同時試著找回身體的平衡。我分開雙腿，讓自己能夠重新穩穩地站著。當我試著在腦中想像出船首——也就是我欣賞海景時，最偏愛的位置——的樣子時，我的步伐開始連續前進。當尚堤要我睜開眼睛時，我們已經到了陡坡的對側了，而且雙腳踏著土地。他對我微笑：「瑪耶拉，你辦到了。」

我驚愕地望著他，濡濕的雙手不再蜷曲，肌肉也已經放鬆，我的血液開始流動，方才不順暢的呼吸也回復了規律。我遠遠聽見尼夏與西姆鼓掌。他們輕巧地在吊橋上奔跑，一瞬間就來到我們的身旁。那名雪巴人向我們揮手之後，繼續往前走。接著，他停下了腳步，回頭朝我走來，並且以藏語對我說了一句話之後，便踩著一片一片的板條前進，繼續趕著他的牲畜。

我疑惑地轉身看向尚堤。他告訴我，那名雪巴人說的是：「要是恐懼敲門，而你有勇氣將門打開時，就會發現門後原來沒有人。」我笑了，望著橋上那名男人搖搖晃晃地走遠。

我們繼續趕路，但是我還是花了好幾分鐘才讓情緒平復下來。我的雙腿虛弱得幾乎撐不住我的身體。尚堤一直待在我的身旁。我望著那條石頭路。

「我沒辦法控制自己的情緒。」

「那並不簡單，不過可以學。恐懼源於思想。透過固定的意識練習，你將從受制者轉而成為主宰。要是你仔細觀察所發生的事情，就有辦法安撫你的內在小孩。我們都遊走於雙重狀態之間：在我們內心沉睡的小孩，與我們所成為的大人。我們在面對恐懼時，內在的小小孩就扮演了主導的角色，而我們的意識也會失去了清明。那個小小孩會成為負面情緒的俘虜，直到老大找到能夠安撫他的話語，讓他恢復理智。」

「那要如何辨識出這些狀態呢？」

「那個孩子活在恐懼之中，並且缺乏自主能力。父母的眼光，是他成長的養分。一旦注意力不在他身上，他便會有被遺棄的感覺。他會尋求別人的愛，而不懂得給自己愛。問題來自於他的身旁周遭，而他的驕傲自負滋養了他的憤怒。那個大人呢，則是懂得如何讓自己透氣與如何讓內心安定下來。他承認自己的痛苦是自己的創造物，但是他知道解決之道得內求。」

「只是當恐懼令自己盲目時，要如何從一個階段跨越到另一個階段呢？」

「我會辨識自己所處的情境為何，但不會予以評論。當我的內在小孩掌握了主導權時，我會向他表明自己會陪著他直到生命結束為止，也不會讓任何人傷害他，藉此安撫他。那個我所成為的大人有足夠的能力引導他。」

這個關於內在小孩與大人的形容感覺十分恰當，而這兩種狀態孕育出了我的日常。山路坡度逐漸緩和，雖然如此，往上爬依舊是件苦差事。方才因為恐懼而收縮的肌肉逐漸放鬆。在經歷過吊橋的考驗之後，一切變得容易多了。我們在溫泉村歇腳。尼夏與西姆一樣依照他們的習慣，在我們之前就已經找好位置休息了。才下午一點，行李就已經鬆綁了。

「今天就走到這裡嗎？」

「對。我讓你在露天平台上吃午餐，接著休息一下。要是你願意的話，我們就下山去泡溫泉，慵懶度過這個午後，如何呢？」

「這真是太驚喜了！不過這裡怎麼會有溫泉呢？」

「就喜馬拉雅山的這個地區來說，這是個奇特的現象。這裡存在著地熱，也就是地球產生的熱能。地殼的岩石溫度升高，當水一進入，與滾燙的岩石接觸之後，就會變熱。溫泉村的間歇泉就是這麼來的。」

小屋的主人曼殊有兩個兒子，分別是四歲與五歲。她與這兩個在她身邊小步跑跳的男孩向我們打招呼。她與我握手。兩個孩子分別躲在她的左右大腿後面，默默地觀察著我。我向他們眨了眨眼，他們便噗嗤笑了出來，隨後跑進屋裡。不久，他們走了出來，其中一個男孩將一顆癟掉的球給我，另一個男孩則是拿了兩顆大石頭暫時充作球門，並且準備接我的射球。庫馬與西姆興趣盎然地看著我們。我呼喚他們過來幫我，因為我的足球程度沒辦法獨自應付這麼「高大魁梧」的漢子。這兩個男人一口答應，此時，一對英國觀光客也前來加入團隊陣容。現在，可以開打了！

二十分鐘之後，曼殊吹哨宣布比賽結束。她手上端著一個盤子，上頭擺的那四盤熱騰騰的達八，激起了我們的食慾。尚堤邀請這兩位年輕的英國人與我們一起用餐。他們開心地與我們同坐。尼克與艾比來自倫敦，給了自己幾個月的假期體驗冥想靜坐。尚堤興味盎然地聽他們說話，同時也利用他的知識，讓這個他似乎頗能掌握的廣泛話題內容更為充實。尚堤的話語讓他們很是喜歡，我感覺自己彷彿正與三位智者共餐。

尼克說：「您的革命性價值讓我聽了很驚訝。」

尚堤微笑，說：「革命性？這些觀點都是根基於祖先的教誨。」

「但這些觀點難以跨越國界。」

「要是你們願意的話，今天黃昏的時候，我們可以連結我們的能量。」

這兩名年輕人連忙答應。接著，這三位都望著我看，顯然等待著回答。我渾身不自在，結結巴巴地說：

「這些我不懂，所以我不想毀了你們的體驗。」

「那很簡單啊！靜坐不需要任何特質。你看著吧，你只要在場就可以了。」

「呃……那誰來負責菸酒呢？」

一片完全的靜默，讓氣氛變得沉重。我趕緊假裝在開玩笑，彌補自己的笨拙。當我正在找其他的說詞脫困時，尼克下了結論：「很好，那就這麼說定了！六點的時候，我們就在這裡會合。」他站起來，他的女朋友跟在他後頭，兩人不等我們回答就走了。我茫然地直直望著尚堤。

「你要我幫你追查你的自動性思維，那這個體驗對你來說可能會有幫助。答應吧，就算你覺得很古怪……」

「別跟我說為了能夠追查自動性思維，我就得進入興奮狂熱的狀態！我不想惹你生氣，不過這種活動，你自己去吧！我寧願待在現實裡，也不願意神遊。」

我下意識地拿起手機看。還是收不到訊號！「不是這樣的，你放心，你不需要進入另一個世界。我只是建議你擴展你的世界。你有什麼好損失的呢？」尚堤指著我的手機。「都這麼晚了，你有其他的事情要做嗎？」這個男人實在擅長說服我。他會惹我生氣，可是我得承認他也同樣令我著迷。我微笑。「是啊，我的行程並沒有太滿。好吧，今晚見了！」

我發現了我的新房間……就跟前兩晚的房間一樣儉樸……我鋪好了臥榻之後，到了花園，在陽光下小睡了一小時。主人的小兒子揚西的哭聲吵醒了我，原來是跑步的時候失去了平衡摔倒了。他的哥哥扶他站起來。他越哭越慘，可是他的媽媽看起來並不怎麼擔心。我安慰自己，摔倒沒什麼，然後抱起了他，讓他坐在我的膝蓋上。他並沒有反抗。揚西身上因為沾滿灰塵而變黑的衣服，凸顯出他的純淨。他伸出髒兮兮的手，讓我看看他的傷勢有多嚴重，但是其實只有摩擦到地面的地方紅紅的而已。我從口袋掏出紙手帕，包住他的鼻子，讓他擤出乾掉的鼻涕。

他的哥哥一直站在他的旁邊，仔細觀察著我的每一個動作。我對著他發疼的手心說了一個故事；一個當我有同樣遭遇時，我的媽媽會輕聲對我說的故事：「奶奶的母雞在這裡下了蛋」。接著，我握起他的小拇指說：「老大看到這顆蛋，」接著是食指：「老二撿起這顆蛋，」他把中指伸了過來，我說：「老三煮了這顆蛋。」「老四吃了這顆蛋。」……最後，以輕撫的手勢將他的無名指折起來：「老么什麼都沒有，他舔了盤子。」兩個小男孩直愣愣地看著我。他們大概是連一個字都聽不懂，但是我的聲音讓他們入了迷。我才說了幾個字，揚西的淚水就止住了，當我說到了故事最後，兩個歡喜的微笑取代了哭泣。兄弟倆隨後跑開了。

尚堤一臉感動地看著我們。「要走半個小時的路才會到達溫泉。如果想享受一下，最好現在就出發。」

我想起在巴黎時的自己，就算是短距離也習慣搭計程車，此刻的我一想到又要開始走路，卻完全不生氣，我真的認不出現在的自己了。西姆與庫馬過來與我們會合，但是尼夏想要休息。西姆穿著夾腳拖，在沿著山勢蜿蜒的小路上，跳過一塊又一塊的石頭。庫馬斜眼守護著他。尚堤壓後，愉快地照看他的小隊。整整一公里的下坡路相當陡峭，讓我一想到之後回頭的上坡路就覺得無力。

「我希望這趟路是值得的，不然回程會很累。」

「Carpe Diem！」

哈，我的嚮導說起了拉丁文！Carpe Diem意思是：及時行樂。

「我們才要往目的地走，你為什麼就在擔心回程的上坡路？別想下一分鐘會如何，要好好地享受即將到來的一切。」

「啊，是啊……保持樂觀！」

「不僅僅這樣。重點是持續品味自己當下的體驗，而不是想像將來如何。把握你現在所走的路，享受在風中搖曳的樹木，與對我們展開微笑的生命；把握眼睛所見的一切。讓你的雙耳聆聽自靜默之中生起的歌曲，讓你的鼻子呼吸著各種氣味摻和出的香氣，肌肉隨著腳步的節奏逐漸放鬆，感受自己的心為這些愛所滋養著。」當我一一啟動自己的感官時，我的心臟開始猛力撞擊著胸膛。「瑪耶拉，這就是幸福啊！幸福就在於當下，無須他求。唯有你當下的體驗才是真實。」

我們來到了一處小河邊。從山裡岔出的熱水流進了在岩石上直接鑿出的長方形大水池裡。其中的一個池子裡，一對情侶手拉著手、眼對著眼地喃喃低語，彷彿這個世界裡只有他們倆般的，盡情地享受著這個安詳的避風港。

尚堤與這個地點的女看守員說了幾句話，她便請我們先以天然肥皂洗過身子，之後，才給我們下面空間較大的地方。五株巨大的竹子將瀑布平均分流至幾個約一公尺大的沖水處。西姆與庫馬迫不及待地脫得只剩內褲，站在一柱熱水底下，尚堤跟著他們做。三個大男人沿著岩石前後站著，久久地搓著身體。我的內衣褲並不成套，所以一開始的時候並不想，可是看到這三個人示範表演得這麼開心，我便把羞恥心丟在一旁了。

熱水從我的頭上往下流，順道帶走了一層厚厚的灰塵。熱水將我那頭糾結凌亂的髮絲用力地沖刷潔淨。我與其他人一同泡進了預留給我們的水池裡。我浸在水中，讓熱水進入皮膚的每個毛細孔裡。真的好幸福啊！

尚堤待在一角，在水中獨自仰漂，看起來就像是躺著睡著了。幾分鐘之後，他朝我靠近。

「你睡著了嗎？」

「沒有，我只是讓我的心『存在』。想要感受到自己的內心，就得嘗試去做。只要躺著，然後聆聽就行了……」

我照著做。我的身體在水面尋找著平衡，這讓我想起以前青少年時期，與我表哥在海上進行的仰漂比賽。誰在水面上漂得最久就贏了。只是在鹽水中仰漂容易多了，因為淡水的浮力比較小，雖說如此，試過幾次之後，我還是成功了。我試著去聽，但是什麼都聽不見。其實我也不大明白有什麼好感受的。我起身，疑惑地向尚堤坦承自己試不出什麼來。

「別想要漂浮，而是讓你的身體自己找到姿勢。」

於是我又試了一次。鼓滿空氣的肺部，將我的胸膛與喉嚨拉出了水面。我的雙腿毫不費力地併直。我的身體隨著呼吸的韻律而浮浮沉沉。我嘗試聆聽，可是除了雜音之外，什麼都聽不見。我又直起了身子。

「我可以在水面上平衡，可是我什麼都還是聽不見。」

「沒有什麼需要聽見的，就只要去感受自己的體內與體外。想像你是你自己的觀察家，坐在水池邊上，看著自己進行這項嘗試。」

尚堤真的好奇怪，我心想他是不是有點神經，可是我的好奇心又驅使自己繼續照著他的話做。我自在地再次於水面上仰漂，整個人全身肌肉放鬆，就這樣輕盈地漂著……我想要感受自己的身體，可是似乎一切都模糊了起來。我閉上眼睛，專注於自己的內心。我聽見了自己的呼吸：我的肺部鼓起而後消平，在這當下，我意識到了原來它從我出生開始就這麼做了。我跟隨著呼進身體的氣流，進入了自己的肺部，接著再透過肺泡進入了自己的血液裡。在想像之中，我看見了氧氣由紅血球帶到了心臟，再從心臟進入了我的大腦，以及身體的其他部位，我的靜脈分成了許多血管，為我的細胞提供養分。我還看見我的血漿往我的肺部輸送二氧化碳，讓肺部排出，再吸進氧氣。我的身體結構就這樣在三十五年當中獨自運作，在我整天忙於處理檔案時，於每次的呼吸之間製造奇蹟，展露出了高等的智慧……

突然之間，我的大腦一片靜寂，什麼都再也感受不到。我的喉頭部位有一扇活板門開啟了。生平第一次，我感覺到自己居住在自己的身體裡，而幾件奇怪的事情發生了：我再也分不出水與身體的交界。我與山巒的泉源交融，也感覺到自己正往四面八方展開。隨著這個自己往右接著往左展開的同時，它穿透了我的上方與下方的景物，直到地心，再從地球的另一面竄出，而後融入宇宙。我感覺自己已經與周遭合一。我從來不曾感受過內在的這種力量，也不曾想像過這股力量的威力。我無法從這種永恆中返回現實。所有的影像消失了。我的心跳在無盡之間迴響，彷彿其他一切不復存在。

此刻發生的這一切令我驚慌。我倏地直起身子。尚堤對我微笑。他知道。我試著向他說明，但是卻說不出話來。他只是定定地看進了我茫亂的雙眼。「我們的大腦與我們的話語永遠無法敘述，唯有我們的心得以體驗。」我突然醒悟了。

「我不是在作夢？我感覺自己與宇宙融為一體，真的很瘋狂，我會不會是因為高海拔所以發神經？」

「不是，那是事實。你就是那一切。你剛才進入了泉源，也就是你所生活的愛之中。」

「別說了，你讓我覺得害怕。你跟我說的這些話，我不懂。」

「因為你又一次地想要把事情合理化，卻沒辦法把我向你解釋的事情合理化。請感受你此刻正感受到的和諧吧。你有覺得不舒服嗎？」

「沒有！我反而感覺到一種無法界定的力量。」

「你體驗到了無盡的崇高偉大。要是你能讓內心安靜下來，就可以隨時體驗這種最原始的狀態。」

「你是在說神嗎？」

「隨你怎麼稱呼。」

「我不信神，也不信吸引那些沒有勇氣面對人生的人的東西。」

「為什麼你需要相信或是不相信？活著、去嘗試就對了啊！我所表達的全能、無限、永恆，只要命名，便受到了限縮。」

我方才所體驗到的，與我以往所歷經過的，毫無相似之處。但是我整個人所感受到的平安，給了我一種未曾有過的喜悅。

周圍已不見其他人影。西姆與庫馬已經上去。空氣開始有了涼意。我一擦乾身體，穿好衣服，便輕輕鬆鬆地走完了原本畏懼的上坡路，來到了小屋。我的心思全在方才所體驗到的一切，與此同時，也感覺到了生命正在我的體內與四周鼓動。我，就只不過是到達了那個狀態！

# 8. 親愛的怒氣

真正的自由需要擺脫小我的獨斷與其所伴隨的情緒。
——馬修．里查[5]

當尼夏與西姆洗完衣服時，尼克與艾比正與一名背著背包的男人談話。那名男人有一雙晒黑的粗壯長腿，鬢邊的幾縷白髮洩露出他已歷經四十多年的歲月了。兩個孩子跑出了屋子，朝他撲了上去。他放下大行李，一手各抱住一個，帶著他們轉圈圈。男孩哈哈地笑。他放下他們，對著曼殊躬手做揖，說了聲「Namasté」。兩個孩子勾住他的大腿不放。他伸出手，溫柔地摸著他們的頭。尼克向我們招手。尚堤走向那群人，並且自我介紹。那名男人開心地歡迎他。

「我叫馬地奧，很高興認識你。」隨後，他轉身朝我伸出手來。整齊濃密的眉毛襯得那對令人安心的棕色眼睛更令人印象深刻，鷹鉤鼻將臉頰與高顴骨從中一分為二，瘦削的W形下巴與上方稜角分明的嘴，配置得十分協調。一屋子裡的人全都為他著迷。坦白說，儘管他穿著髒兮兮的短褲，一身背包客的打扮，依然看得出擁有難得的堂堂儀表。蓄了幾

5 馬修．里查（Matthieu Ricard,1946-）：法國生化學家與藏傳僧侶。現居於尼泊爾雪謙寺。

天的鬍鬚，以及高大的身材，讓他不致因為那張瘦長纖細的臉失去了男人味。他的眼神定住了我。他手心的溫柔，讓我的手心失去了感覺。這種心情，我已經很久沒有過了……他注視著我的眼睛，從雙唇之間喃喃吐出這幾個字：「還不知您的大名是？」

他的英語說得流利，不過捲舌的「r」音洩露了他的出身。我認出了是那個我很熟悉、卻又在幾年前傷我很深的義大利。一段痛苦的愛情回憶讓我快速地從雲端摔回地面。我猛然抽開手。「那不重要！」男孩中的哥哥抓住了我才剛放開的那隻手，他的弟弟抓住了另外一隻。兩個孩子把他拉進了屋，帶他到他的房間。我的房間就在隔壁。在眾人不解的眼神之中，我轉身就走。

艾比把我拉住，同時問尚堤與尼克要不要一起走。「六點十五分了，太陽已經變紅，我們應該要開始了。」我都忘了有這場神祕的聚會。只是我並沒有心情忍受這些安排的演出，只是尚堤不給我選擇的餘地。我盤腿坐著，在他們的建議下，與他們三個人共同排成了一個圓。尚堤向我解釋：「很簡單，你人在就可以了。」

接下來的靜默令我頗為不快。我觀察著他們：他們的眼睛盯著前方一公尺處的地面，身體保持不動地專注在某個我不知道的東西上。這個姿勢讓我覺得不舒服，我動了動身體。真像在浪費時間啊。幾分鐘之後，我決定離開這群人。他們之中沒有人跟著離開，只是文風不動地繼續。

我在房間待了一小時之後下了樓，到公共大廳的火爐邊取暖，等著吃晚餐。尚堤與馬地奧說話。他揮手叫我過去，但是我寧可不理他。我與艾比說話。她把手邊的書擱下，興奮地向我說起她的旅遊見聞。我漫不經心地聽著。

曼殊要我們準備吃飯。她在我們面前桌上擺了十幾盤不一樣的菜。尚堤幫我在他的新朋友旁邊留了位置，這個舉動果然又再度惹怒我。整個晚餐時間當中，我完全不想理人。馬地奧問了我幾個問題，我只是簡短回答，無意開啟對話。我急匆匆地把晚餐吃完。

我突然一陣頭疼，藉口疲倦，向大家打過招呼後，走出屋子透透氣。我手橫握著手機，就像尋金人帶著他的偵測器四處遊走一樣，期盼著接收到逃離天線去冒險的電波。還是沒有！我在一張矮椅子上坐下。天空吸引住了我的目光：數以百萬計的星星照亮了山巒，一道新月在星空中央揭示了全新週期的開始。

馬地奧也走出了屋內。他走到我身旁，遞了杯茶給我。我生氣地回絕了。他將茶飲放在我的腳邊，說：「那我走了。今晚天氣冷，也許你會改變主意。晚安了。」

他沒再多說話，便回了他的房間。尚堤站在門口，把這一切都看在眼裡。他走到我的身旁。

「你為什麼是這種態度？」

「我頭痛！而且……我想要靜一靜！」

「對於想要靜一靜的人來說，你像是在生氣！」

「我不喜歡義大利人，因為他們都很膚淺。他們都不值得信任。我很瞭解他們，因為我曾經在米蘭工作過三年。說謊騙人是他們的文化，而且他們說話不算話！他們很懂得把人迷得團團轉的，也只想著誘惑人。我不喜歡他們這個民族的心態，也不想浪費時間在那個傢伙身上。我不想再吃虧了。」

尚堤一語不發地聽我大聲發洩。他望著隱入天空的山巒，並不看我地將手放在我的胳臂上，說：「一個白人女士採買完了東西。她在自助餐檯台買了一碗湯，找了張桌子坐下。她將餐盤擺在桌上之後發現忘了拿湯匙，於是走到櫃台。

「當她回到座位上的時候，發現一個男性黑人正用湯匙舀那碗湯。『真不要臉！可是他人看起來並不壞……還是不要凶他好了！』

「她說：『不好意思』，同時把那碗湯挪到自己面前。對方只是大大地微笑，並不答腔。她開始喝湯。那個男人把碗稍微往自己的方向移，直到了桌子中央，接著換成他以湯匙舀湯喝。他的眼神與動作都是那樣地親切，以致於她就只能由著他，並且還無計可施。於是，兩人就這樣輪流喝那碗湯。她感到不知所措，惱怒逐漸轉成了訝異，甚至還感覺與對方有某種默契。

「湯見底了。男人打手勢要她別動，接著端回了一大盤薯條擺在桌子中間。他邀她一起吃。她答應了，於是兩人一起分享那盤薯條。隨後，他起身，對她大大地點了個頭，第一次開口說話。他說了聲『謝謝！』之後便離開。她沉思了一會兒，想著應該要離開。她準備拿掛在椅背上的包包，結果包包不翼而飛！『我到底犯了什麼傻！這個黑人一定就是小偷！』

「當她準備要找人去追他時，目光落在隔壁桌上一碗沒喝過、已經涼掉了的湯上，而那張桌子前的椅子還掛著她的包包，餐盤上也少了根湯匙……」

尚提打住不說，眼神望向遠方。

「這故事真好，可是我看不出有什麼關連……」

「你以為所有的黑人都窮、都是小偷，所有的義大利人都很膚淺、都是賭徒，而所有的法國人都一個樣嗎？」

「當然沒有啊！」

「那你為什麼要這樣子對待馬地奧呢？」

「因為他勾起我不好的回憶。」

「要是你想要讓生活與你的優先要務達成一致的話，就得改變心境，同時拋下過去的負擔，不去計畫未來，迎接新的邂逅。忘記你對男性與義大利人的瞭解吧。請傾聽你的內心，讓你的內心引導你。我記得跟你說過，不要讓你的小我欺騙了你。一個觸動你內心的人，就是你的小我的敵人。請問你對馬地奧有沒有特殊的感覺呢？」

「完全沒有！我剛才跟你說過了，我對這類型的男人敬而遠之。」

「那為什麼要拒絕對話、拒絕愉快的時光，還有拒絕對你或許有用的訊息呢？他又沒有要跟你求婚，只是請你喝飲料而已。瑪耶拉啊，他不是與你共事、還背叛你的那個男人，也不是曾經和你在一起、還傷害你的其中一個男人。他是不同的且獨一無二的人。」

「你是認識他才這樣說嗎？」

「給你自己一個發現他為人如何的機會。不要當他是義大利人，而是一個讓你心動的男人。到時，你就會知道值不值得花時間在這個人身上。瑪耶拉，晚安了，明天見。」

他回去睡覺了。我一個人獨自待在星空之下。幾分鐘之後，因為覺得寒冷才回房去。我經過了令我煩惱的那個人的房間。夜光穿透了他的窗簾。馬地奧還沒睡。尚堤是對的，這個男人讓我心動；他沒有做什麼壞事，甚至還很體貼。我對他的態度真的不對。

我在他的房門前停下腳步，想要向他說聲抱歉。但是不行！這個狀況真的很蠢。我才不要為了這種事情低頭呢！我進了房間，慶幸沒有任何目擊者。

§

「瑪耶拉，早餐已經準備好，我們半小時後出發！」

我睜開一隻眼睛，感覺到全身肌肉痠痛。我從睡袋中抽出手看手錶。已經七點半了！日出真是不等人。我一個深呼吸，打開了羽絨睡袋，迎接零下氣溫的挑戰。在穿上一層又一層的衣服之後，我走出了房間。隔壁的房門是開著的。我悄悄地往裡頭看。不見人影，也沒有任何物品在。我跑進花園，那裡一個人也沒有。

我遇見了尚堤。

「睡得好嗎？」

「他在哪兒？」

「誰？」

「馬地奧！」

「他在日出的時候已經走了。大概二十分鐘前吧。」

「你為什麼沒早點叫我？」

「我為什麼要早點叫你？」

我心裡既是失望又是生氣。

「因為……算了，你什麼都不懂！」

我選了一張桌子一個人坐。曼殊端來一份豐盛的早餐，可是我已經不餓了。我心裡覺得難過，胃部也好像有東西壓著似的。尚堤倒了一杯咖啡，然後在我身邊坐下。

「你生我的氣是因為你想找怪罪的對象。你的小我沒辦法接受那個讓你心裡不舒服的原因。」

「喔……別再道德說教了！況且我又沒生氣。放過我的小我，專心在我們要走的路程上吧。」

「你是對的，是你的自尊在說話。它說我對馬地奧沒興趣。我不想浪費時間在他身上。我們十分鐘後出發。我在外頭等你。」

他站起來，出去幫忙兩個挑夫捆行李。我感覺一股火氣上升。我從椅子上站起來大罵：「對，你就這樣逃避吧！你就跟所有的男人一樣懦弱！只要遇上該擔負起責任的時候就逃之夭夭。」尚堤將頭探了進來，打趣地說：「喔……我搞錯了，你其實一直都在生氣！」尼克與艾比才一踏進大廳，便讓我們的爭執給嚇著了。

我咬牙切齒，當我還在咆哮之時，揚西拿了一張畫給我，上頭畫的是一顆大大的愛心框住了一對男女。我摔坐在椅子上，一把將他摟在懷裡。他坐在我的膝頭上，以尼泊爾語對我說了幾個字，再抓起我的手。他一隻一隻地扳著我的手指，以自己的方式重述前一天我對他說的故事，再以出自靈魂的純真望著我——唯有孩童才能以如此方式看人。我那暴躁的情緒緩和了下來，眼淚也奪眶而出。我緊緊地抱著他，以及默默地站在我們身旁的哥哥。

我向艾比與尼克致意，請他們原諒我的失態。他們祝我一路順風。曼殊帶著兩個孩子送我到門口，她抱著我，在我耳邊輕聲說了幾個字。我雖然不懂，但是那幾個字已經牢牢印在我的心上了。

我看著她的眼睛，向她道謝。這些表面上看來並不富裕的人，其實擁有最重要的東西。他們不認識我，卻把他們的所有：他們的陪伴、沉默、耐心、慷慨、眼神、親切、寬恕以及愛，全給了我，但是我離開時卻留給了他們壞印象。我很想要為自己辯解，可卻找不到適當的話語。我真的覺得很丟臉。

尚堤領頭出發，我低著頭跟著他走，庫馬緊隨在後。我轉身向曼殊與兩個孩子道別。揚西與哥哥用力地對我揮了揮手之後就去玩了。他們的媽媽久久地目送我們。我可以感覺得到背後傳來她的善意，於是對她最後一次揮手。

這一天，一開始就是陡峭的山路。清晨空氣的涼爽與體力的挑戰，消弭了所有爭論。我那兩隻痠痛的腿一如每個早晨一樣開始變熱。我一步步踩著尚堤的腳印前進，呼吸開始急促，我的精神不大好，氣氛也很沉重。尚堤從出發之後就沒跟我說過一句話。我在吃早餐的時候可能是太過分了點，可是他難道不也是有點太敏感了嗎？又沒有什麼好生氣的啊！

我的思緒突然忙碌了起來：我聯絡不上羅蔓，而且似乎沒有人知道那個神奇的方法。我一直沒辦法收e-mail，至於我生命中最重要的那些事物，也沒有任何消息。在這當下，我突然懷疑起了自己的選擇。我為什麼要答應來這裡？我是發了什麼瘋所以來到了這裡？該是回法國的時候了吧？我轉頭看著尚堤，想尋求他的心理支持，可是他的眼睛望著山巒，並不看我。

我們往上爬到了喬姆隆。西姆告訴我，我們已經度過了二千公尺的關卡。我默默地繼續走路，遠遠地瞧見了那座市鎮。我心中那些找不到答案的問題開始爆發。我真的很悶，而我的嚮導也給我臉色看！我又沒說錯什麼。總之逃避討論的人是他。尚堤向我們的兩名挑夫吹了口哨，打信號要他們停下來。他拿出了果乾。掏了一把之後，把整袋給我。他在距離我們幾公尺處的一塊平坦的石塊上面山而坐，顯然在生氣。從我的記憶當中浮現出一個影像，那就是他笑我驕傲時的表情。我緊張地嚼著綜合花生，走到他身旁，在同一塊石頭上坐下。

「你生氣了嗎？你從我們出發到現在都沒說過話。」

「我沒有時間花在對我來說不合適的情緒上。與一個為自尊所左右的人爭論太辛苦了。那個人不管什麼狀況，就是要爭自己是對的，尤其是他根本就是錯的。抱歉，但是我寧願你跟別人說話。」

「你看吧，我把自尊放下了，因為我自己過來跟你說話。」

「證明給我看啊！比如道歉。」

「不，我不要跟你吵。你還是沒放下自尊！」

「對不起，好了，你高興了吧？」

我不快地嘆了口氣。

「尚堤，你別幼稚了！」

「我沒有多餘的氣力可以浪費。就這樣！你去聽你的小我在自言自語些什麼，讓我好好專心趕路。」

「喔，別動不動就這麼敏感。」

他臉色一暗。我站起身子，同時說：「隨便你！總之，當你心情變好了的時候再來找我吧。我也沒有多餘的氣力可以浪費。」我離他離得遠遠的。他朝我走來。

「你看，你還是沒放下自尊，不然的話，你就會誠懇道歉了。你會為了早上自己所說過的話而感到不安。」

「你也不能要我抱你吧！我剛跟你說過對不起了。要是你還是寧願不理人的話，那就等你不賭氣了的時候再來找我吧。」

「跟知道你被情緒左右相比，我對於不講話反而沒轍。你的小我正暗自開心。它靠你給的注意力獲取養分，你也不再花力氣認清狀況，因為你已經受到它的管控。你替它開門，它進門之後便把門鎖上。當你試著想逃，它就會對你下藥，同時不忘給你足夠的空氣以繼續餵養它。看看你自己的呼吸短促，胸口疼痛。不用多久，如果還沒有的話，它就會邀你的怒氣共舞，這兩個會一起找出一個罪人供應它們存在的理由。若想幫助你，最好的方式就是閉嘴，等著它累了或是你醒覺了的時刻到來。只要你一提供它營養，它就會變強，也會更難以對付。但如果你意識到了這一點，它就會死，因為它會變得如黑暗面對光明時那般的不堪一擊。要是你的腦袋還有點清醒的話，就拿掉這層小我的保護色，再回頭想想剛才所發生的一切。」

尚提帶頭，庫馬與我隨後，而西姆與尼夏壓隊。陽光讓逐漸溫暖的空氣變熱了。我默不作聲地思考。確實我從前一晚開始就呼吸不順暢，感覺自己的神經叢很緊，胃痛也讓我什麼東西都吃不下，可是我還是得面對事實：依照我前一晚的那種態度，馬地奧哪有理由非等我不可呢？至於我的嚮導，我又沒要求他什麼，為什麼要氣他沒留住馬地奧呢？

我快步趕上尚堤，一把抓住他的手臂：「對不起。我不該那樣跟你說話的。」他並不反抗，同時對我眨了個眼表示接受。當我因為道歉而微微顫抖時，我的胃不悶了，而且胸口一陣舒坦，呼吸也順暢了起來。他有些心照不宣地說：「派對似乎結束了！」我因為覺得丟臉而嘟著嘴。「是啊，剩下了破的杯子、空的酒瓶、地板上的坑洞與噁心的氣味。激動的情緒留下的是持續好幾個小時的苦澀。」

尚堤同情地說話了。

「這真的是一場不得了的狂歡派對啊！你要我幫忙稍微整理整理嗎？」

「好啊。只是這地方亂糟糟的，都不知道該從哪整理起。」

「那就從檢視圍繞你身旁的東西開始吧。在你面前的是安娜普納南峰；這裡，是希安初里峰；在我們右手邊的是魚尾峰。請好好欣賞，好好鬆口氣吧！」

他深深地吸了一口氣，閉上眼睛。我也照著做。他提高音量要求我：「再一次。請深深感受這些山峰的能量。接著，呼出你的痛苦，藉著肺部排空的同時，擺脫那些痛苦。吸入山峰的廣闊壯大，呼出你的挫折；吸入山峰的純淨，呼出你的怒氣。再一次呼，吸……」

我越發真切地跟隨著他的韻律。我感覺到了一陣清爽傳入了鼻子、喉嚨、支氣管、血管，彷彿山巒將我的緊張壓力轉化成了一股安定的力量。

「吐氣，直到你感覺到吸入的空氣就跟呼出的空氣一樣純淨；直到除了完美之外，再也沒有什麼需要排出的了。」於是，我不再區分呼氣與吸氣，就只是將空氣吸入而已。「讓氧氣自你的毛細孔進入你的體內，再從身體的各個部位釋放而出。吸入山巒、樹木、天空、宇宙……等等一切，再呼氣。」

透過想像，我看見了這股力量正穿透了我的身體，讓我無法動彈，就如同前一天一樣，我感覺到了自己與四周一切合而為一。我張開眼睛，察覺到了四周盡是一片寧靜。尚堤望著遠方的地平線，庫馬與西姆躺著晒太陽。

「感覺怎麼樣啊？」

「空無！處於停止狀態。我不知道要怎麼跟你解釋才好。」

「沒有什麼需要說的，去感覺就好。方才，就跟在溫泉時一樣，你體驗到了當下，也就是你讓你的大腦不再作聲的時刻。沒有過去，沒有未來，你阻止了自己受到思緒的箝制，並且把一切交給了存在。」

「我又不能把時間都花在這樣呼吸上。」

「你從呱呱落地時就開始呼吸了。花一點時間集中心思，就能夠讓你擺脫束縛，擴展意識範圍，從而釋出空間容納你的煩惱以外的事物。這是讓你煩躁的大腦平靜下來的好練習……好了，既然我們現在都已經有所醒悟，我得提醒你，我們得稍微整理一下你那個亂七八糟的地方。」

我們重新上路，其餘的人跟在我們後頭。尚堤向我解釋：

「在我們見面的那一天，我向你說過，情感的根源只有兩種：愛與恐懼，而一個人沒辦法同時感受到這兩種。愛情的狀態只存在於意識之中。在這種模式之下，處於主導地位的是你的心意；你的每個動作都由它控制，小我也便不能夠表達。不過每當你任由自己的心智重新掌權，它就會讓你陷入過去或未來當中，你便因此進入了恐懼圈，也就是小我的王國。它會因為害怕改變，因此策劃出妨礙你採取行動或應對的計策。任何無法掌控的事物都會令它恐懼。這就是你昨晚發生的狀況。」

「等等！我不確定自己到底懂了沒有。我並沒有感覺自己又沉浸在過去裡，也沒有害怕的感覺啊。」

「大腦是個相當狡猾的東西，它會在你不知不覺當中催眠你。讓我們回到幾個小時之前，然後告訴我，你在泡溫泉時感覺如何。」

「不可思議。因為我感受到體內有一股驚人的力量。」

「嗯，你傾聽了自己的身心靈。你的心智與負面思維因此噤聲。那你還記得接下來又是如何嗎？」

「記得！我們往上坡走，原先令我相當擔心的那座山坡，走起來比我在未爬坡前所想像的還來得輕鬆。」

「這裡呢，你是活在當下，感受到了你所發覺的事物的振動。你渾身充滿了能量，接著，一切都變了調。心智奪回了權力，並且把你帶入了它的疑慮裡。」

「對，那是當我們回到旅館的時候。」

「能不能更詳細一點？」

「我不記得了，因為實在太混亂了。」

我試著回憶回到旅館之後的情景，可是什麼畫面都想不起來。就像有個黑洞一樣。

「我不知道……好像是與尼克和艾比所進行的冥想體驗讓我很不高興。」

「請仔細觀察你的心智所擁有的力量與它所進行的把戲。你藏住了自己可能用得上的東西。小我害怕你讓它閉嘴。讓我幫你回想吧：當你遇見了馬地奧之後，你的情緒就變了。或許你是害怕墜入情網吧。你的心智保住了控制權。它讓你重溫過往的傷痛；它安慰自己，沒有任何路徑可通往你的心。於是，你這些年來的分手決裂與在義大利被背叛的工作經驗，重新浮現腦海。可是那只不過是一場計謀啊。你斷然拒絕馬地奧給你的東西，像是笑容、對話、一杯茶。你的心其實發送了溫情的訊號，當你們眼神交會的時候，它開始狂跳，可是你卻寧願選擇無視！」

「不是……其實是的，可是我那時頭很痛，然後，尚堤，我不知道……」

「你的頭痛只不過是某個內心衝突的後果罷了！」

尚堤不給我躲避的空間。他用事實狠狠地打擊我，同時以雙眼定住我的眼，不讓我逃。「馬地奧他表現出自己體貼與開放的本色，但你呢，你一直固執不通。」我垂下頭。

我的嚮導抬起我的下巴：「你繼續聽我把話說完！」我啞口無言，只能照做。「當你睡醒的時候，心裡覺得後悔了。你的心因為他走了而哭泣。對小我來說，攻擊就成為了義務。它擁有無可抵擋的武器：自尊與憤怒。它尋找起罪人來。要怎麼承認它是錯的呢？不可能的！它給了你解套的辦法，那就是讓你心痛的人有錯。那個人就是馬地奧。那個義大利帥哥沒跟你道別就走了！你於是生起他的氣來，可是那還不夠。要是有第二個敵人會更好。你怪我沒我叫你起床就讓他走了。但事實卻另有不同。罪人其實只有一個，而且沒必要往別處找，那就是你的小我。而你是共謀，因為你允許它引導你的人生。」

他所揭示的確實是實情，我不知道該說什麼。「你的目標與你的心智之間將會出現嚴重的問題。你允許自己的內心表達它的優先要務，於是一切就往這個方向發展；邂逅、經驗等等。要是你抗拒，你就會活在最糟糕的惡夢之中。要是你接受了，而且也對人生予以信任，那麼，你就會發現自己的夢想逐一成真。」我揉了揉眼睛。

「啊！我還有另一個壞消息！要是你讓你的小我拒絕每一次發生的機緣，你的生活將會供給你最為痛苦的情境以實現你的意願。你有兩個解決辦法，一個是讓你的心閉嘴，並且改變目標；另一個則是讓你的心智保持安靜，活出你自己的期待。你選哪一個？」

我嘆了一口氣。

「我想要忠於自己的優先要務，可是要怎麼做才能讓我的心智關機呢？」

**「可以透過活在當下辦到。這是讓它安靜下來的唯一方法。**首先就從觀察生起的思想與情緒開始，就跟在泡溫泉時所做的練習一樣。」

「可是在這個狀態下，我沒辦法做出什麼有建設性的東西，也沒辦法花時間利用意念在空中漂浮，期待我的心給出什麼話語來。」

「一個人必須以傾聽，而不是停止不動的方式活著。你的人生藉由清楚明白你的思想、行動、言語，並與你想成為的那個你達成共識之後，選擇不同的方向。你的自動導航系統會斷電，於是，你重新取回掌控權，並且不再犯同樣的錯誤。」

我明白他所說的話，卻還是找不到任何的解決辦法。尚堤似乎清楚知道那個解決辦法是什麼，可是我並沒能將他的解釋融會貫通。我覺得觀察自己的思想很困難，我也沒辦法控制自己的思想。尚堤安慰我：「你沒辦法在幾個小時之內就辦得到，可是你越是練習注意它們，就越容易在日常生活當中養成這個習慣。先是每天花個幾秒鐘，接著是幾分鐘，到了最後，你就只會過有意識的生活，因為你將發現幸福的意義。而這難道不也是你透過擺放在碗裡的一顆大石頭所設下的目標嗎？」

這段話給了我希望，從而抹去了我的不安。儘管我心裡依舊深深地感到悲傷，還是重拾了信心。

「也許我錯過了一次美好的邂逅，對吧？」

「你的心智這麼快就回來創造這個負面思維，讓你陷入沮喪啊？」

我喜歡尚堤的幽默。當我喪氣的時候，他總能找到方法讓我微笑。

「你說的是事實。」

「是什麼事實呢？你不懂我正在跟你解釋什麼嗎？事實就是我們此時此刻正在海拔二千三百六十公尺高的西努瓦村裡，風景很美，我們的精神和心情都好，而且……還很餓。這就是唯一的事實！」

尚提勾住了我的肩膀。「我偷偷跟你說吧，他並沒有那麼帥，只不過是一個普通男人罷了，而且還是義大利人……你沒有什麼損失啦！」我開心地笑了，並且罵他。他語氣更為嚴肅地又對我說：

「別懷疑。要是馬地奧注定再次出現在你的生命當中，就鐵定會再出現。」

「要怎麼在喜馬拉雅山裡找到他呢？那就跟要在聖母峰找到單峰駱駝一樣！」

「別去想！要相信生命。創造你想要的東西，然後交給宇宙去實現。」

# 9. 名片

您可以無意識地把某些東西作為自己的身分，
像是你的身體、你的種族、你的信仰、你的思想。
——傑克・康菲爾德[6]

一對年輕的情侶接待我們用午餐。我們在一張面山的木頭桌前坐下，美麗的山景，盡收眼底。安娜普納南峰、希安初里峰與魚尾峰俯視整座山谷，將我們勉強看出形狀的小小房屋整齊收進了內嵌的峽谷裡。

我品嚐著幾個尼泊爾餃子配米飯，再以一根香蕉收尾。尚堤點了同一道餐。與此同時，西姆與尼夏則是在斜坡上打著盹。庫馬一直待在廚房裡。因為早上出發得太晚，所以這次的休息時間相當短暫。接下來再走三個小時，就可以抵達下一站。

在小睡了一會兒之後，我們再次出發，沿著一條在蕨類植物與荊棘間蜿蜒的路往前走。超過一千公尺的高低落差，先是帶領我們走入一片熱帶森林，再因為下坡路，高度下

6 傑克・康菲爾德（Jack Kornfield, 1945-）：美國暢銷作家，也是上座部佛教內觀派運動的老師。

降了五百公尺的關係，進入了一片竹林。肢體的劇烈勞動令我只能沉默。另外那四個男人配合著我的步調，同時對彼此親切地微笑。路上遇見了幾名雪巴人，他們身上所背負的食物、罐裝汽水或枝葉重量，壓得他們直不起背。我的旅伴與他們聊了幾句。其中幾名雪巴人背負的重量都超過他們的體重了，而我卻只能夠勉強地往上爬。午後的宜人氣溫讓上坡路輕鬆一些。我們時時繞過頂端經幡飄揚的小佛塔。經幡上書寫的經文在空中伸展開來，好似在我們頭上保護著我們。我清楚看見了魚尾峰的兩個頂點。

當我們走進麻竹旅館所在的村莊時，遇上了放學時間。街道上擠滿了一大群穿著制服的孩子。一群背著一袋袋麵粉與小米的驢子，搶先我們一步爬上了橫貫整座村莊的石梯。那間旅館就位於我們的右手邊。從旅館的露天平台上眺望，山谷的景觀一覽無遺，引人駐足欣賞。那裡的房屋無一不遵循尼泊爾的高丘建築規範：簡潔的結構、石頭牆、以兩片隔板斜搭起的屋頂。我們的下榻處背靠著其中一間房屋，是一間加蓋的三層樓小木屋。

我的房間在一樓。尼夏細心地將我的行李擱在我的房門前。我已經熟悉了這裡的黑夜，因此當夜晚來臨時不再感到驚慌。我把這個房間當成自己的房間，鋪好了睡袋，隨後到露天平台上欣賞風景，與此同時，我看見了尼夏正在下方，於是下樓去找他。他正背靠著一間商店，在長椅上坐著。這間商店由四片木板搭成，其中一片留一處開口給櫃台，看起來就像是一個長方形的書報亭。尼夏抽著捲菸，眼神淡然。我掏出幾枚盧比，想請他喝一杯尼泊爾的廓爾喀啤酒。他開心地接受了。我在他身旁坐下。他將菸盒遞到我面前給我看，想請我抽菸。已經戒菸四年的我拒絕了。

西斜的夕陽，將整個地平線籠罩在柔和的光芒之中。一如每個夜晚，時間於夕陽的火光與我們訝異的眼神交錯時暫停了。尼夏抽著一盒三十盧比（約等於新台幣七元）的尼泊爾畢羅菸，我則是買了明天需要的一些食物。隨後，我們沿著那條在日光下浮塵飛舞的小路往上走回小屋。

尚堤告訴我晚餐吃什麼：尼泊爾餃子蔬菜湯與歐姆蛋。我利用十五分鐘的時間沖了澡過後，便與他在面山的餐桌前坐下。晚餐很快就上桌。我很喜歡這些與我的宗教導師談話的時刻。他問我感覺如何。我正經歷著內心巨大的變化。我內心的所有判斷標準全都崩解，讓我簡直嚇壞了。尚堤安慰我說，因為我正面對著我自己。我的面具落下，而我在屬於我的環境之中所使用的武器，在這裡完全派不上用場。我所知道的一切對我毫無助益。我感覺自己脆弱無助，我的四肢都不舒服。我們的討論令我心裡慌亂。我向他坦承自己害怕眼前的那個黑洞。

「那與無底深淵或是另一種恐怖的東西無關，你只需要除去糾纏你的東西，就能夠找到自己。」

「打從這趟旅行一開始我就很脆弱，什麼都再也無法掌控。我以為自己很堅強……結果卻完全不是這回事！」

「因為以前造就你的價值，與你在這裡所體悟到的價值不同。」

我摩搓著雙手，同時朝著雙手呵氣取暖。

「極端的氣候條件強迫你從自己意想不到的儲藏當中汲取資源。高山的力量提醒你人類的渺小。可是你觀察到最令你不解的還是你所遇見的人的反應。你的思考機制、你的防禦與計策，完全無法運用。這就是你手足無措的原因。我們從幼小的時候就開始打造能夠保護我們的盔甲，再依我們所受的教育與社會期待的地位，拋開我們內在的需求，進行加工。在你們西方世界之中，所有的理解、認同、力量、感謝、愛情體系，都是以某個基本價值為基礎，那就是金錢。這個要素形成了你的條件反射，但是在這裡卻不管用。」

我雙手捧著碗。尚堤嚼著一塊炸餃子。

「你們都受到了社會成就的制約。你們的教育、心願與思考都奠基於物質勝利之上，而你們也喜歡這樣，因為那對你們也帶來了好處。」

「你直接說到重點了。」

「尊敬的多少，是依據你們的銀行存款多少而決定。你們總是恐懼失去那些少少的積攢，因為愛與金錢並不可分。你們的情感生活也是一樣的，你們的夢想只會是物質的計畫，像是房子、車子、購物，也不再願意花時間向前輩學習、教導孩子信任。對待朋友方面呢，與其與他們共同分享，還寧願與這個或那個人比較來比較去的。你們的物產就是價值系統的根本。你們的付出是一定要收取回報的。更糟糕的是，你們已經分不清自己的本質與生活條件的差別。你們把自己與自己的頭銜、居住的區域、財產、出身、姓氏、工作、人脈連結，因為這些東西而存在，再也感受不到別人會因為自己的本質而愛自己。在喜馬拉雅山這裡呢，則是處於另一種極端。因為貧窮，所以生活悲慘。為了活下去，所以堅持著先人與宗教的價值，因為這些價值給了他們人生的意義。他們沒有機會迷失在富足之中，因為他們面對的都是原始的需求。在小我找不到方法壯大的情況之下，有助於同情、團結、樂觀、單純的喜悅、關懷滋長。」

「說得沒錯，我在這裡遇見的人都讓我發現我們有點迷失了。」

我嘆了口氣，表情嚴肅了起來。

「我無法解釋這種脆弱，我應該要找回我的內在本性。」

「你把人生建築在計畫與行動之上。你的大腦設想了各種與獲益相關的狀況，並據此研究了複雜的策略，以用於談判與獲勝之上。小我耀眼地表達自己的想法。而這裡呢，沒有人可以買下你什麼，就算他們很想要這麼做，也沒有那個錢……」

「我又沒想要賣什麼！」

「或許問題就出在這裡。你日復一日地自困住你的保護層當中脫身，因為那些保護層對你而言過於沉重。那都是你為了吸引能量、目光與他人的愛所設置的機制。當你指揮一群聽話的人；當你開一輛別人都想要擁有的車子；當你穿著光鮮亮麗之時，難道不認為會招來注意與羨慕嗎？」

「可是物質的愉悅又沒有什麼不對！」

「我同意，只是當你再也不能將你自己與你所獲得的東西分開，紛亂就由此而生了。你會再也分不清別人愛你是不是與你的成就有關，是不是想要藉著將你拉入他的熟人圈以得到好處。你認為那些物質並不寬裕的人，有自信待在你們的舞台嗎？我可不這麼認為。他們絕望地尋求社會並不給他們的地位。而矛盾就在於那些已經擁有財富的人卻沒有安全感，總是想要更多的錢、權力、認同，認為這就是在累積愛；財富的外在信號都是友誼的保證。」

我努嘴同意他的話。尚堤認為**痛苦來自於我們對缺乏的恐懼**。在期待他人的注意之時，我們接上了它的氧氣，卻沒有發覺自己吸的竟然是它呼出的廢氣。此時，我又再次訝異地發現自己竟然默默聽完他的智慧之言，完全沒有插嘴。這個男人所說的話總是有辦法令我啞口無言。「為什麼你覺得自己是脆弱的呢？因為你層層解下你的小我為了自保而幫你戴上的面具。你在接納這種脆弱的同時，也將瞭解自己。你沒有了盔甲，整個人赤裸裸地，但卻不會因此而變得脆弱，反而找到了本質。」尚堤的這番話讓我心跳開始加速，雖然令我感到心慌，但是聽起來又是那麼有道理。

「在我的人生當中，一切都是經過精算，都在掌控之中，結果你說的拋開枷鎖，迎接當下，解開防護，我根本就辦不到！」

「你永遠都做不出夠大的衣服可以掩蓋住真正的你。你也已經穿上所有華麗高貴的衣服。只是你為什麼不驕傲地坦露真正的你呢？你別怕被排擠或是孤獨一人，因為大家會愛上你的仁慈。而讓你感覺脆弱的，都將會轉變成力量。你的盔甲將會一如你那身沉重的偽裝般的完全瓦解，只剩下本質。」

當我回到了房間，便抓起紙筆草草寫著筆記，試圖將自己與尚堤的對話記錄下來。

以全新的眼光活在當下。

察覺唯有兩種感受存在，就是：恐懼與愛。

唯一害我們受苦的是我們自己。

負面的表象或許不是真實。

選擇自己的優先要務，確認自己的思想皆是以此為中心，同時注意自己的自動性。

當內在小孩驚慌的時候安撫他。

分辨來自於內心與來自於小我的訊息。

不需要只能保護外表，但是最後會讓我們窒息的盔甲。

回歸本質。

做自己，輕盈地飛翔吧。

夜晚的氣溫隨著海拔高度上升而驟降。超過二千公尺的海拔，將溫度計的水銀凍結在零度以下。

我如念經般的念著自己才剛寫下……或是該說消化的筆記入睡。

# 10. 斷章取義的真相

我們看不見事情的本質，只看見自己的樣子。

——阿內絲．尼恩[7]

我醒來的時候頭很重，因為回到了現實世界而感到如釋重負。這一夜真的是所有惡夢的搖籃，從被炒魷魚到童年的舊回憶，還有自己被宣判罹患了惡疾，不一而足。我很難得睡得如此不安穩。冷冽的空氣讓氛圍更加陰鬱。我盤腿坐在床上，藉著幾個頭部的動作，伸展脖子與上半身。原本的四肢痠痛似乎在前一站的時候消失了。一如每個早晨，我屏住呼吸穿上衣服，再穿過靜寂的共同大廳，到了外頭與零度下的嚴寒正面相對。

希安初里峰的背後透出了微光。我每回與太陽約會，都因它的上升或落下而深深地感到了喜悅。前一夜我在地勢較高的地方看見一塊適合觀賞日出的平坦大石頭。我爬上了小丘。原來尚堤也有同樣的主意，只見他雙手擱在膝蓋上，對著那一大片的廣袤無垠的景物靜心祈禱。我躡手躡腳地走到他身邊坐下。在對面群山護衛下的希安初里峰，分分秒秒改變著顏色。我看了一下手錶，那顆星球應該將要現身了。它守時的程度令人尊敬，從來就不曾遲到。那顆鮮橙色的火球照亮了我們倆的臉。眼前那片獨一無二的美景穿透了我們的內心，而它那初初燃燒的火焰溫暖了我們。我的導師轉身給了我一個微笑。我也隨著這個微笑而笑了。在長長的沉默過後，他溫柔地問我日子的目標是什麼。這問題令我訝異，於是我想了一會兒，說：

「我想要趕快抵達這趟旅程的終點，遇到那個傑森，拿到我為羅蔓而前來尋找的手冊。而且庫馬向我保證過，我可以欣賞到喜馬拉雅山最高的十三座山巔的絕美景象。我迫不及待地想回家。你不認為這會是我們耗了這麼多的心力所獲得的成就嗎？」

他似乎完全沒料想到我會這麼地理智。

「你不這麼想嗎？」

「我認為只有路途才是重要的。與走過的路程相比，結果經常是微不足道的。」

以他所教導我的那些關於當下的概念來說，我尋求的是其他短期的滿足。

「如果經過我聽說過的那座杜鵑花叢林的話，我會很開心。那你呢？你的日子的目標是什麼？」

「**我只有一個目標，而且每天都一樣，那就是幸福過日。**」

「那你達成這個目標了沒？」

7 阿內絲・尼恩（Anaïs Nin, 1903-1977）：出生於巴黎的美國女作家，也是西方現代文學的首位情色女作家。

「我在盡力。幸福是一種心境。我試著不讓思緒困住我自己。我會為著新的一天的開始而開心，並且接受它所為我預備的驚喜。」

「你還沒跟我說過你自己的事。你結婚了嗎？」

尚堤詫異地挑起了眉，表情狡黠地看著我。我臉紅了。他開始大笑，讓我想起了幾天前，當他問我同樣的問題時，我的反應就是如此。

「我是在逗你的……同時我也要謝謝你對我有興趣。我有三個很少見面的小孩。是的，我結婚了，不過……老實說，在這裡呢，婚姻事關種姓。」

「你是說，婚姻都是透過安排的嗎？」

「是的。要為了滿足我的家族名譽。我是婆羅門[8]。對我來說最重要的是供給我的小孩生活，讓他們可以選擇自己的人生。」

「你一直都是嚮導嗎？」

「不是！我一開始是當挑夫，接著是挑夫領班。同時間，我還去學英語，並且拿到了旅遊領隊的證書。我很滿意現在這樣！」

尚堤看了一下手錶。該是品嚐一頓美味早餐的時候了。他的肚子發出了咕嚕咕嚕的聲音，惹得我們倆笑了起來。尚堤的話語與眼前的美景和諧共振，給了我一種舒服的心情。又冷又餓的我們，大口地吃完了整套早餐，接著，我的嚮導無視於清晨的寒冷，直接宣布動身。

一路上，某種寒風刺痛了我的臉，我的雙頰與嘴唇凍得發麻。我蓋住了露在外頭的身體部分，可是依舊冷出了眼淚。尚堤轉身安撫我，等我們進入那片杜鵑叢林，就可以不受風吹之苦。眼前的景色已經有所轉變，看上去就像是戲劇的布景。我們走上了一條小路，兩旁交錯的樹木在我們的頭上攏出了一座植物拱頂。樹蔭形成了一座天然擋風牆。我真喜歡這條路線，畢竟這個獨特的地點是許多報導的主題。

「我們到了！看看這座杜鵑花叢林，你在其他地方有見過這樣的地方嗎？」

「哪裡？我什麼都沒看到！」

「四周都是啊……這些小灌木……」

「呃……這是在開玩笑嗎？花呢？」

尚堤大笑。杜鵑要春天才開花！他的態度令我不快。他似乎不懂我的失望。這個地方在冬天就沒那麼壯觀了！我們默默地走在泥土路上。錯過那個獨一無二的時刻真是令我失望。尚堤停下腳步，在一塊高處的石頭上坐下。他要我也坐。

「和你想像的不一樣？」

「對，我想要賞花，可是現在不是春天。」

「賞花沒有季節之分。我可以帶你去看。」

---

8 印度——尼泊爾的種姓制度中階級最高者。

我疑惑地看著他。他半瞇著眼，在遠遠的雜亂樹藤間找著什麼。我學他，但是什麼也沒看見。我不確定他是不是也什麼都沒看見。他全神貫注，接著手指向那片叢林，跟我說起了一旁一簇簇橙紅色的、鮮紅色的玫瑰花。我詫異地盯著他看。他的眼光一直停留在那片風景上。我也又集中精神地往遠處看，結果一樣什麼都沒看見。

「就在你的面前啊！」

「你別開我玩笑了！」

我忿忿地站起來。他一把抓住我的手，硬拉我坐下。他語氣堅定地命令我：「你得花時間檢視那些覆著絨毛的幼枝。你看是淡綠色的，而後隨著年齡而變成棕色，最後是灰白色。你再好好觀察它們的常綠橢圓形窄葉。」

「有耶！我看見葉子了！」

「那些葉子的大小如何？」

「不知道……大概是十二或十三公分那麼大吧。」

「這就對了。那些葉子在好天氣的時候是淡綠色的，冬天的時候顏色會變深，甚至有可能，你看那裡，就像那些葉子一樣變成紅色。夏天時會長出圓形的花蕾，而且整個寒冷的季節裡都看得見。」

我終於看見那數以百計的插枝。

「盲人對於事情經常感受得比看得見的人還細微。閉上眼睛，我給你看看那些花蕾。」

「如果我眼前一片黑，不就什麼都看不到了嗎？」

「照我的話做就是了！現在，你可以想像它們的紫紅色花朵。那些花的直徑大概是五公分。形狀就像喇叭口漏斗或是窄鐘，彼此緊緊地挨在一起，形成花簇。」

尚堤停下不說話，好給我時間想像出畫面來，而後生出這幾句話：「你湊近一點看：花托上有由五片花瓣交錯組成的花。花保護了子房，而子房裡長著胚珠。柱頭盤踞在正中央，而淡粉紅色的花絲在四周舞動。花絲將鮮紅色的花粉送進風中，由風吹送至目的地。你可以看見幾千顆的花粉。」

他閉口不說話了。他的描述詳細到讓我驚訝地看見了一朵又一朵的花盛開。滿眼葉子與樹木的棕綠，轉而為尚堤剛剛所描述的華美花簇所取代。我從來就沒見過如此奇觀，也不曾就只是花點時間看一眼！我對尚堤微笑，說：「真的很棒！」

我們出神地看著這座花朵盛開的叢林。鳥兒的鳴唱為這個虛擬的春季增色幾分。一連串的窸窸窣窣由遠而近，不久，整個管絃樂隊在這座舞台上開始進行演奏。頭上的清風間歇穿透了層層滿滿的杜鵑花，前來參加這場音樂會。太陽這個天然的舞台燈，照進了交纏的樹枝之間。尚堤輕拍我的膝蓋。該是動身前往德烏利的時候了。

我的心境已經有所不同，內心也充滿了激動，整個人在這最純粹的當下，感受身心的舒暢。在這一個多小時的時間當中，四周不見任何人影，我們把握機會，享受這股專屬於我們的澎湃能量。

一天走兩到三座吊橋的頻率，讓我終於克服了最後一絲的恐懼，我邊玩鬧著，邊依舊小心翼翼地跟在蹦蹦跳跳的西姆後頭，踩著他的腳印前進。

在沿著山口上的小徑往上走時，我回想起了尚堤如何向我簡明描述那些花，以及那些花是如何顯現在我眼前。

「我剛看到的那些事情讓我很震撼。你描述杜鵑花的模樣精確到就好像那些花真正在我的眼前！」

「那些花難道不是嗎？對你來說，什麼是『真實』呢？」

「一種摸得到、真正存在的東西。」

「意念不算嗎？電波也不算嗎？那振動呢？情感呢？情緒呢？」

「算啊！可是我的意思是，我想像出花朵來，但其實那些花朵並不存在。」

「當然存在啊！那些花存在於你的現實之中，因為你看見了。」

「不對！它們雖然像是具體存在，但是卻並非具體存在。尚堤，這你也知道的！為什麼你會突然這麼欺負人？」

「你沒有作過夢或是作過惡夢嗎？當你作夢或是作惡夢的時候，就不會有其他的現實存在了。順道提醒你，當你害怕過第一道吊橋時，我就已經跟你說過這些了。你感受得到情緒，你的身體也會對你當下以為是真實的情境而做出反應。難道你從來沒有在瘋狂奔跑，或是因為遭到攻擊而心臟狂跳、完全嚇呆了的時候，突然驚醒，而且全身冒著冷汗嗎?你的真實成了你的夢境。所有的徵候都出現了，就好像一切都是在醒著時發生的，沒有嗎？」

「是沒錯，可是那並不是真實的。」

「真實呢，就取決於我們對於形勢環境的體會。我們的過往、我們的教育與我們的經驗在經過過濾之後，就形成了我們所謂的事實與真實。再拿天氣作例子好了。當你早上起床的時候，發現天色陰暗，而且下起了傾盆大雨，你會怎麼樣呢？」

「兩天前的我會咒罵天氣，不過現在我的心態比較正面了，所以會覺得開心。」

「還有呢?那太陽呢？」

「下雨的話就不會有太陽啊！」

「那怎麼會是白天呢？」

這最後一句讓我笑了。我開始隱約察覺尚堤正試著對我舉例證明什麼。

「事實上呢，太陽是在的，只是我從所在之處看不見。」

「是的，你從窗戶是看不見的，可是要是在同樣的時間之中，你人坐在飛機裡，而飛機正飛在你家上空的雲層之上，太陽肯定會照得你張不開眼，對吧。當我們面臨某種情境的時候，要是站在原地不動的話，就沒辦法知道什麼才是真實了。」

尚堤提議大家可以歇歇腳。他要大家坐成一圈，然後向我借了手機。「我收不到任何訊號，所以這手機已經沒有用了。」我邊說，邊從背包裡拿出手機。我檢查了一下。電池電力即將耗盡，也沒有任何訊號，可是尚堤堅持伸過手來接。我把手機給他。他將手機放在他細心擺在我們中間的一塊大石頭上。他接著要我們觀察並且描述從自己所站的位置可以看出什麼。

庫馬端詳起了手機的背面。尚堤是他的口譯：「我看見一個灰色的長方形金屬，差不多是十乘以五公分的大小。左上角有一個黑色的圓形，中間畫了一顆蘋果；最底下有一些文字和數字。」接著是西姆。他只能看見手機的側面：「我看見十公分長的側邊上，有一條帶有弧度的長槓。上方有三個按鈕，其中兩個看起來一模一樣，另一個就比較小一點。尼夏面向著螢幕，一一列出：「一個十乘以五公分大小、鑲著白框的黑色長方形，下面有一個銀白色的圓形，上面有一條黑色橫線。」而後輪到我介紹自己所看見的手機側面。

尚堤等我們都說完之後才開口：「如果我要你們根據所看到的手機外觀，向另一個人說明什麼是手機的話，你們的描述會是不一樣的，對吧？可是你們當中並沒有人說謊。」我們一致同意。「你們認為有誰說的是對的或是錯的嗎？我們所在的位置不同，看的東西也就不同，因此要記住的是，事實可能超乎我們的視角。」尚堤轉過身對我說：

「像你這樣熟悉手機的人，告訴我，剛才你們四個人的描述加起來，能不能讓一個從沒有看過手機的人，對於這個東西有個完整的認識呢？」

「不能。因為那還不夠讓人瞭解手機的用處與功能。」

「沒錯，儘管你們每個人描述得詳細，我們還是無法知道手機有什麼潛藏的能力。」

我看著自己的手機。尚堤的比喻挺容易理解的：**許多顯而易見的事情，加總起來只能獲得部分的結果**。三維並不能夠正確說明物品的特點，還需要加上背景資訊，觀察物品的角度才會完整。

「我們以為掌握了真實，可是應當要留意因錯覺而生的確信。」

「那意思是說真實或許與我們所理解的並不同。」

「是的。我們應該要對自己的判斷力保持警覺。」

走在陡峭的小徑上，植物出現的次數越來越少。隨著高度增加，我開始感覺呼吸不順，不得不放慢步調，好讓自己能夠正常呼吸。我的四肢開始疲累，思緒也飄到了羅蔓身上。我一直聯絡不上她，真的很想與她分享我的旅行見聞，還有尚堤這個人以及他所教我的事情。他的智慧觸動了我的心。接著，我的腦海中浮現了馬地奧的身影，不禁難過了起來。我心裡有種感覺，彷彿自己錯過了一個好人。我隨即試著以尚堤的實證主義，將這個念頭趕出腦海。他是對的，在對於未來毫無任何資訊的情況下，不如設想可能發生的好事，或許命運會讓我們結合，然後……如果那個人不是他的話，也會是別人。我觀察到那些機制開始變得有意義了，於是笑了起來。

抵達德烏利是件開心的事情，畢竟這真的是個相當耗費體力的一天，況且我從早上就有想吐的感覺，而且越來越嚴重。每一天，隨著海拔高度增加，氣溫就下降個幾度，到了傍晚就已經低於零度。我進了我的房間——與前幾個房間都同樣屬於簡單但一應俱全的類型：一片木板上擺放了床墊、天花板上裸露的燈泡、一個垃圾桶，以及一面正對喜馬拉雅山山脈的大窗戶。我整理了幾樣物品，趁著日落之前，按著房東的建議，加價二美金洗了個熱水澡。熱水柱沖得我渾身舒暢，可是才剛穿好衣服，冷熱溫差又讓不舒服的感覺立刻回來：胃酸和舌頭兩側酸液都告訴了我，接下來危險了。我感覺真的非常、非常不舒服……我衝到廁所去。

經過了恐怖的幾分鐘之後，我艱難地走回了房間。疼痛的肌肉幾乎撐不住我。敏感的身體開始瑟瑟發抖，肚子好似有鐵鎚敲打，腸子也痙攣地痛著，並且呼吸急促，看起來高山症纏上了我。我們的位置在海拔三千二百公里處，在頂峰走了一天，已經耗盡了我所有的氣力。我要如何越過這個關卡呢？我知道不應該與高峰對抗，而是該選擇投降、下山。我的身體垮了，連帶瓦解了我的精神。

有人敲門。我沒有力氣應門，因為全身從頭到腳都非常難受。對方還是繼續敲。我認出了尚堤的聲音。我低聲呻吟，說了：「請進。」尚堤看見我整個人蜷縮在睡袋裡，相當詫異。

「你怎麼了？」

「我不舒服，整個人已經廢了！」

「不意外！」

「你以為是高山症，對吧？」

他開始笑。我厲聲說：

「我不覺得哪裡好笑！」

「對不起，我不是故意要惹你生氣。我是在笑我自己，不是你！我們的本能反應是往外找出問題，當我有哪個地方不舒服的時候，也是這樣。」

「我不懂你想跟我說什麼，不過我不確定自己今晚有沒有力氣聽你說話。」

我的身體痠痛得僵硬、難以動彈。我閉上眼睛，期盼尚堤能夠猜出我想獨處的心意。

他走到我身旁，低聲對我說：「我不會放你一個人受苦的。你的心智抵擋得住所有的改變。你的身體會採取行動，將你因為處於恐懼與優先要務之中所遭遇到的衝突告訴你。請聽它說話，讓它把承受了些什麼說給你聽。你別生自己的氣，但就是要聽聽你讓它忍受了些什麼。放手吧，別想要讓一切都在自己的掌控之中，給它表達的機會。與它攜手合作，因為它是你最好的朋友。當機能障礙出現的時候，它會通知你；當你的心理緊抓著錯誤信念不放，但是你的心卻有相反的想法，夾在兩者之間的身體，便會同時警告你問題出現了。今晚，你就好好接受你的內在衝突吧！別讓你自己被愚弄了，你並沒有高山症。請聽你的身體所發出的微妙訊息，安撫你的大腦，向它說明你希望它在擅長的領域裡面——也就是執行你內心所做的選擇——能夠充分發展。要是每一個部分都能扮演好自己的角色的話，你們就能夠攜手演奏出你的人生這首最優美的交響曲。」

尚堤離開，而後端了一杯藥茶回來。他扶我喝了一口，接著輕撫我的額頭。在他離開之前，低低地對我說：「瑪耶拉，放手吧！」他的聲音總是會在我的內心裡振動。雖然一切還不清楚，可是我感覺得到他所說的那股衝突。我的身體會是我的盟軍，並且會在問題出現的時候警告我嗎？很難承認處在這種狀態中的我，或許可以獨自辦得到。我喝了幾口我的導師好心端來的湯藥。在這海拔超過三千公尺的第一夜，我很快就進入夢鄉。

§

我隔天醒來的時候，精神奕奕，而且訝異的是，完全沒有哪裡不舒服。我感覺自己好像睡了二十四個小時。時間是六點二十分，剛好來得及迎接日出。我穿上冰涼的衣服。房東正用柴爐煮水。在她的默許下，我摸走了一杯咖啡，走到了寒冷的外頭。

尚堤一如往常地待在外頭，眼神愣愣地出了神。晨曦將安娜普納峰與魚尾峰染上了鮮橙色。一道道由濃到淡的黃色、紅色、紫色，將天空妝點得繽紛。螢光色的雲橫向移動，與恆定不動的那片垂直，形成強烈的反差。天空每一天的色調與前一日相同，可是每一天的日出卻大不相同。而在這一天，一切似乎在緩慢、有自信、有條理以及永恆的動作中甦醒；一切都顯得那麼地有自信、有條理，以及永生不朽。我專注於自己的呼吸，與這片寧靜連結。山峰在色彩的輝映之下，在我眼前變得生動活潑。樹木以葉子迎接我，風輕撫我的臉。我被帶進了這段宇宙之舞當中，而我自己也是其中一角。我已沉寂下來的大腦渴望著寧靜，而身體也完全處於放鬆狀態。我的眼淚不禁流了下來。

在這片無邊無際所散發出的和諧當中，我有一種與萬物合一的奇異感受，就好像一座故障老時鐘在完美的機制中重新運行。每一個零件都各安其位、各司其職，讓時間準確。我掃視自己的靈魂住所，確認沒有任何阻滯。能量流動順暢，不再有任何疼痛。一個優秀團隊或許將孕育而生。宇宙透過周遭一切的美好，進入了我的生命，讓我成為這個宇宙的一部分，我感覺到了喜悅與完整。在背景的顏色變換當中，我在每一秒間變得成熟。太陽現身了。它融入了這個已確立起的節奏，為當下的美好貢獻一份心力。這真的是令人讚嘆的奇蹟！

我終於意識到自己身體的無私努力。這些年來，我怎麼能夠就這樣輕忽了自己呢?在我的認知當中，沒有什麼東西會比這種不尋求任何感謝的愛更美妙了。我那小小的我儘管受到打擊，依然還是鬥志旺盛地執行自己的天生使命。我真沒想到自己竟然可以如此忽視這最重要的東西。我那因為橫掃名校的獎項而自負的大腦，顏面瞬間無光。我安慰它：

「我們已經盡我們的所能努力了。」

「是啊，可要是心能夠表達自己的想法，就會簡單多了。」

「所以呢，我們就要給它發聲的機會。」

「不能靠人給，而是自己得去拿！」

「我知道你想要討回自己的地位。讓它給我們它的說法吧。」

我的心依然以相同的節奏跳動。

「我從來就沒有離開過你；你的所有行動與決定，都有我在呢，就算是我並不同意也一樣。」

「那為什麼你就不介入呢？」

「我試過了，可是你的聲音比我大。在一片吵雜聲中，你是聽不見我的。」

我的身體開口對大腦說話了：

「當你與你的心背道而馳的時候，我試著提醒過你，可是我有的時候還是得像昨晚一樣強行讓你明白，而這也是我唯一能夠讓你平靜下來的方法。」

「換句話說，一切都是我的錯囉？大家都跟我作對！」

「這與找到該怪罪的對象無關。我們都知道當你不受小我箝制之時的價值。我們需要你！要是我們想要實現自我，就該合作！」

大腦聽我們的勸，一句話也沒說。太陽在背景中就了定位，開始為在我們眼前逐漸繪成的圖案進行加工修飾。我不敢動，就怕這種豐盛的狀態出現變化。

我的手機在口袋裡振動，那是電池沒電的信號。

# 11. 美好的能量

愛是恨的唯一答案。

——頂果欽哲[9]

這一早，達到目標的意念，還是勝過了對於悠閒悠哉的渴望。我們吃過豐盛的早餐——起司歐姆蛋、麥片粥、兩塊蜂蜜鬆餅與一些乾果——之後，朝著我們徒步旅行的最高點：魚尾峰基地營前進。坡度陡直。尚堤告訴我，有九百三十公尺的高度落差。

經過一整個早晨專心耗費大量體力行動之後，在海拔三千六百公尺處，我很開心能夠與在尼泊爾第一次遇見的同胞共進早餐：一對年紀五十多歲的法國夫妻，只是話題一轉向政治，我便失望了。當他們對於極端粗暴的種族歧視言論表示支持時，我怒火中燒，於是一股腦兒地對他們說出自己內心真正的想法。尚堤躺在草地上晒太陽。我往他身旁一躺，將方才的事件一五一十地說給他聽。

9 頂果欽哲（Dilgo Khyentse Yangsi Rinpoche, 1910-1991）：第十四世達賴喇嘛的上師之一。

「我受不了這種混蛋！」

「你是不是從來沒有發現過，在某些爭論發生之後，自己失去了能量？」

「還真的沒有，不過我得承認這一次我倒是明白了。」

「所有因匱乏而生的態度將會產生這種行為表現。他們那種人因為找不到自己的資源，因此藉由吸引注意，將他人的氧氣據為己有後，進行再生。」

「真的！他們不但讓我生氣，還讓我相當疲憊。」

「悲觀的人、消極的人、強要別人接受自己看法的人、唱反調的人，或是把自己當受害者的人，都會消耗他人的能量。恐懼是他們的動力。而你，你可以憑著細心專注避開這種狀況。這種行為表現很容易辨認出來，而你的身體是個很棒的指示器。當你感覺到緊張、惱怒、失望的時候，就知道自己的能量正在減少。」

「逃掉不是更好嗎？」

「當你推測自己的力量不夠，那就是一種解決辦法，可是我寧可在不歸錯於他人的情況下進行觀察，而後再將注意力轉為發送具有愛心的思想。」

「這我辦不到，我想殺人！」

「放心，大家都一樣，只是怒氣是一種無意義的情緒，沒辦法讓我們獲得抒解。幸福就在於與自己和諧共處。唯有我們的仁慈善意能讓我們免於受到這些侵犯。」

「我們沒辦法持續地讓自己不說話。要是沒有人讓那些人好好反省的話，他們就會繼續汙染這個世界。我以前就不喜歡他們招惹我的方式。」

「他們都飽受匱乏之苦。恐懼讓我們不得不選擇防禦或是進攻。如果你改變看他們的眼光，就會注意到他們所說的每一句話並不會對你有不好的影響。你看起來是他們的箭靶，因為你人就在那裡，可是他們對於你之外的人，也是一樣的態度。就像我們出發那天遇上的那個汽車駕駛，你還記得嗎？你是有能力無視他們的不良行徑而保持內心的自在。你可以藉由發送你的愛心能量來保護自己。」

「要我不反擊真的很困難。」

「這對所有認為自己是箭靶的人來說都一樣。要是你不再認為自己是箭靶，藉由觀察對方的恐懼，你就會產生同情。注意自己的心境，你就能夠全權處置自你而生的力量。重點是你要安撫你自己，告訴你自己該尋求的是與他人保持連結，而非自己是對的。」

「呃……對，我尋求的是自我防衛！」

「這是許多人的問題！」

「我懂……我想我懂……我要怎麼做才不會不知所措呢？那會有前兆嗎？」

尚堤要我站起來好做個實驗。

「閉上眼睛，然後連續深呼吸五次。現在，你在心裡想著『痛苦』這個詞。」他停了一分鐘不說話，再接著說：「說三次『痛苦』，同時讓你自己沉浸在這個詞所帶給你的感受。你可以描述一下你感受到了什麼嗎？」

我花了一點時間說。「我感覺身體變得僵硬，臉部扭曲，心跳加快，胸口發緊、肌肉緊繃，冒汗……」尚堤聽著，並沒有打斷我，直到我已經沒有什麼可描述的了。「你現在想著『豐盛』這個詞，然後說三次。」我沉吟了一會兒之後，開始描述自己的感受：「我感覺自己的身體變得輕盈，而且輕盈到像是不存在，也沒有任何阻力。我的呼吸緩慢。我讓光芒穿透了我，心裡感覺到幸福而且充滿了一種美好的能量。」我細細體會著這個感受。

「現在你明白字詞的力量與讓我們心境轉換的能力了吧？至於你那緊繃的身體，會在你意識到的下一刻屬於你。你可以產出愛心能量給自己與對方——無論對方的態度為何——藉此重獲屬於你的豐盛。」

「當我們面對使得我們必須採取防禦措施的愚昧人士時，這很難做得到。」

「我再說一次。一切都取決於你的目的。如果你的目的是偏向於和諧共處多過於證明自己是對的，那麼你就會發現那就跟我們剛剛所做的一樣簡單。」

我想著自己方才與那兩個蠢蛋同胞的對話……啊，不行！瑪耶拉，他們不是惡鬼，是你的同胞……我的確想要以自己的意念去改變他們的意念。

「你在改變心境之時，你的能量就會吸引來同樣強度的力量。」

「就只是透過思想而已嗎？」

「那是一個好的開始。所有承載著愛的泉源，像是音樂、藝術、大自然，甚至是一個微笑，都能夠讓你直接進入這個區域。當一個意念自一個深切的想望之中生出，就會產生奇蹟！整個宇宙已經將這種意念實現的各種要素備齊。」

「我很想要擺脫自己的負面情緒，可就是做不到，你想宇宙能幫我嗎？」

「要是你選用的字詞精準，並且與你的心意和目的一致的話就可以。」

「等等，我來試試看！『我不想再讓自己吸收他人的壞能量。』」

「我會想建議你不要讓第三者插手，不然你就會變得依賴；另一方面，你得用假裝已經擁有了的方法，表明自己目前想要的東西，比如你可以這麼說：『我的內心完全自在，而且只有我自己可以讓這種狀態改變。』」

「可是要怎麼知道我向宇宙說的話是對的呢？」

「這就是第三個重點了：當你表達這種意願時，請花點時間感覺自己的身體。要是在感覺自己身體的同時，隨之而來的是自在，那麼，這個願望就會實現。要是你的內心無法平靜，那就表示你並沒有按照自己的真正意願。」

我把想對宇宙說的話修改了一番，接著聆聽內心的動靜。一種濃烈的喜悅自內心散發。我細細品味著這個時刻。

「有一點還是令我相當煩惱！當我的思想變得負面時，自己並不會察覺得出來。都是在和人對話之後，我才發現自己的緊張激動。像你，你是怎麼做的，才能早早發現自己的狀態呢？」

「我會試著觀察自己。那是一種分分秒秒的練習，能夠幫助你意識到自己的每個行動。請試著默默地以一種彷彿與舞台保持距離的方式看自己，同時不對自己下評斷。」

「是要看什麼？」

「全部！評估自己的行動。你會對自己大聲還是平靜說話呢？你是否感受到了善意的言語或是攻擊性的言語呢？你認為自己所散發出的能量怎麼樣呢？另一件重要的事情，那就是學著傾聽你的身體。當你就『痛苦』與『豐盛』這兩個詞進行練習的時候，嘗試記下你所體驗到的感受，並且盡可能時常觀察什麼會讓自己燃起了活力，如此一來你就會知道，在兩種狀態當中，你自己置身於哪一種，也將能忠於自己所期盼的事情。」

「要是我得分析自己所說的話……請問這一切會導致什麼改變？」

「一開始的時候，你得強迫自己去注意，可是隨著親身實踐的次數增加，善念就會變成了一種毒品，你等著看吧。你會將每個情境都當作成長的機會。」

「我會想辦法約束自己。」

「要是那真是出於你的意願，就得像我剛才教你的那樣表達出來。你可以這樣說：『從現在開始，我會明確表達正面積極的想法，而且只會是出自我內心的想法。我感覺到了我的身體與我的思想變得一致了。』」

我微笑，高聲複述這套神奇的咒語，內心瞬間變得自在。在重新上路之前，我與那兩名同胞握手，祝他們一路順風。他們的表情透露出了不解……

午後的健行一開始可說是舉步維艱，四周的生跡就跟氧氣一樣稀薄，我們連說話的餘裕都沒有。秋天的色彩換成了雙折射色：濃淡的灰色調，振幅從黑色碎石泥土路到白色山巔，宣告來臨的是高海拔的艱難挑戰。想要看見一點顏色，就得將視線投向山谷。結凍的瀑布，在岩壁上鑿雕出了的形狀像恐怖的雪人。在兩個小時當中，我認真地踏出每一步，而不去想下一步要怎麼走，可是我的步調逐漸緩慢到幾乎停下的程度。四千公尺是個致命關卡：呼吸變得痛苦，只要稍微動個身子、出點力，就會令我喘不過氣來。

在已經不知道是第幾次的暫停休息時，我的身體開始難以動彈。我坐下，整個人精疲力盡。尚堤朝我伸出手。我哀求：「我已經創下了人生中的海拔紀錄，可以死在這裡了！」

我癱倒在地上，再也沒辦法往前走。尚堤在我身旁坐下。我的自嘲讓他覺得好笑。他在我耳邊悄聲說：「我們還剩下四百公里得走。我建議你可以把這剩下的路獻給已經沒有腿可以走路的人、罹患肌肉或呼吸道疾病的人、那些夢想與我們互換位置卻沒有辦法的人。你覺得如何？」

我錯愕地看向他。當羅蔓與其他兩個朋友——罹患多發性硬化症的莎拉以及因車禍而癱瘓的西莉兒——的影子浮現眼前時，他所說的這些話擊中了我的心。我直起身子。尚堤的那番話在我的內心引發了一股我從未曾感受過的力量。我站起來，與大家一起上路，同時想著所有我愛的以及我希望出現在我身旁的人。我推著自己那雙健全的腿，我的肺部吸進了氧氣，我的大腦鼓勵著我那不服輸的身體。

一個小時之後，在勝利的歡呼聲當中，我們抵達了寺院。站在十三座喜馬拉雅山最高峰當中的我，覺得自己既巨大又渺小。**在這些威嚴可靠的群山之間，我是渺小的，可能夠一路走到這裡的我，是巨大的**。當我融入了這片令人震撼的風景時，一名年約四十多歲的男人從主建築走出。他走了幾步路，在我們面前停了下來，接著伸出手來自我介紹：「我是傑森．帕克。我猜您就是瑪耶拉吧？」

# 12. 一個選擇：兩條路

在這個世界上，你得成為你想要的改變。
——甘地

我聽慣了尚堤的英國腔，因此傑森的美國腔聽起來感覺很不一樣。他摟著尚堤久久不放。兩人望著彼此好一會兒之後，尚堤問他的工作進度如何。

「結果可說是充滿希望。有一個朋友因為想幫我，所以找上了我。我再詳細說給你聽。」

我擔心地問：「你不是因為緊急狀況才來到這裡的嗎？」

「有一場需要多加戒備的流感盛行，還好到最後情況並不嚴重。」

我嘆氣。他應該要留在加德滿都的，這樣我也就不用跑這趟路了！一陣焦慮湧上了心頭。

「你是做什麼樣的工作呢？」

「在不同的邊界衝突發生之後，數以百萬的西藏人逃到了尼泊爾。壓力導致了嚴重的疾病，像是癌症與其他退化問題。我們相信恐懼是致病主因之一，於是我們試著採取一項治療方針，那就是透過翻轉效應改變心理狀態。我們發現只要教導病患改變意念與行為，他們的免疫系統功能就會大幅提升。」

我寧可閉嘴免得惹他生氣，只不過臉上露出的嘲諷微笑並沒有逃過他的眼睛。「我是理性的研究員，也是個懷疑論者，可是我得承認藥物有其限度，因此我們得藉由較不理性的假設應對。或許你們會覺得訝異，不過那些假設能夠帶來相輔相成，甚至是更好的效果。」

我還是心存懷疑。我覺得這些說法真的有點古怪。我承認某些小病痛用藥草就夠了，可是重大疾病也可以嗎？我覺得病患把自己交到空想家的手上是件相當危險的事情，因為他們的病況有可能快速惡化。我安慰自己，羅蔓不會相信這種只會讓理想主義者浪費時間的可疑理論。對，她就是這樣！

「你知道我為什麼上山到這裡來嗎？不知道你有沒有手冊要給我呢？」

「當然有，我晚餐的時候會拿給你，不過我建議你們先到房間擱行李吧。米莉亞會帶你們去你們的房間。」

那個跟在他後頭的女人朝我走了過來。她的鳳眼散發著炯炯的光芒，加深了別人對她的好感。

冰涼的微風吹得我們快凍僵。此時氣溫大概是零下十五度，但是太陽依然高掛天空。

高海拔讓我的呼吸道更脆弱了，不過眼前美景彌補了這些不舒服：高度超過四千公尺之後，我們便在高度超過四千公尺的頂峰環繞之中。我明白那就像是在白朗峰的山頂上，而幾乎同高的山峰將我們團團圍住。

米莉亞像個媽媽一樣的拉住了我的手，帶我進入室內的溫暖之中，直到我的房間。我的行李已經在那兒了。那是一間可以看見寺院全景的簡單房間。我待在窗前出神地看著山巒，一會兒之後才到大廳去找米莉亞，順便取暖。這間屋子裡，只有一只柴爐稍稍暖和冷得嚇人的空氣。

幾張大桌子圍著一座大爐子擺成了U形。桌子的每一邊都擺了木頭長椅。好幾個人三四成群地坐在長椅上。米莉亞在門口叫我。她摩娑著我的背，要我坐在燒紅的鋼板附近。我渾身起了一陣寒顫，牙齒冷得咯咯作響。她遞來一杯茶。我一手接過，換另一隻手端。我將凍得發紫的嘴唇貼上了杯緣，淺淺吸著滾燙的茶水。我與她就像與尼夏一樣，透過手勢就能夠彼此溝通。

一名外型像印度人的婦人靠近我們。她穿著一件紅色繡金線長上衣，套著一件合身牛仔褲，展露出了豐滿的曲線。厚長的眼線凸顯的黑色眼睛，左右穿出了她的圓臉龐。她操著流利的英語問我要不要看看傑森的成果。「你說什麼啊？」

她與米莉亞以藏語說了幾句話。我是不是掉進了某個陷阱啊？在這片海拔四千公尺高的喜馬拉雅山區裡，與熱衷於一些可疑實驗的古怪幻想家在一起，而我還一直沒拿到羅蔓的手冊，讓我整個人不安了起來……尚堤曾經告訴我，尼泊爾政府當局搜索非法難民，可是或許就是因為這些不合法的作法才讓當局這麼做吧？

這位名叫阿雅提的女性自我介紹了：「米莉亞向我解釋過你們的來意。你的朋友很幸運有你這個朋友。我住在印度南方的一座小村莊裡，離坦賈武爾不遠。你呢？」

我依然保持著戒心。所有的狀況都集合起來要把我給嚇跑，可是她的溫柔讓我對她產生了信任。我環顧四周，感覺到的是寧靜與溫暖的氛圍。我開始自我介紹。

「你看起來很緊張？」

「事實上，我覺得自己與四周環境格格不入。這些神祕的研究……我不知道這一切到底合不合法！」

阿雅提笑了起來。她的態度讓我覺得相當不得體。我斜睨著她，讓她知道我的感受。她正色向我道歉，唇邊依然掛著笑。「傑森所進行的研究是再合法不過了。政府還補助了計畫的一部分。我自己也在德里當研究員。傑森要我來這裡找他，他要把驚人的研究結果告訴我。他發現只要與周遭產生連結，就能夠改變我們細胞的行為，並且釋放由大腦分泌、負責讓我們感到舒適自在的荷爾蒙。總之，他辨別出兩種日常中的可能狀態，也就是恐懼的狀態與愛的狀態。**恐懼是一種盲目與習慣性的狀態，而愛則是一種良知、無限與連結的狀態**。愛只會在當下表達，而且具有付出的一切條件。恐懼會受過去或是未來匱乏的投射所影響：其實恐懼只是心智的創造物而已，並沒有什麼。」經過了前幾天的體驗，我只能認同這個事實。

「傑森進一步研究發覺，當一個人處於愛的狀態時，就能夠從堵塞的能量當中獲得釋放，而堵塞的能量是許多疾病發生的根源。從好幾年前開始，他便收容了五十幾名因中國迫害而逃離西藏的難民，讓他們住在上面的樓房。」

「這些難民與傑森的研究有什麼關連呢？」

「那些經過長途跋涉幸運存活下來的藏人飽受恐懼之苦。很多人出現了嚴重的精神困擾甚至是罹患重病。傑森於是提供一些反思課程，讓他們能夠透過這些課程擺脫焦慮，轉而處於他所謂的『信任狀態』。而他觀察到，他們的免疫系統也隨之增強。」

「那真的有效嗎？」

「是的，結果確實令人驚訝：輕微的精神困擾在極短的時間內消除，至於狀況最為嚴重的人當中，有二分之一恢復了正常生活；三分之一自覺好轉，並且繼續課程。其餘的則是繼續與疾病奮鬥，尋找方向。這些工作坊是奠基在唯有信任狀態能醫治我們的原則上。我們都活在恆常的恐懼中，深受過往習性之害。在四個轉化程序的準備階段當中，第一個階段是意識到這種盲目，讓我們明白自己可以選擇處於信任狀態或是反射信念之中。」

我想要多知道一點，這幾天的經歷完全打亂了我的思想體系。在明白得從兩種狀態當中做出選擇的同時，我與尚堤第一次見面的那一晚，我就決定聽從我的心而不是我的恐懼跟隨他。透過傑森的研究，阿雅提似乎也證實了我的感受。她得去找一名同事，不過她要我查閱傑森交給她的一些內容。沒多久，她帶著一捆以釘書針釘起的一百多頁文件回來了。我謝過她，而後在桌前坐下。我認真地讀著那些文件，並做了筆記。

第一部分闡述的是當我來到尼泊爾時，瑪雅對我的教誨。尚堤也曾經強調過這個主題：就像一個孩子探索世界那般，以全新的眼光看待人生。因為內心的渴望而覺醒，而不會受由恐懼指揮的自動化信念驅使而行動。傑森把這個取名為「反射信念」——與「信任狀態」對立——這是奠基在不可思議的宇宙法則之上，但時時刻刻都能體驗得到。

就邏輯而言，比如當我們給某人某樣東西時，反射信念便會把這與對匱乏的恐懼結合在一起——付出，會令我們一無所有。也因此，我們盡可能不與人分享，而且寧願囤積沒有用的東西也不讓別人得到。這種信念適用於有形與無形的物質：糾纏我們的瑣碎小事令我們誤以為不得空閒。在留住我們所擁有的東西之時，我們也為這些東西所限制，也親手截斷了能量的流動。

這些內容讓我深思。我擱下文件，好好地思考一番。我的地下室塞滿了沒有用的東西；我的櫥櫃滿滿的衣服，其中穿過的不超過四分之一；一週當中，我把主要的時間都給了工作，剩下的時間則用來在健身房裡放鬆。確實我的時間幾乎都給了自己，可是每一天的時間都不夠我做其他的事情啊！

我繼續讀那些文件。反射信念提供新的對失去的恐懼，讓人永遠不滿足，羨慕鄰人比我們多的東西。信任狀態則是相反，它向我們表明，付出得越多，我們的人生就越富足。

付出的幸福是無可比擬的。愛，不會令我們一無所有；愛會繁殖，永遠不會被分割。當我們與人分享時間、笑容、金錢，就通向了宇宙那道永不枯竭的泉源。信任狀態是以豐盛為基礎，在我們的內心誕生，至於反射信念則是與對匱乏的恐懼結合，並且以外在剩餘之物餵養自己。

我明白就某方面而言，自己的面前有兩道門。每一刻，我都能選擇打開哪一道門。而我打開的，或許是那道通往愛的門，也或許是讓我為恐懼的視角所困的那道門。

米莉亞拿著保溫瓶在桌間穿梭，在空的茶杯斟滿茶水。我對她微笑，她輕撫了我的臉頰，接著豎起大拇指問我是否一切都還好。我點了點頭，接著拉住了她的手向她道謝。她走了幾公尺去服務那個坐在一旁的小團體，我則是繼續我的閱讀。

傑森解釋道，直到這種體認出現之前，我們的行動，都是由控制我們的小我所指揮的自動化行動。我們想不到還會有第二道門，因為在小我的掌控之下，個人主義就是唯一的假設。

讀到這一個概念時，我完全摸不著頭緒，再繼續讀下去之後，我豁然開朗，只是我得先理解小我是如何運作才行。傑森解釋，小我透過傳授世界是危險的，我們都得靠它才得以存活的想法，以維繫我們對它的認同。為了達到這個目的，它自行建立了規則、防衛與攻擊機制，把我們留在恐懼裡。它越是在我們的生活當中創造匱乏，它的論點就越能輕輕鬆鬆地便讓我們堅信假象。它禁錮我們，讓我們在一個窄小的宇宙裡近乎窒息。由我們對於有害的外在世界的偏執、妄想所滋養的負面思維，迅速繁殖，讓我們與我們所斷章取義的事實深深連結。小我有個堅定不移的論據，那就是：問題就在他人身上！在把自己定位成受害者的同時，把錯賴給第一個出現的人：「我這麼慘，都是他害的……在遇到他之前；在他跟我說這些話之前；在他這麼做之前，明明一切都很好……」

小我鞏固自己的立場：因為外在的事件，所以我才會自我保護；我的攻擊只不過是反擊而已。它的防禦所表現出的特點是批評與定罪，以證明沒有理由去愛，除非當一個人能夠給它帶來利益。想要打進它的朋友圈，唯一方法就是給它某些東西，否則就進不去。它玩弄、指責、評斷感情。它決定對方可不可愛。當對方符合它的保護標準，它會惠賜對方尊重作為獎賞；不符合的話，就會收回它的尊重以示懲罰。無條件的愛對小我而言是一種威脅，因為這種狀態會迫使它消失。於是它屈服、分開，並且自我催眠：沒有人能打開那道注定會讓它死亡的門。

我注意到了自己的防禦機制，倒是沒注意到有選擇的餘地。我看不見有哪道門在我面前敞開了。傑森的筆記解釋道，第二個出口給了我們一個與第一個出口截然不同的世界。這個想法源自於一個假設：唯有對於人我互動的理解才能帶領我們通往幸福。我們以為人我分立，但其實是密不可分的。

我不能理解這種抉擇。我在腦海中想像出這兩道門：一道是恐懼之門，另一道則是愛之門，可是我卻不清楚愛之門代表的是什麼。接下來的筆記內容令我詫異。傑森強調覺察並不是件簡單的事情，因為我們打從出生以來，便活在小我的掌控之下。當我們開始發現事實另有不同，就是承認小我是一種幻覺。但是那是與小我的自我保護背道而馳，這要它如何甘願接受呢？小我只會依據自己與對自己有用處這兩點做判斷。它讓我們停留在一種驚恐的狀態，而我們囿於這種狀態，只能看得見一道門。一旦承認這點，我們就能夠退後到適當的距離，看見那第二道門。

那第二道門是瞭解地球上那些數不清的臉孔後面，是同一個單位。我們每個人都是出於意願、恐懼與相同的需求而做出相似的反應——就算形式或有不同。想要看見呈現在我們面前的選擇，就得摘下小我幫我們戴上的眼鏡，讓我們發覺自己並不是活在現實之中，而是活在它要我們看的幻象裡。

轉化程序的第一個準備階段就是意識到我們擁有兩個選擇。有可能可以藉由意識到自己的自動化反應——可以防衛、罪惡感、幻想、憤怒、衝突、我們行為的反對、悲傷、分離、個人主義、優越感、自卑感、過去的沉重包袱、對未來的恐懼、匱乏甚至是疾病等等形式表現於外——透過信任、統一性、豐盛、唯一真實的時刻：當下、我們行為的正確性、我們所有由心引導的言語與態度，選擇不同的生活方式。

傑森在文章最後推薦了一種改變習慣的練習：

在接下來的幾天當中，專注在以下三個概念上——

1. 觀察自己的思緒、意念與意願，試著確定那些思緒、意念與意願是來自於內心或是小我。
2. 給他人你所想要收到的東西：微笑、時間、溫柔的想念、傾聽、體貼與分享所愛。
3. 注意你所有給人的東西，也會給到自己身上，因為我們都是相互連結的。

我全神貫注地讀著令我大開眼界的內容，沒聽見傑森走近的腳步聲。他看到了我面前的那疊文件，於是問我心得。我將自己對於內容的疑惑不解老實地說出口，並且把自己綜合出的重點念給他聽：

「根據你的說明，我們都是在自動性的作用之下行動，並且由掌控我們的小我所引導。確實也是如此。這些日子我也意識到自己在面對某些情緒，像是憤怒或是悲傷時，會選擇把自己關在自己的心牢裡。我明白其實自己只會對小我——那個把我囚禁在我自己的信念裡，並且把錯歸在他人身上的小我——所過濾過的事情採取行動。」

「沒錯。小我只能活在自身就是整體的錯覺中。」

「就某方面來說，我總是推開同一道門，也就是恐懼之門。你說若我接受相互連結的假設，就可以選擇離開第一道門，改為進入出現在我面前的第二道門了。也就是你所謂的信任或愛的狀態！」

「為了進入那種狀態，就得放棄分立的信念。我們與身旁的人形成的只會是一個整體。」

「你想說的是什麼呢？就外型上，我與你、山、樹木、石頭、桌子、其他人等等是不同的。我是獨一無二且與你分立。」

「你確定？就這點上，科學給了我們一個有意思的觀點。我們的身體是由一百億個不同的細胞所構成。這些細胞又各自群聚組成器官與組織。一個細胞是分子的集合體，而分子又是依照秩序連接的原子集合體。你知道什麼是原子嗎？原子是由一個帶正電的原子核與圍繞周圍的負電電子所組成。而一切就從這裡開始變得有意思了。最為精密的儀器判定出原子核的體積比整個原子小十萬倍。我們因此可歸納出原子內有百分之九十九點九九是空的。」

「那是說一個原子相當於幾乎百分之百是空的微型能量？可是物質不是由原子所構成的嗎？」

「是的，事實上就跟宇宙間所有存在的活性與惰性物體一樣。但如果我們把原子核放大到跟地球一樣大，兩個原子核之間的距離，會比太陽與地球之間的距離還遙遠許多。在我們眼中顯得堅固的物質，在顯微鏡底下只不過是由空白組成的能量集結。」

我思考著身旁周遭的一切。我實在很難將桌子想像成一團空氣。至於我的身體，又更難了！要是我理解傑森的論證的話，我們原來只是一個巨大的振盪團塊。因此，所有的一切，實際上都是相互連結的。

「關於物質，我們唯一可以肯定的是，是由某種濃縮資訊與概念所組成的碎塊。」

「那個著名的E=mc2（質能守恆）方程式？」

「是的。愛因斯坦提到的『振動與能量』的部分……我們的身體就如同我們的思想與情感，都只是產生單純的振動。這股力量，我們對於其威力的無知，導致負面意念趁隙流露，從而對我們造成了危害。我自己本身做了這些研究之後，發現疾病可以視為一種不和諧的振盪，而且可能透過思想的改變而轉化。能量並不會消失，而是不斷地轉換。我們每一個人都擁有改變自己狀態的能力。我們給出去的，終將回到我們身上。」

「藉由思想嗎？」

「沒錯！物以類聚。如果想要能夠進化到更高的振動場，就只需要提升我們的信念，這是轉化準備程序的第二步驟。身體是珍貴的心境狀態指標。現在，你有什麼樣的感覺？是心情好、輕鬆，還是虛弱、疲憊？」

我很緊繃，但還是向他宣稱自己很好。傑森笑笑地撇了個嘴，讓我知道他並不信。我嘆了口氣，坦承自己的不快。

「我很難相信這些現象。這些新式的作法，我不但無感，而且還覺得很複雜！」

「我也是。我想要找到證據，這就是為什麼我建議你可以試試看。治療的祕訣並不是接受它，而是去體驗它。」

「我又沒生病！」

「我希望你沒有。可是當某些人出現在你面前時，你難道沒有感覺到一絲厭煩，然而與其他人在一起，反而感到一股充沛的力量呢？」

我想起那頓午餐，以及聊天完之後的虛脫感。我把那件事告訴他。

「你可以改變振動狀態，脫離低頻率的能量以獲得高頻率的能量，並且讓自己獲得新生。這也是讓自己對『活性』的小偷、細菌與病毒免疫的最佳方法。想要提高你的振動頻率，就得注意自己的精神狀態，你也可以藉此衡量出自己發送的波段。你的振動頻率與你在某個明確時刻的舒適狀態相符。你越是與自己和諧共處、與他人連結，你所產生的愛也就越強烈，振動頻率也就越高。當你融入整體之中，振動頻率就會最佳化。也就是在那個時刻，一切都將可獲得實現。你也會進入無限可能的場域之中。」

我聽不明白。傑森於是要我在那頓午餐當中，從一到十給自己的舒適狀態打分數。

「我的豐盛狀態幾近於零！」

「那你能不能同樣地從一到十，為在那段對話當中你給對方的愛有多深打個分數？」

「我對他們一點感情也沒有，我甚至還很想掐死他們！我認為是零，確定是這樣！」

「那我建議你現在深呼吸三次，並且忘記那件事，再回到此時此刻來。」

我先深深吸了一口氣，接著照他所說的，連續深呼吸三次。

「感覺怎麼樣？」

「我感覺自己對於這些改變有些焦慮，而程度是，從一到十之間，我大概是五或六吧。」

「那你對我的好感度是多少呢？」

我有些尷尬。傑森想盡辦法要我給個分數，可是我依然不鬆口。他堅持要我坦白。

「差不多是五，也許是六吧。」他謝謝我的坦率，也似乎不受我的實話所影響。「你第一件可以注意到的事情，就是你給出的愛與你的舒適狀態相關。當你和某人在一起時覺得不舒服，你給他的憐惜就低。為了進入無限的空間，你就得提升自己的能量。這就是最高等級了。只要一秒鐘就辦得到！過去已逝，我們也不能影響過去，倒是當下讓我們得以即時行動。只要清楚我們的振動狀態與傳動的波段就可以了。」

對我而言，他們每個人說話的方式都有點相似，就好像是哪個教派一樣。可是我的好奇心又再次面臨了考驗。我自問該如何做。傑森教我從有利的狀況開始會比較簡單。我們穿上連帽風衣，走到我們來時的大廣場。這時，太陽即將西沉。眼前的風景美得我屏息：那道唯一的光線在這山那山之上映照出金色接著是橘色的光澤。我的視線追隨著那一束束投射在三百六十度角的透明淺色鏡子上的光線。已經很低的氣溫，在兩個小時當中又降低了起碼十度，但是安娜普納寺院那不同凡響的景色將我們團團包圍。我著了迷，完全忘了正在進行的練習。眼前的美景挾持了我的心。我的心以一種獨特的激烈速度跳動著。

「在虛擬的等級上，你覺得你自己在第幾級呢？」

「接近第十級！我與自己眼睛所見的一切融為了一體。」

「你感覺到自己的振動頻率出現變化了嗎？」

「是的，我覺得很幸福，我的內心發射出一道無限的能量。」

「當心智一停止活動，反射信念就會讓出位置給當下的真實，並且消失無蹤。一切都變得清楚了：字詞與字詞的間隔、聲音之間的靜默、黑暗中的光明……我們走進了內心的振動，讓自己與唯一真實的情感，也就是愛，合而為一。而你可以從這個狀態當中，透過進入一個更高的次元——也就是可能性的領域——創造出你所希望的一切。」

我感覺到了這股特殊的振動。我與尚堤在溫泉區的時候，我也有這種與大自然合而為一的感受。

「當你達到了這種振動頻率，由內心而生的思想所產生的共振，會強烈到你的意志能透過宇宙智慧創造出這個超越表象的團結且無限之境。」

我不懂傑森想要跟我說什麼，可是我感覺得到一股獨特的喜悅；某個我無法理解的東西。我需要安靜，因為我只是想要好好體驗生命送給我的這份禮物。

太陽結束了在安娜普納第二峰後方的行程。幾分鐘之後，當我轉過身去，看見傑森暗自離開。我站在競技場的中央，面對著這一片的遼闊無垠，我不敢捨下這場魔法。我蹦蹦跳跳地暖和身子，同時為著接觸到了高海拔、新鮮事物、第一次、寒冷、體驗、與我的人生的落差、最近幾次的邂逅而開心：尚堤很有耐心地帶我爬了這麼高，為我打開了一個不可思議的世界。他那親切的團隊、尼泊爾人給我的親切招待——他們的物質條件極度貧乏，卻願意把他們所擁有的東西全都給我。接著，我看見了那個因為我的自尊作祟而溜走的義大利帥哥。當我一想起他的模樣時，原本已經急促的心跳又加快了。我與自己的無能為力正面相對：我一直以為掌握了一切，但是到了這裡，一切都掌握不住了……就連意念也是！

面對著這道煙火所迸射出的五顏六色，我注視著山峰彼此以對稱的形式表現出色彩的濃淡變化。這些種種最為精密的軟體也無法再製的色彩帶我進入了一個全新的次元。看得目瞪口呆，站在原地不動的我，與大自然合為了一體。我的思緒全消失了，我的心中只有一個渴望，那就是待在這，任自己沉醉在黃昏裡。我那個與這幅景色緊密結合的身體，隨著光線、香氣、飛鳥的振翅、樹木、石頭、以及所有構成這幅最終圖畫之一切的韻律而做出反應。當下的完美使我永恆。我的頭腦清明，整個人充滿了一種難以形容的力量。我安心地沉醉了。

我的大腦也停止運作了嗎？夜晚的涼爽沁入了我的衣服間，隨著夕陽餘暉的消失而加深了涼意，可我不願打斷這個特殊的時刻。天色變黑，色彩在那片為數以千計星子所穿破的黑色背景中，失去了反差。

我清醒了過來，雙手與臉已經凍得發麻，動也動不了。我有一種在太空中漂泊多年之後，終於降落地球的感覺。我那變得沉重的身軀回應不了癱瘓大腦的命令。有那麼一刻，我整個人無法動彈。當冷風颳著我的臉時，突然間覆上毯子的肩膀傳來了溫暖。一個溫柔的聲音在我耳邊低語：「現在氣溫是負二十七度。雖然眼前景色變換令人目眩神馳，還是回裡面去才好，免得凍成了冰棒。」

渾身僵硬的我，步調麻木地轉身走回屋內。我的心跳加速，怦怦地撞擊著胸口。當一股電流竄過了我的身體時，我的內心頓時充滿了一股驚人的能量。我既痛苦又喜樂，這個超自然的時刻令我感到驚恐。我的雙手開始發抖。我是不是越過了那個無法回頭的點？我是不是穿越了界線？我感覺自己的雙腿開始無力，頭暈，心裡也又慌又亂的。一個身影穿著黑色大衣，頭上套著羽絨風帽在我面前站定。是馬地奧。

突然，我眼前黑了。

# 13. 絕對單位

瘋狂就是重複做同樣的事情還期待不同的結果。

——愛因斯坦

尚堤熱切地拍打著我的臉，好帶我回到現實。我躺在公共大廳，全身從頭到腳都裹著毯子。我費力地讓自己清醒過來。

「我在哪兒？我死了嗎？」

「你沒死，不過你可把我們都嚇死了。」

「真是神奇啊，就好像在作夢一樣，那時的感覺實在太棒了……」

我是這一晚的餘興節目。所有圍繞在我身邊的人為著我的清醒，對我熱情問候。我想要坐起身來，尚堤阻止我。我找尋那一個人的身影，可他並不在。我認出那條紅色毯子。我抱著那條毯子縮起了身子。那是幻覺嗎？然而卻像是真實。

尚堤坐在我身旁，問我感覺如何。我經歷了一場不可思議的體驗。我與宇宙一起振動，接著……什麼都沒有了：是腦袋短路！但是對我的嚮導來說，這比較像是靈光乍現。

馬地奧突然帶著一只鋁壺與另一條毯子回來了。他看見我清醒過來，似乎鬆了一口氣。他把臨時湊合用的暖水袋給我，讓我放在肚子上，然後替我蓋上了一條格紋毛毯，雙手搓著我的手臂。他那沉穩可靠的動作真是讓我嚇一跳。當他碰觸到了我的身體，我的心燃起了火焰。我驚訝到無法動彈，但還是任他的手這麼做。尚提起身，嘴邊掛著微笑，還對我眨了個眼，表示與我心照不宣。他去點晚餐。其他人一哄而散。我與馬地奧再次對話了。

馬地奧語調戲謔地對我說：「你避開我的方式可真好玩啊。上一次你是躲避我，這一次你直接昏倒。除非那是吸引我注意的方法。」

我尷尬地結結巴巴：「我對上一次感到很抱歉，我不知道自己怎麼會這樣……呃……當時那並不是我的本意……一定是因為海拔、全新的環境、寒冷等等的關係……而且你那時的舉止也不是多正派！還不是跟小偷一樣逃走了！」

「看得出來你已經完全清醒了。真替你高興。」

都是我的自尊心作祟，我此時已經後悔方才對他的指責了。我的義大利帥哥聲音平靜地解釋：

「我對你很抱歉。因為傑森需要我來這裡，所以我很早就得出發了。現在我們扯平了。」

「你被他們的理論傳染了嗎？」

「我不知道我和他之間是誰傳染誰，不過這些研究耗費了我們這十年的生命，而得到的結果令人受益匪淺。」

我真不敢相信。怎麼會有人幼稚到這種地步？瑪耶拉，別生氣！生命在給了我一次機會認識這個男人。我想要好好把握這個機會。

「我不懂耶。你們是對什麼有熱誠呢？我不是很懂你們的研究，你們是醫生嗎？你們的經歷是什麼啊？還有，這項研究的成果是什麼呢？」我不等他回答，就只是連珠砲似的問了一堆問題，我很需要把他留在我身邊。

「我需要一整晚的時間才能向你概括介紹我們的研究！」

「那好……我們有的是一整晚的時間！」

我感覺頗為愉快。馬地奧懂我的暗示。他看著我，點了點頭，我變得滿臉通紅。他注意到我的尷尬，於是又說：「我開玩笑的。」但我不是！我勉強擠出微笑來。兩人頓時無話可說。我們的眼神有那麼一會兒注意起那片他緩緩打破的沉默：

「這一天對你來說應該挺辛苦的，你最好在晚餐前休息一下。我們明天會有機會再談這些。」

「不，不，我要聽你說！我想要你……我是指……能夠讓我認識一下……算是好好認識一下你的研究……然後……」

我知道我自己很可笑。我的雙頰發燙，內心澎湃激昂。我沮喪地觀察到自己掌握不住自己的思緒了。我受到了這個男人的擺布，已經不認識自己了。我的血壓就跟一只困在火場中的瓦斯桶一樣，隨時爆炸！他又給了我一個微笑，問我想要知道什麼。

「你們是怎麼得到這些研究發現的呢？」

「我在米蘭念醫學院，專長是神經學。在義大利執業兩年之後，剛好有一個機會到紐約加入某間大學附設醫院的研究團隊。我在那裡待了七年。那份工作讓我在擔任外科醫師的同時，也能夠繼續研究能量對於人體所發揮的作用。我對於大腦的運作與如何影響我們覺察現實的方式很有興趣，因為人與人之間的許多問題都可以從中獲得解釋。」

我認真地聽他說話。當他嘴唇半啟時，露出的牙齒整齊潔白，襯得那張天使般的臉孔更完美了。我只能承認自己已經完全被他迷倒了。傑森一臉擔心地快步走向我們。他聽完我的狀況，確認我沒事之後，拿了一包以細繩綑綁的牛皮紙包裹給我。那個包裹的大小就跟一本口袋書差不多。

「這就是你來這裡想找的東西。」

「這全部嗎？」

「對！全靠你親手交給羅蔓了。」

「我會的，請你放心！我跑這趟路就只為了這個目的！」

我很想多知道一點這個理論的內容，只是馬地奧並沒開口問什麼，我也就不敢當著他的面提這個話題了。我也不知道傑森會透露些什麼。我把包裹收進了我的背包。尚堤走到我身邊：「你的氣色都恢復了。晚餐已經好了，你想吃點東西了嗎？」從廚房飄來的香氣刺激了我的食慾。我小心翼翼地起身。馬地奧抓住了我的手：「你不能就這樣逃了。我讓你好好地恢復精力，不過我也有幾個問題要問你。」他的棕色眼睛把我給淹沒了。從他指尖傳來的溫熱，讓我們的距離更進一步。他嚥下了口水，我看著他那突起的喉結沿著脖子往上滑。除了這一刻之外，什麼都不再重要了。

傑森邀了阿雅提過來和我們共進晚餐。「讓你們有機會認識認識。阿雅提與馬地奧一起研究轉化程序的第三階段，也就是我們的大腦在面對某個特定狀況時，如何創造我們認定的真實，產生與我們的理解相連的反應。」

尚堤盛了一碗蔬菜湯，然後在我右手邊坐下。馬地奧坐在我的左手邊。阿雅提與傑森則是坐我們對面。尚堤朝我點了點頭，確認我的身體狀況安好。馬地奧注意到他的動作。我向他們坦承，對於這些概念完全陌生的我而言，一切都發生得太快。我也注意到，我們所意會的真實，或許並不是真實。我花了一點時間整理自己的想法。

「傑森，在你的筆記當中提到了由小我刪節過，並要我們信服的真實。你後來也跟我解釋過，物質是由空間所組成的，因為物質代表的是原子的集中體，並會形成一個能量場。就算我懂你的解說，我還是很難想像自己周遭的一切，就跟我們一樣，都只不過是由空間所組成的。在經過那次日落時你讓我做的實驗之後，我能夠感覺得到自己的身體與環境融合成了一團巨大的能量。我明白改變思想就有可能改變振動狀態，也察覺到我們身心的舒適與我們所傳送的愛相連。這一切對我來說都是前所未聞的，可是我得承認這場體驗真的深深觸動了我，但這也讓我有了一個疑問，那就是：我們是活在事實之中嗎？還是精神、小我，還是我不知道的東西認定的呢？」

阿雅提肯定事實是複雜的。她說：「當我們面對某個狀況時，由於受到我們的觀點、感知、理解、信仰、教育、我們所知道的次元等等我不一一舉出的因素限制，因此只能注意到事實的一小部分。」

尚提插話：「你記不記得我們用你的手機進行的測試呢？」

阿雅提接著又說：「當我們在實驗室進行一項實驗的時候，我要某個人察看一件物品，同時間，我們將他的大腦與一部掃描儀連結，結果我觀察到了大腦的某些區域發亮。到這裡為止，還沒有什麼驚奇的。接著，我將那件物品移出那個人的視野，然後要求他想像那件物品的外觀，結果同樣的區域亮了。可以說大腦並不會區別所見與所想之間的不同。我們啟動的會是相同的神經元網絡。於是，關於我們的事實所產生的第一個疑問是：我們觀看還是創造？」

馬地奧解釋：「大腦每秒鐘處理四千億位元的資訊，但是我們所能察覺到的，只有二千位元而已。這些要素提供我們關於我們的環境、身體與時間性的訊息。我們對於所處的世界只看得見極小的部分。一個物品從我們投入意識開始才會真實存在，於是第二個關於事實的疑問產生了：我們看待事實的方式是否與我們的認知密切相關呢？我們先是看見某個物品，接著是這個物品在記憶之鏡中所映出的影像。比如你看看這張桌子。影像先是抵達瞳孔，而後是大腦。我們再加入必要的知識，才能認為這張桌子是一張桌子。在看見這張桌子與我們對於桌子的理解之間，有一段時間的差距。我們從來就不會直接獲得訊息，而是必須經過詮釋的過程。」

「換句話說，我們會基於所獲得的認知與經驗創造出屬於我們的事實嗎？」

「沒錯，而且不只是如此。我們的情緒也會影響事實。讓我跟你解釋大腦是如何運作的，幫助你理解。我們的大腦是由神經細胞與神經元所組成的。神經元透過突觸彼此連結，建立神經元網絡，而這個神經元網絡隨著我們輸入訊息與提供養分而逐漸精密。神經元與神經元接觸之後，形成了意念或是記憶。大腦有一塊名為下視丘的小區域會分泌一種名為的化學物質；這種物質會相互聚集以創造與每種曾經經歷過的情緒相應之神經元激素。」

「像是生氣、快樂？」

「對，悲傷、沮喪、開心、愉悅……等等。事實上呢，當我們一感受到某種情緒時，聚集的　便會進到了血液裡，往目標細胞前進。每個細胞都配有數以千計的接收器，接收外界的信號。擴散至體內的物質會發送訊號給接受器，接收器一收到訊號便會啟動一系列的生化反應，改變細胞。」

「就好像細胞具有意識一樣。」

「沒錯。細胞是活的。它們的接收器促使它們進化並且依據我們生活中最常出現的情緒而重新創造。思想與感受都與這個神經元網絡相互連結。因此可以說大腦是處於持續構築的狀態，每一秒都隨著傳來的資訊而進行改變。我們就是這樣創造出自己對於外界的觀感模式。」

「意思就是說，當你在對我說話的同時，我的大腦也在進行轉化，並且製造新的連結？」

「沒錯。它會記錄、強化針對這些主題的現存模式，從而令自身的結構出現改變。不僅如此，它會為傳遞來的訊息加上特殊的智能，再進行處理。你的大腦跟隨著你的對話者的反應而釋放出相關的情緒。」

「抱歉，我沒聽懂。」

「舉個例子吧：你知道我叫馬地奧，我是個義大利男性，擔任神經科醫師。你的大腦會以這四個條件，並依據你過往的經驗與你處理那些經驗的方式，給予所獲得的資訊或多或少的可信度。你的大腦為所有你遇過的義大利男性、與我同名的人，還有你對於醫學領域的興趣或反感，建立連結。事實上呢，大腦會為數千則所獲得的資訊與已得知的資訊：我的聲音、我手的大小、我的髮型、房間溫度、身邊的聲音等等所有它有能力接收到的東西，進行交叉配對，再對於所有受到這些全新數據所影響的架構進行調整。我們所擁有的訊息越多，我們的模式就越詳盡。」

阿雅提進一步說明，人在狀況發生時很難保持客觀，因為我們在處理那個狀況時會加入主觀的情緒反應。簡而言之，我們會對自己編造出一個關於外部世界的故事。

「這意思是說，兩個不同的人，對於在某個特定時刻所釋出的相同訊息，會因為腦中的神經元模式而認定為不同。我修改一下說法：我們的情緒也同樣會依照經歷而有所不同。」

馬地奧接著說：「最後的一個重點是，共同活躍的神經細胞會進行合作。當我們每天重複同樣的行為，神經元就會建立起一種長期的關係，而這種關係決定了我們的人格特質。要是我在日常生活當中感覺憤怒或是受苦，或是受到侮辱，我就會強化這個神經元網絡。」

「那要如何停止這麼做呢？我們都注定要有這些自動性嗎？」

「當然不是！我們都有能力破除自己的某種行為表現。透過改變信念，我們就有可能改換自己的模式。」

阿雅提又說，若細胞不再進行合作，最後就會失去了聯絡。每當我們中止會在我們體內產生化學反應的心智歷程，相關的神經元就會開始摧毀它們的連結。

尚堤拿一籃印度烤餅到我面前。我拿了一片之後，將其他烤餅傳給馬地奧。我思考了一會兒。

「有一件事讓我很想不透：要是我們人就像所有身邊的東西一樣，都是由空間所組成的，那我們是什麼呢？」

傑森回答：「我們可以把自己界定為一種有智慧的振動能量。」

「雖然你們可能會認為我很笨，但是可不可以告訴我，你們說的能量是什麼？」

「放心，我花了十五年的時間才明白一切都是能量，而物理學家花了幾十年的時間才證明能量的存在！也要到了二十世紀，量子學才對於空間的構成提出了全新的解釋。」

多棒的巧合與運氣啊！我在飛機上的時候剛好讀了一篇說明量子物理定義的報導。根據撰文記者的解釋，量子物理是一種關於無限小的研究，並且以原子的規模，描述活躍於物理系統內的基礎現象。傑森說明於十九世紀廣為接受的古典物理學認為充滿於宇宙間的只有空而已。這種全新的科學嘗試證明宇宙是一種活的、振動的、具有智慧的物質。整個宇宙是一個能量場，而我們透過了思想、情感與所有感受，與能量場達到相通。這一切真的令我覺得不可思議。我沒辦法想像我們竟然對這個次元如此毫無所知。我們所謂的真實，對我來說，似乎是不同的……

風開始吹起，我們聽見狂風拍打著玻璃。尼夏與西姆突然衝進了公共大廳。兩人滿身都是雪。尼夏告訴我們，一場暴風雪已經襲來，傑森聽了訝異不已。「我們以為下星期才會有暴風雪。」

尚堤起身，到外頭分析情勢。從玻璃窗洞看出去，天空一片黑，星星隱身在厚重的雲層裡。陣陣狂風吹得一片片厚大的雪花胡亂飛舞，而後跌碎在地。這個地方的和諧氛圍完全不見，轉而成為一片戰場。

尚堤回到桌前坐下。我狐疑地望著他。「得期待風快停，不然的話，我們就得延後出發了。不知道這場暴風雪會持續多久，不過通常不會超過兩、三天。」大家你看我，我看你，不過似乎沒有人受到眼前狀況的影響。我詢問是否有其他的選擇。傑森回答：「要有耐心。」我詢問尚堤，希望能從他那兒聽見別的說法，但是只見他尷尬地撇了撇嘴。我不敢想像自己得被迫待在這裡好幾天。我的思緒開始繞著我的工作亂七八糟地打轉，我感覺心裡開始驚慌了起來，呼吸也變得急促。我從口袋掏出手機：毫無訊號！尚堤輕拍我的手背：「我們明天早上再觀察看看。我們沒有必要的資訊，所以今晚不用操心。我們遇到問題出現的時候，就會找到解決辦法，而現在，根本沒有什麼問題！」

我照著他指導過我的方法，透過轉念，控制自己的負面論點。我那變得瘋狂的心神沉靜了下來。米莉亞過來在桌子中間擺了一盤乳酪烤菠菜與炸雞肉串。看到雞肉，讓我頗為歡喜，畢竟自從上山以來，就很少機會吃到肉類了。我恢復理性，向傑森說：

「你已經向我解釋了前三個轉變程序階段。第一個是意識到自己每一秒都有推開愛之門或是恐懼之門的選擇；第二個是提升自己的振動狀態，以連接純淨的能量：所有萬物的空間，所有可能性的領域；第三個含括的是我們是什麼樣的人，以及我們是如何運作的。阿雅提說過有四個階段。那最後一個是什麼呢？」

「說到這最後一個，我想要與你分享江本勝[10]博士的研究。我建議你在用完晚餐後來找我們。我們會讓你看看一個驚人實驗的結果。」

§

庭院裡，調皮的風吹起了團團的雪花。我們躲在隔壁建築那條通往實驗室的走廊上。

傑森從辦公桌的抽屜中拿出了一疊厚厚的文件。「江本勝博士透過拍攝水結晶，成功觀察到水的反應。他證明了古人從數千年來便已提出的想法是對的，現代量子物理學也證實如此：意念擁有瞬間改變萬物的能力。江本勝博士的理論在於將作為樣本的水，在負二十度的環境中冷凍三個小時，達到結晶的狀態，再以高速攝影的方式，拍攝水在冷凍之後的表面結晶形狀。他因此發現到結晶的品質與勻稱協調度取決於水質的純淨。純淨的水會形成美麗的結晶，而廢水或死水所形成的結晶，形狀不協調也不完整。他於是對於水的分子結構與其所造成的影響感興趣。」

傑森打開了面前的文件，然後從第一個資料夾裡拿出了好幾張照片。「他利用精神刺激，做了一些令人不安的實驗。他發現水會對非物質現象起反應。這些是他利用暗場顯微鏡拍攝的結果。」傑森給我們看一個凌亂的結晶形狀。「這是藤原水壩的水。接著這一張是同樣的水，在和尚誦經一段時間之後的結果。」他遞給我這第二張照片。照片上呈現是清澈漂亮的六角形水晶。我把照片傳給尚堤。

「他不斷地藉著嘗試新的實驗繼續進行研究。他也證明了音樂或字詞的振動比其他物質更能對水造成影響。他拍攝到的結晶就說明了一切。他實際讓蒸餾水聽貝多芬的第六號〈田園〉交響曲。」傑森給我們看的實驗結果可說是完美。

10 江本勝（1943-2014）：橫濱大學替代醫學博士，以意念與情感對水結晶的影響理論聞名。

「他再利用莫札特的D大調第四十四號交響曲進行同樣的實驗，接著是巴哈的第三號管弦組曲，結果水的結晶美得不可方物。他讓水暴露在善意的振動當中，也得到形狀優美的結晶。」

阿雅提說：「真是瘋狂啊！可要是水遇上負面意念的話會怎麼樣呢？他能夠測量出差異嗎？」

「可以，這也就是我想要給你們看的。看啊！當水承受怨恨、暴力，甚至是不和諧的音樂，呈現出的花樣就會變得不協調、混亂，結晶也會是分裂不完整。很不可思議吧？」

事實上那些照片都很令人困惑。這位學者甚至在裝滿水的瓶子上貼了標籤，上頭寫了一些訊息，像是「愛」、「美麗」、「靈魂」，最後得到了驚人的結果：呈現出的結晶花樣複雜而完美，相較之下，那些接受「醜陋」、「傻瓜」、「惡魔」等訊息的水，呈現出的花樣則是醜陋不協調。傑森隨著解說拿給我們看的不同照片真的讓我訝異不已。

這位日本研究員還做了一系列的實驗：他將煮熟的米放進兩個相同的玻璃碗中。每一天，他都會對第一個碗中的米說話，還會用好話感謝它，但是對於第二個碗中的米，他則是罵它是沒有用的傢伙。一個月之後，他觀察到沒有獲得親切對待的米，發霉的速度比較快。我真是訝異啊！傑森坦言：「老實說，我也是。不過要是我們仔細想想桂格．布萊登[11]的研究，就會覺得沒什麼好訝異的。他的研究證明了頻率對於水滴的影響。高振動會催生出全新的和諧花樣。我們都知道音樂是聲波的總和，而其影響性也已經無須證明，不過對於意念、言語、他人、色彩、氣味、藝術、閱讀對我們的影響性，我們倒是較無自覺。」

阿雅提接著說：「是的，就像沉浸在大自然裡就能夠擁有這種力量，對吧？」

「正是如此！」

我於是問傑森是否能夠利用這些振動達到治癒的效果。近十年來，替代醫學利用氣治療不同類型的疾病。腫瘤只是較低頻率的固化體，而高頻率能夠分解物質。我真的好驚訝。

「你知道這些發現有多麼重要嗎？」

「我不知道那些發現有多大的意義，不過我想我知道人類大部分是由水組成的，對吧？」

「事實上是超過了七成。這些發現開闢出了一些有趣的道路：振動波會對我們身體裡的每個水分子——也就是我們的整個身體——產生影響。這些實驗證實了我們所無法解釋的事情：善意的集結與意念的力量具有調和的作用。這是開啟轉變程序的第四個步驟。我們因為有了這些發現所以訂定出了規則。我們人都是建立在以下的假設之上：一，科學讓我們得以發現，原先以為堅固的東西原來只不過是空。二，我們知道人體有超過三分之二是水，而一顆分子是由氧與氫所組成，而氧與氫是由原子所組成。原子則有百分之九十九

11 桂格．布萊登（Gregg Braden），美國新世紀作家，他耗費多年時間研究靈性與科學的結合。

的空間是空的。分子的反應會受意念影響。三，大腦會透過我們發送的資訊與形成的意念重建。我在意念這部分花了很多時間，因為意念是中心主題，並且讓我明白世上只存在著兩種狀態，那就是愛與恐懼。恐懼會產生悲傷、憤怒、侵略性以及其他會對身體造成有害影響的情緒。然而在愛的狀態當中所產生的意念能帶來身體和諧、和解、舒適、統一性。我們根據對這兩種特質與所產生的行動，以及那些對我們的健康與人生的直接影響所有的自覺，思考出一項治療準則。」

我想要多瞭解一下轉化程序，可是時間已經不早了。傑森建議我明天再看看。我們離開之後，他還在實驗室多待了一會兒。阿雅提回去睡覺了。馬地奧與尚堤陪我走回公共大廳，一起喝這一天的最後一杯茶。

「無論是誰都可以經歷這種轉化程序嗎？」

馬地奧坦承：「是的，所有想要改變的人都可以。為了進入轉化，我得先意識到自己並不快樂。而承認自己並不快樂，這對我來說其實並不是那麼容易。當然我曾有過無比歡喜的時刻，可是沒有什麼能夠讓我持續地振動。」

「當一個人擁有整個社會所企求的東西有什麼好抱怨呢？」

「就是這樣！我很幸運，想要什麼，就能夠給自己什麼。我身邊不缺朋友，我滿意自己的感情生活，我很健康。可是我的內心感覺到一絲不對勁。我不知道那是什麼，可是在這個充滿侵略性的世界裡，我已經認不得自己。憂鬱的氛圍讓我深受影響。在這場戰鬥之中，我再也找不回自己的本質了。」

「完全跟我一樣！我心裡就是有這種感覺。幸福的時刻總是短暫，只要某個狀況或是某個人讓我不開心，我就會重新變得不快樂。我沒辦法脫離這些壓力，可是我也想要改變！」

「你已經準備好接受轉化了。因為**轉化開始於我們想要讓生命變好的那一刻**。在意識到我們都獨自囚禁在監牢裡，但是我們可以選擇離開過後，需要的就是鑰匙了。這就是傑森明天要向你解釋的東西。」

我們都很睏了。儘管我還想要繼續討論，但最好還是回房間去吧。尚堤在我的鋁壺裡倒滿了熱水。「把這個塞進被窩裡吧，今晚會冷到受不了。」

馬地奧送我到我的房門。他定定看進了我的眼，好像在讀著我的靈魂。我那疲憊的身軀開始燃燒。他牽起我的手親吻了起來，接著在我的臉頰上深深一吻，對我說晚安。我們凝視著彼此，直到我踏進了房間。

我穿上了好幾層的衣服鑽進被窩裡，準備迎戰零下的低溫。我一動也不動，透過細薄的隔板，專心地聽著他的動靜。他的床與我的床中間只有隔板相隔。在他最後的喃喃細語之中，我進入了夢鄉。

「*Buonanotte*（義大利語，晚安），瑪耶拉。」

「晚安，馬地奧。」

# 14. 從此刻開始

即使看不見樓梯全貌，信念就是踏出的第一步。

——馬丁・路德・金

風呼呼地吹了整晚。我醒來時，滿心喜悅。儘管睡了九小時，我那昏沉遲鈍的身體還想要休息。我看了一眼窗外，雪依然繼續下著。濃重的霧氣籠罩著山巒。每天早上，離開溫暖的被窩都是一種折磨，可是我急著見到我的團隊，尤其是我的義大利帥哥。我豎起耳朵，聽著隔板另一側的聲音：一片安靜。他還在睡嗎？

我強迫自己面對酷寒的挑戰，快速地梳洗了一番，穿上乾淨但凍硬的衣服，到公共大廳與尚堤會合。大家都已經起床做事了。尚堤端著他的咖啡，坐到了我的身旁。他告訴我，傑森在隔壁樓等我，而馬地奧已經和阿雅提去工作了。我聽了食慾全失。事實上，我有點吃醋了。

風停了，可是道路仍然危險，因此最好隔天日出後再出發比較妥當，到時路也清理好了。我擔心還有可能下雪。尚堤告訴我，下山是行不通的。他在稍早時已經試過沿著小徑走，但是才走了五十公尺就滑倒了三次。會打滑的地面恐怕會讓我們的行程耽擱得更嚴重。他給我看他擦破皮的手臂。

「你受傷了！你的傷口應該要消毒！」

「沒什麼，只是一點破皮而已。氣象報告並沒有說接下來的兩天會下雪。那些鬆散的雪堆應該在二十四小時之內就讓太陽晒融了吧。」

「跟我來，傑森應該會有可以幫你治療傷口的東西。」

我一直拜託尚堤，才終於讓他點頭答應陪我到實驗室去。無論是屋瓦、道路、石頭，都披上了一件圓圓隆起的潔白大衣。一切都是那麼地寧靜、宜人。沒有任何聲音在山巒間迴響，只有我們那踏進如棉絮般的白雪之中的步伐挑戰了這片沉默。

傑森正與五名藏人說話。他朝著窗外的我們打了個招呼。會議結束，那一小群人走出來，在與我們擦肩而過時，對我們比了個表示尊敬的手勢。傑森要尚堤在一張學生課椅上坐下。他在尚堤的手臂上塗了抗生素藥膏，再貼上一塊酒精敷料，最後再貼上紗布保護傷口，防止摩擦。傑森轉身問我睡得好不好。他示意要我在尚堤身旁坐下來。隨後，他在我們面前跨坐在一張椅子上，雙手在椅背上擱著。

「嗯……好的，我得承認自己因為這些人生中第一次出現的事物而心裡一片混亂。我實在迫不及待地想要多知道一點關於那個程序的事情。」我說。

「這是好事！你看你已經準備好要通往生命中的無限可能了！」

「通往轉化嗎？」

「是，一切創造就由當下某個確切時刻的心念開始的。我們都知道自己的意念在內心深處迴盪，也知道夢想其實並不遙遠，只是經常難以付諸實現。為什麼呢？因為小我踩了煞車，它讓我們失去動力。它的理論聽起來是那樣地合情合理，我們於是便開始心存懷疑，寧可將自己的憧憬遺忘。」

「對……我們的人生中都有一些義務，這些義務阻擾了夢想的實現！」

「不是的！除了小我之外，沒有什麼能夠擋住源自內心的渴望。小我是個狡猾的談判家，很懂得讓我們贊同它，內在的衝突就這樣開始了：『我知道得要做點改變，可是我除了繼續這樣之外，別無選擇，我總不能傷害自己的孩子、傷害自己的另一半，傷害這人、那人的，而且……我沒什麼天分，運氣也不好，最好還是算了……』，『確實我不知道自己要的是什麼，可是已經太遲了或還太早……』轉化包含兩個階段。第一個階段就是立定決心以不同的觀點看待事情！」

「以不同的觀點看待事情？」

「是的。我們會依據我們的教育、文化與經驗，打造與強化我們的信念系統。我們將在心底不斷重複的句子當作真理，像是：『人生辛苦又不公平』，『人生只是戰鬥』……我們都依自動性行事。我們會重複先前的循環，同時為了明日而焦慮。我們的心智讓我們與現實時間脫節。」

尚堤插嘴：「當你有了自覺的那一刻，你就是自由的了。在這個空間，你可以不背負過去的重擔，也無須有罪惡感或是投射未來，用全新的眼光做出決定。」

傑森繼續說：「完全正確。你擺脫了恐懼的框架，讓自己可以自由看見他人與事實的本質，你的自動性意念因此而中止，並透過與當下連結，實現自己的夢想。所以你的問題很簡單：我們一擺脫了自己的信念，就啟動了轉變程序。」

「你可以舉出一種信念嗎？」

「像是：我害怕失敗。」

「可是……那不是事實嗎？誰不怕失敗？你從來就沒有過這種感覺嗎？」

「失敗只存在於小我的世界裡，因為它就是評斷的來源，然而是過往的經驗讓我們得以成長與學習。透過接受考驗，我們才能夠實現夢想。要是我們沒有跌過千次，你相信我們現在會走路嗎？要摔過無數次的跤，才能夠找到平衡。**失敗不是失敗，是學習的正常過程。**」

尚堤說：「如果研究員每次研究走到了死巷就放棄的話，我們的字典裡就不會有『研究』這個詞了。」

「**犯錯也是成功的必要因素。當我們放掉犯錯的壓力，就可以跨過恐懼所設下的藩籬，開始進行轉化。**同樣的循環，只有在我們提供養分的時候，才會重複發生。難道你從來不曾在一年當中的某個時期老遇上同樣的情境嗎？」

我開始思考。當我想到一個例子的時候，不禁笑了。

「每年一月初的時候，我總會感冒。這已經變成了常態，所以當我出門的時候，總會帶上幾顆藥預備。」

「你創造什麼就會體驗到什麼。每年你會在還沒感冒時就預想自己會感冒，所以你就感冒了。」

「啊，才不是。我沒有故意生病！」

「我也不這樣認為，可是你把感冒寫進了你的信念系統裡。如果你想要中止這個程序，就得透過控制你的心智，停止這個信念。每當有某個想法不適合你的時候，你先別丟棄那個想法，而是透過想像出另一個相反的影像進行取消，接著再高聲說出你轉變了什麼，讓那些轉變生效。比如當你回憶起去年的感冒，而且你也認為自己這一年也逃不掉的話，請留意這個想法，並且重新進行設定。你也可以將痊癒視覺化，接著以肯定的語氣說：『我會以健康的狀態開始這一年，並且不會受到任何病毒的侵犯。我也不用再吃藥。』」

「你認為這樣就夠了嗎？」

尚堤插話：「對。這跟我們談過的積極的精神都是同一件事。」

「你的信念都讓你的感冒每一年重複出現，為什麼你不去想，你的信念反過來也會產生效果？如果你下定決心要得到某樣東西，你就會得到。如果你希望吸引正向的人事物，那麼，你的意念、話語、行為就得要正向。你身邊有沒有人的運氣好到令人難以置信呢？」

間裡出現。」

「有，我想到一個同事，在他身上只會發生不可思議的事情。他總是會在最適當的時

「你有聽過他抱怨、評斷或是批評什麼嗎？」

「他那個人除了你說的這些以外，什麼都有！他有愛他的老婆、可愛的孩子、一個可充分發揮，並且看得到成果的工作……任何好事都只會落在他身上。他根本沒有理由埋怨什麼！」

「沒有人比自認運氣好的人運氣更好。所有人都會經歷挫折與痛苦，可是你有沒有注意到，那些會招來好運的人對於人生抱持的態度是正面的？這是一個每個人都可能創造出的良性循環。而當我們在某件事情上成功了，就會對自己更有自信，也會遠離恐懼，我們也更願意嘗試事物，如此一來更加強了這種循環的良性效益。同樣的，每個人也有可能用以過往經驗滋養的負面信念限制住自己。恐懼讓我們無法動彈，讓我們陷在惡性循環當中無法自拔。我們吸引來了揮之不去的執念。你內心的意念啟動了你真實的恆定程序。這就是我所謂的吸引力法則。你吸引來造就你的東西。」

「我不確定你的理論是不是適合所有人。我想到一個人非常好的朋友，他總是願意幫助別人，然而壞事總是發生在他身上。如果說那個吸引力法則就像你剛才跟我解釋的那樣，那他理應值得擁有安詳與和諧啊，結果卻沒有。」

「吸引力法則是在你的意念、行動與深切渴望都以同一種頻率振動時才開始運作。如

果他是因為不懂得如何拒絕別人才不得已那麼做，他的選擇便與他的本意不同，魔法也就不再發生。」

「他為什麼要那樣做呢？」

「像是想要人家喜歡他啊。他的內心可能有一道很深、時時作痛的傷口，讓他以為想要人家欣賞他，讚美他，就得不顧自己的需求去幫助別人。你相信他的行為其實與他的夢想一致嗎？」

「當然不是了。他其實經常對我說自己不知道如何說不，這也造成了他們的夫妻衝突。他的妻子和孩子怪他經常缺席，因為他把時間都花在幫助別人上。」

「他難以拒絕他人反而招來他不想要的請求，最後只能把自己的需求拋在腦後了。」

「過程聽起來似乎很容易，可是實行起來就很難，因為我們不能辨認出所有的無意識，這就是為什麼面對自己的渴望、挫折，傾聽自己內在的聲音，學習調和自己的能量，以吸引內心深處真正想要的東西是如此重要。你真的很想要轉化嗎？」

「是，我已經準備好了，就不知道從哪裡著手。」

「第一件事，就是明確說出我們剛才討論的東西，同時視覺化我們的人生，就像那個人生已經成真一樣。試著說話時以『從現在開始，我如何如何』開頭。」

我起身走向窗戶，讓自己好好地整理一下思緒。白雪似乎讓風景定格了。我把內心湧出的話語獻給了喜馬拉雅山的靈魂：「從現在開始，我信任人生。它會給我機會，我也會抓住它給我的機會。從現在開始，我接受自己犯錯；錯誤是轉化的一部分。從現在開始，我的意念會召喚來我想要的東西。如果我的心念都是正向的話，來到我身邊的一切就會是正向的。反之，一切就會是負向的。從現在開始，我能夠覺察到面前的兩道門。從現在開始，我是我自己！」

傑森等了一會兒，而後說：「啊，你已經進入了轉化過程！」我的臉一亮。與此同時，天空放晴，陽光照亮了整間實驗室。而這也是我內心的寫照：傑森點亮了我的內在。層層山巒隨著雲霧散去，逐漸重現身影，彷彿……彷彿什麼？我不知道……可是實在美好到我想提筆寫下。傑森等著我將注意力轉回我們的討論上之後，接著又說：

「第二個，也是最後一個轉化過程，就是通向自己的潛能。就人類而言，我們每個人都是被上天所揀選的，擁有無限的資源。只是我們經常因為沉迷於無用之物而迷失方向，並且再也找不著那條創造性的道路。我們忘記自己的本質，再也聽不見自己的信號或是規則，獨自一人在濃霧裡摸索前進，同時任由為我們的日常賦予某種意義——這種意義有時甚至是稍縱易逝的——的行銷所催眠。其實我們的心中都有個小小的火焰，提醒我們，我們並未上當。我們面對著內心的明鏡，知道自己正在向上提升，卻不知該如何找到那條道路；該如何坦承在這所有歲月當中的自己其實一直找不到方向，一直與風暴奮戰，以得到今日所擁有的一切，但是那些戰鬥卻是毫無價值？」

我聳聳肩。無以回答。

「第一件事，就是永遠別評斷。我能做的所有事情都有助於我理解。接受轉化與改變，也就是善意接受自己的過往。我們過去的戰鬥，是一種不容小覷的鍛鍊。我就是我，能夠抱持著全新的目標，覺察自己的力量與弱點。把自己當受害者或是後悔是沒有用的。因為我們過去是本著自己先前所設定的目標而生活的。」

尚堤插話：「你怕戀愛，所以在這段時間當中，你一直都是孤家寡人的。你想要賺錢，藉著不斷的忙碌工作賺取金錢。你希望得到其他的東西，要是你下定決心的話，一切都變得可能。」

「瑪耶拉，沒錯，你有無限的潛能。」

可是要怎麼通向我的潛能呢？我得從那個已被我遺忘的內在小空間當中把路找回來。

「請你為我帶路吧。你說的話，我可以感受得到，我一直都隨心所欲地行事，因為我會害怕。我再也受不了活得像機器人一樣，可是我沒辦法區分別人對我的期待與自己的本質。如何讓自己的渴望，從自己的義務、恐懼之中分別開來呢？而我自己並沒有察覺到某些義務與恐懼的存在……」我真想不到自己會有向人坦承這種事情的一天。

「接受事實。就是那種不知道自己真心要什麼的狀況。」

「所以呢？什麼都沒改變？」

「有的。接受事實，反而帶你通往事實。」

「我不懂。你剛才跟我說，自己的生活得藉由想像後續、視覺化自己當下的期待創造。」

「接受狀況就是如此，讓你的改變過程開始，因為它讓你不再受到過往、恐懼、評斷與對未來的憂慮所限。你想要的是改變、是認識自己，讓自己從自動性反應當中釋放。你正在通向那道內在火焰的路上，請留意人生的種種巧合，並且讓宇宙動工，它會依據吸引力法則進行發揮。當你在觀察事情樣貌時，越是理智、不帶任何評斷，你的感知就越不會插手，而魔法也就越快施展。」

「你的意思是說，我的情感會誤導我的反應？」

「當然了，因為每件事情或是每個狀況，都因為我們的情感、教育、社會文化、甚至是宗教投射而失去了中立。某些人的問題或許就等於另外某些人的挑戰，或者其他人的經驗或遊戲。如果我們能夠讓我們的感知從事件之中脫離，就能夠更輕易地想出解決之道。我們每個人的內心中都有一個知識無限量的地方；都有一部分的自己會讓我們記起自身那超越表象，與某個我們不瞭解的東西連結的本質。」

「你是說與神……連結嗎？」

「隨你怎麼稱呼了，我個人並不喜歡為那個無限無垠的存在定名。因為定了名就等於為那個根據定義不可能有的存在設下了限制。連結內在的資源讓我們得以通往創造的潛能。」

「當我一旦接受了連結，你認為我就會知道自己想要創造的是什麼嗎？」

「是的。你會開始聽見那個小小的聲音。難道你從來沒有過直覺嗎？你會聽從直覺嗎？」

「不常，可是我確實經常會後悔，因為那些直覺後來都獲得了驗證。」

「我們寧可請身邊的人給我們建議，把自己的人生交給他們。要是我失敗的話，就有人可以怪罪。」

我懂傑森在諷刺什麼。

「我沒有總是聽從自己的直覺，可是我會承擔自己的選擇。我會計算成功率，再決定要不要行動。」

「**合理化是另一種逃避直覺的方式**。我們西方人對於巧合並不在乎，就如同對待我們的右腦所掌管的能力：創造力、美感、整體智慧一樣。我們偏重於使用負責邏輯推理的左腦，以為那是解決問題唯一的有用工具。這就是為何我們面對疾病會束手無策的原因，因為統計幫不上任何忙。想要進入所有事物的本質，需要的是超越理解力。治療在於理解我們都有一處完美的內在空間，只要去感受就能夠立即找到那個空間。」

「你說的是哪個空間啊？我已經迷糊了。」

「煩惱是一種外在的行事，康復是一種內在的平和，可是這兩者都源於意念，而後顯化於身體之上。疾病來自於我們對於外部匱乏的感知。健康代表的是我們的細胞與環境能夠良好對話。在提升我們的意識水平的同時，我們也在提升自己的頻率，強化自己的免疫系統。」

「在我們昨天進行的實驗當中，我感覺到一種截然不同的振動狀態。那就是你方才提的空間嗎？」

「我不知道。你辨識出什麼來了嗎？」

「我感覺有某個更偉大的東西；一種獨特的力量；一個比我所能解釋的更廣大的次元。」

「應該要這麼說：另一個我們以3D的概念無法理解的空間。我們把自己侷限在深度知覺裡，以為那是唯一的存在物。情緒性的大腦在反覆的自動性循環當中引導我們的反應，心智的力量主宰了一切。我們難以靠近那道能夠通往無限可能之境的宇宙能量。今日我們覺察到了平行世界的存在，雖然我們看不見，可是卻能夠感覺得到。直覺也就是源於此處。我們正進入了一個全新的紀元，也就是純能量的紀元：高頻能量空間。在這個空間之中，我們的靈魂制住了我們的自動性，並且利用可讓我們擺脫汙染記憶的全新規則，逐一取消細胞原來的設定。我們於是有了另一種理解，那就是：我們在一個獨一無二的振動次元裡體驗合一，並且明白二元性只不過是幻想而已。我們開始試驗一種創新的溝通形式：直覺。在這種形式當中，意念與宇宙能量連結而後展現。」

「可以從現在就開始接近這種形式嗎？」

「我們已經接近了。就算我們看不見它的存在，藉著聆聽在內心裡發生的一切，也能夠感知得到。就像我和你說過的，請留意你的內心在你遇見某人時所發出的訊號；讓你覺得內心平靜的地點；讓你覺得受傷的評論，聽聽那些訊號、地點、評論所帶給你的訊息，並且認真看待。如果你明白自己的意念比你自身還大，而你是一切的一部分，那麼，你就會知道，你在宇宙搖籃裡所種的因，就會結成今日的果。宇宙會時時刻刻回應你的期待。」

「信任每件發生的事，我認為這在我生活的世界當中似乎不可能的。我得事事計畫，不讓自己失去控制而變弱。」

「要去冒險。小我給你的，不會是任何的保護，而是讓你變得沉重，不得不待在地面上無法動彈的層層幻想。卸下你的盔甲吧，光芒會從你的缺陷之中找到路徑照了進來。」

「你進到了這個次元嗎？」

「我強迫自己進入。我保持專注，並且明確表達這個意願。我每天都會重複這些肯定句：『我相信自己，我感覺到了自己無限的力量』；『我傾聽引導我的徵兆』；『我會得到我想要的，我值得最好的。』這些宣示在我的小我試著想要進行相互作用時，讓我不致讓步。而後，我會問自己那個最為珍貴的問題：『我希望在生命中創造什麼？』」

「你在要我拿回去給羅蔓的妙方當中說的就是這個發現嗎？」

「比那還複雜。我寧願她自己跟你說。」

馬地奧敲門進來。午餐已經準備好了。都已經十二點半了，時間消逝的速度就跟這個義大利帥哥虜獲我的心一樣快。

厚厚的雲層完全散去，露出了天藍色的晴空。我的內心充滿了一種自在、明確的感受。

我也餓了……

# 15. 零公里

這世上沒有什麼比時機成熟的主意還有力量的了。

——維多．雨果

在大家一起吃午餐的時候，馬地奧一直找尋著我的眼光。我回以幾個靦腆的微笑。之後，我到外頭喝咖啡。眼前的高山令我震撼，白雪覆蓋出鋸齒狀的山峰清楚襯出了三百六十度環繞的藍天。尚堤跟在我後頭。我向他坦承傑森那番關於平行次元的話語令我心思紊亂。

「你相信真有平行次元嗎？」

「我可以感覺得到我們的眼界有限，而且有某種東西的存在遠超於我們的理解範圍。」

「夢也可以是這個宇宙的一部分嗎？我幾乎記不住任何夢境，可是昨天晚上，我做了一個奇怪的夢。我夢見我、你、尼夏、西姆還有馬地奧五個人一起去尋找喜馬拉雅山的寶藏。」

當我敘述著這些夜半妄想的細節時，尚堤一副若有所思的模樣，久久不發一語，之後，他告訴我天氣會很好。「雪很快就會融完，我們就可以按照預定計畫，在清晨下山。下午你好好休息，明天又會是辛苦的一天。」他站起身，走進了主樓。當陽光的溫暖穿進了我的身體時，我心中那些尚未獲得解答的問題全消逝了。

西姆身邊跟著年約十五歲的少年耶舍，從我面前走過。他們要去耶舍的哥哥家買經幡，綁在一條屋舍上方三十公尺高的經幡柱上。數百條彩色飾帶從這條柱子的頂端延伸出去，形成了一頂巨大的帳棚。

我跟著這兩個男孩走到一座西藏社區。他們要去的店鋪就位於最末端的那間樓房附近，是一間老舊的破房子。他們慎重地向我鞠躬行禮。西姆在那裡似乎感到相當自在，那些西藏人彷彿也當他是他們的一分子。在破破爛爛的走道最裡頭的那間房裡，有一名年約三十幾歲的男子。我的出現令他相當困窘。他詢問他的弟弟。他的弟弟向他解釋，讓他放心。他朝著我鞠了個躬，並且把他沾滿墨水的手藏在身後。

線香的氣味佔據了這間僅僅十平方公尺大小的手工工廠，尤其是一半的空間都塞滿了疊高至天花板的紙箱。在一張桌上有一些彩色的小三角形等待著印刷。藏語稱那些三角形為*loungtas*，意思是「風中之馬」。印製在中間的那匹馬駝運著佛教三寶：佛，法，僧。

在風馬旗上還有大鵬、龍、鷹、虎四瑞獸保護風馬。這五種動物代表的是中央與四方。耶舍向我一一展示那些布，以圖樣搭配說明。西姆聽得入神。耶舍的哥哥一直背著手不動。經幡有五種不同的顏色，每一種都有不同的象徵：藍色是天空或宇宙；白色是風或空氣；紅色是火；綠色是水；黃色或橙色是土地。五個顏色是五大元素，以及五佛的象徵。

我以拇指摩娑著耶舍遞到我面前的最後一面小旗子。為什麼這些旗子要稱為「經幡」呢？因為上頭有傳送給風神的經文。根據西藏佛教徒的說法，當風吹過旗子時，印製的經文就會隨風飄揚至空中，傳遞給了神以及被風吹拂過的眾生。經幡是以木刻雕版印刷在棉布上，每個圖章都刻有佛像與其經文、祈求的願望與吉兆的象徵。

耶舍的哥哥重新投入工作。耶舍在一旁講解著哥哥的每個動作。「棉布放在蘸了墨水的雕版上。我們會用滾筒讓棉布與雕版穩當地貼合。旗子印製完成之後，再進行縫製、串繩，而後捲起捆紮。」他在一個裝滿的紙箱上拍了兩下為這現場報導做結，接著壓低聲音，神祕兮兮地說：「這些旗子已經準備好了向風、向讓它們飄揚的人揭露它們的祕密……」我與西姆聽了這幾個句子都不禁莞爾。

我掏出二百五十盧比（才二歐元）買下了十捲。一捲給西姆，一捲給耶舍，並且請耶舍的哥哥賞臉陪我們去經幡柱掛上一面經幡。他露出笑容，欣喜地答應了。他翻找紙箱，拿出了一面美麗的旗子；旗子中央以五色線繡了一匹形貌莊嚴的馬，馬匹的四周印上了黑色字體的經文。耶舍替我翻譯他的哥哥對我用藏語所說的話：「這面旗子是給你的禮物。它會給你帶來好運。」我感動地看著他拿一張報紙包裹旗子。

儘管下午三點的陽光炙熱，零下的氣溫依然讓前一夜的大雪在路上堆積不化。我們繞過樓房，往經幡柱的方向前進。馬地奧在廣場下方朝我們高喊：「等等我！」他幾個大步上來，並且向三個男生打了招呼。

他凝視著我的眼睛，溫柔地對我說：「我在找你呢。」他一隻手摸著他的黑色頭髮。新蓄了幾天的鬍鬚蓋住了他下巴上的酒窩以及讓他的臉顯得瘦削的凹陷雙頰。這個男人每次只要一靠近，就會讓我的心臟如小鹿亂跳。我給了馬地奧一捲，說：「你要跟我們一起來嗎？」

無論走到何處，眼前景觀都是那麼地獨一無二。我們沿著山坡走到了那片神聖的區域。一陣陣的風挾著冰冷的氣息颳著我們的臉。我看著耶舍兄弟如何仔細地展開旗子，讓旗子迎風飄揚。我照著做。馬地奧與西姆也跟著我做。我望著自己左右兩側懸掛的經幡，每一面旗子的正中央都有一匹姿態莊嚴的馬。

我們將自己的經幡逐一掛在相互交纏的串串旗幟之間，接著那兩個藏人默默地祈禱。我也想要靜心沉思一番。我將心願託付給我的馬匹，願所有遇上牠的人都能夠獲得平靜，也願牠能飛向羅蔓身邊，治癒她的疾病。站在喜馬拉雅山的高處，我感覺自己的胸口開了，內心滿溢的愛也隨之釋放出來。這種感覺讓我百感交集。我張開眼，看見那四個男人雙手合掌。我雖然不是佛教徒，可是有種奇妙、龐大無邊、內在平靜的感覺發生了。在想像之中，我看見我的祈禱與其他人的祈禱交相結合，彷彿我們一同（儘管彼此各有不同）奏出了人生交響曲。一個共同的時刻。生命之中的一次交會。我們，在同一個地點、同一個時刻，擁有同一種振動，要將我們最美好的能量獻給這個世界。他們睜開了眼睛。我們彼此相視，在沉默之中，心靈相通。

耶舍向我們鞠了個躬，說：「我們該回去工作了。」兩個年輕人隨著西姆往山下走了。馬地奧拉著我到經幡柱的後方。我們的腳深深地陷進了雪裡，如同踩在泥炭沼上。「你看這些疊石路標。我們也來疊一個吧。」他邊說，邊忙著撿石頭。我們面前有十幾疊各種大小的石頭。有的擺在地上，有的擺在岩石上，有的則是擺成了梅花形。這幾堆石頭象徵著獻祭、希望、心願、感謝等等許多許多的東西……

馬地奧撿起兩塊扁平的大石頭，擺在一顆岩石上。「這些是地基。輪到你擺上你的石頭了。」我找了一顆，放在他的兩堆石頭中間。我們倆就這樣你一顆我一顆地堆起了一疊石頭。這個共同完成的活動讓我既開心又激動。我們疊了二十幾堆小石頭後，馬地奧問我要不要許個願：不為別人，就為自己許願。

他閉上眼睛，準備定下心來。我也跟著做。為自己許的願望？這幾天以來所經歷的種種情緒、種種感受……我已經不知道該求什麼了。我深呼吸，感覺涼風灌進了自己的鼻孔。我清空了腦子，讓平靜駐進。我理所當然地許了個找到幸福之道的願望。我睜開眼。馬地奧給了我一個笑容，我也以笑容回敬他。天色開始變化。一陣寒意竄過了我的全身。馬地奧替我圍上他的圍巾。他的香味擁抱著我的脖子。他按摩我的背，我沒拒絕。他雙臂將我摟住，我也伸出雙臂摟住他的腰。我想要他吻我，可是並沒有！他只是帶著我走回路上，直到旅館主要大樓。尚堤帶著兩條毯子等我們。他將毯子分別披在我和馬地奧的肩頭上。待我們在熾熱的火爐旁暖過身子之後，三個人一起在安娜普納寺中望著日落。同樣的色彩、相同的情緒，可是每一晚都是獨一無二的夜晚。

§

油炸餃子、混合蒸餃子鮮味的蔬菜湯。馬地奧替我們每個人盛了一碗，隨後與我們一起坐在一張木頭長椅上。坐在對面的傑森遞給我一盤杏仁小甜糕。陪伴我們用餐的是片刻的靜默。我感覺很自在，也充滿了活力。尚堤破壞了我內心的平靜。他竟然向傑森說了我作的夢！我聽了差點沒噎到。我的內心從自在換成了可笑。我瞪了尚堤一眼，希望他帶我脫離這個窘境。

傑森語調認真地說話了：「瑪耶拉，我相信你已經拿到了我們所缺少的那把鑰匙，現在，就讓我跟你解釋吧：我們都聽人提過，有一位專家在不久之前躲進了喜馬拉雅山裡。他研究人類關係已經多年。那些關於他的傳說讓我們確定我們的信念或許是錯的。我們相信他的理論或許可以改變人與人之間的連結，為人性帶來另一種觀點。」

「這些故事又是什麼啊？那位專家是誰？」

我一如往常的開口嘲諷，但是傑森似乎不為所動，表情也依然嚴肅。

「我們不算真的知道，不過我們都作過同一個夢。」

「什麼夢？」

「跟你一樣的夢。」

馬地奧訝異地轉頭對我說：「你也聽到他的召喚了嗎？」

「喂！我不知道你們在說什麼。我在海拔四千公尺處作了一個荒謬的夢。夢中，我和你、尚提、西姆還有尼夏一起去尋找一個並不存在的寶藏。然後今天早上我醒來了。就是這樣而已！我覺得任何詮釋根本都是妄想！」

「讓人想不透的是馬地奧、尚提還有我，都在同一晚做了同一個夢。我們找那個男人已經找了好幾個月。尚提和我說起你的夢境細節，再結合我們的，或許就可以知道他在哪兒了。」

我聽得茫茫然。尚提接著說：

「我記得我們看見了一條通往袞蓉的下坡路；安娜普納一號峰在我們的右手邊，而二號峰就在東邊。傑森認出了跨越基姆隆河的那座橋；馬地奧看見了魚尾峰對面的高粱地；而瑪耶拉你呢，你給了我們一個重要的資訊……」

「我真的不知道自己夢到什麼重要的東西！」

「你看見我們泡在水裡。」

馬地奧大喊：「溫泉！」傑森拿出了一張高山地圖。他在桌上挪出了點位置之後，把地圖攤開來。「我和尚提排除了其他的地點，只剩兩個地點最有可能……一個在錫努瓦附近，走路要兩天；另一個比較偏向東邊。」大家都低頭看著地圖。我輕輕咳嗽，然後彆扭地問：「不好意思，我想強調的是，難道你們不認為我們對於改變的渴望有些過分地啟動想像力嗎？那個人是一個傳說，你們大略聽過別人提起他，可是沒有人看過他，你們猜測他的研究會是革命性的研究。拜託你們回到現實……或是就像你們常說的，回到『當下』好嗎？」

這三個男人竟然這麼不把我的意見當一回事。我真不敢相信這幾個智力高於一般的人竟然這麼這麼異想天開。「我相信我們應該要超越有形之物。就像我今天早上跟你們解釋過的，這個次元可能即將成為我們最好的嚮導，而直覺就屬於這個次元的一部分。我們在同一晚夢見同樣的事情並不是偶然。」傑森沉默了一會兒，接著若有所思地說：

「我現在沒有證據，但是會有的。」

馬地奧提議：「總之，我們就試試看吧……反正又沒有損失。」

「事實上呢，要是你們有時間可以浪費就請吧……至於我呢，我得回法國！」

我的反應讓他們接不下去。他們的理想主義讓我惱怒。尚堤打破沉默。他高聲說：「不如明天早上日出的時候，大家連結一下好決定接下來的方向。」語氣明顯歡欣。他那雙愛笑的眼睛也又變回笑咪咪的樣子。傑森與馬地奧也同樣欣喜了起來。尚堤的提議令我傻眼。我訝異地望著他們：他們顯然在等我答覆。馬地奧堅持說：「你準備好要與我們一起進行直覺實驗嗎？作法就是我們對著日出的神奇魔力凝神專注一段時間，試著聽見我們內在的小小聲音。那個聲音將會向我們揭示兩個地點中該選哪一個。我們再來比較結果。」

我吐了一口氣，在喪氣之餘，向他們說出了自己的想法，或許他們聽了會覺得我很愚蠢吧：「沒必要跟你們說我覺得你們拋棄我。你們別管我，自己去實驗比較好。」

傑森強調：「瑪耶拉，你的在場很重要。試試看不會有損失的。」

馬地奧牽起我的手：「你有沒有感覺到什麼一點不重要。」

他放出的電流竄過我的全身。他眼神中的溫柔、覆住我的手的指節，在在提醒我那個無情的現實：我迷戀上一個宗教狂熱分子！

尚堤說：「反正你每天早上都會欣賞日出。這寺廟的日出景象能夠給人啟發。你什麼都不用做，只要好好欣賞就可以。」

「三對一……這公平！我投降。你們贏了。我明天會到。不過別要我跟你們一起走。我得下山。」

我輕輕地從馬地奧的手中抽出我的手。尚堤安慰我，要我放心。只要我決定了，他就會幫忙做到，並且按照預定規劃，送我去加德滿都機場。

月亮升起。我回房睡覺去。

§

隔天早上起床的時候，我腦中思緒不斷翻騰。我認為得出同一結果的可能性相當低。

尚提回應我的擔憂：「別為目標擔心。請你用心來看在你身旁、為你展開的一切，而不要為下一刻擔心。用彷彿是生命的最後一刻的心情，專注在這片美景之上。當一個意念掠過你的腦海，別拋棄那個意念，而是讓它如眼前風景中的一片浮雲。回到現實吧。請好好享受這壯闊宏偉的一切，讓你的內心充滿美好的能量。」

橘色的光芒暖和了因前一夜零下的低溫而凍白了頭的山巔。陽光驅走了陰影。山巒金屬色的反光，帶來鏡像遊戲的效果，讓天上彷彿有無數個耀眼的太陽。我們的位置在安娜普納峰的中央。我感覺到身心舒暢。

突然之間，羅蔓的影像硬生生地出現在我眼前。一種對她的疾病感到不平的心情，讓現下的寧靜褪了色。我記起尚提說過的話，於是讓這些意念散逸於山谷之中，把心思全轉向了陽光，並且重新感受到了一種無邊無際的喜悅。隨後，我夢境中的影像中斷了這個暫時停住的片刻。我無法將這個影像驅出腦中：我們三個人在挑夫的協助下一起下山，我看見了一塊木片釘在一根柱子上，上頭以白色的字體寫著「Tshong（崇，林布族）」。我從來沒聽說過這個地方，為何這個夢境會如此糾纏我？難道他們利用他們的荒誕故事洗了我的腦？不！我得回到現實，三百個員工等著我結束我的偷閒時光。不過，這個念頭就跟前幾個一樣，很快就消散了。我偷偷地看了四周一眼：那三個男人處於專注狀態，一動也不動。太陽從正前方出現，以溫暖的光芒照耀著我們。我讓太陽施展它的魔法，而我則是將自己所有的注意力集中在它的光輝之上。我不知道經過了多少時間，因為時間已經不復存在。我的同夥一個個回過神來。他們一語不發地轉頭看我。

尚堤掛著滿足的微笑問我：「你不覺得今天的日出很美嗎？」

「呃……對，很美！」我咕噥著，其實無言以對。

有那麼一會兒，沉默陪伴著大自然甦醒。我傾聽著雪窸窸窣窣地融化；從山谷吹上來的風，將燃燒的木頭和咖啡的香氣，送進我的鼻子。

傑森站了起來。他提議大家早餐時見。尚堤跟著他走。馬地奧走到我的身旁來。我的心開始怦怦跳。他停在我的身後，從後頭抱住了我，與我一同對著那團火球，將雙眼與我望向同一個地方。我不敢動。他在我耳邊悄聲說：「我想要把你留住……畢竟你這個人總是有意外之舉……你可以考慮再昏倒一次。」

我笑了，屏住了呼吸。我感覺到太陽穴旁有他呼出的熱氣，以及，隨之而來的一吻。我用力吸氣，想要減弱內心燃起的大火，同時也慢慢地轉過身去，想要從他的眼神當中讀出什麼。他的唇吻上了我的唇，以及我那在他剛一碰觸便開始熊熊燃燒的熾熱身體。

我已經好久沒有過這種感覺了。我依在他的臂彎之中，心裡為著對他如此著迷而感到害怕。他再次吻我，我沒有抵抗。他深深地望著我的眼睛，接著一手摟住了我，帶著我走回旅館內。尚堤看見我們的距離已經如此靠近，毫不忌諱地對此大開玩笑：「欸，這對情侶要不要報告一下？」在心照不宣的眼光當中，我們倆的臉都紅了。馬地奧讓我轉了一圈，接著彎腰行了個禮。掌聲紛紛響起。他端給我一杯熱茶，在我身旁坐下。柴爐的熱氣中飄散出烤麵包與溫熱蜂蜜的香氣。米莉亞端來熱鬆餅。

當我們品嚐這一天當中的第一餐時，我抱歉地承認：

「今天早上我有努力嘗試，可是沒有任何一個地點出現。」

「我也沒有，」馬地奧嘆息：「我當時心不在焉。」

傑森搔了搔頭，說：「我呢，我好像看到一片松樹林，但是沒有任何細節，無法得知地點。」

尚堤語氣肯定地說：「我感覺第一個方向是對的，不過別問我為什麼，因為我也不知道。」

我想起前一夜在夢中看見的那張木牌，於是碰運氣似的向他們說出看見的那個地名「崇」。傑森與尚堤狐疑地我看你、你看我，似乎從來沒聽過那個地方。傑森起身離開了一會兒，隨後帶了一名西藏年輕人過來。年輕人當著我們的面攤開了一張詳細的地圖。他應該聽過這個地名，只是不知道位置在哪。

我們幾個人針對昨晚提到的兩個地點，各自在腦中一公分一公分地在地圖上劃分區域，認真研究起那兩地的周邊。但是我看了又看，就是沒有任何一個地方感覺與昨夜在木牌上所看到的相似。我抬起頭，那名西藏年輕人雙眼半閉，似乎陷於沉思。從他額頭上的淡淡橫紋看得出他的專注。他打破沉默，高聲吶喊出幾個句子表明了他的勝利。

他找到了！「崇」在古老西藏方言裡代表的是「聚集」。雪巴人聚集在一起，交換彼此近期登山健行的經驗與心得再各自回家時，會用這個詞。在聖母峰旁有好幾個圍起來的場所都有這個符號。年輕人閉上嘴，接著將雙手舉到面前揉起了眼睛，才又說話——當然從頭到尾都由尚堤負責翻譯：有一間在西努瓦附近的小屋就是為了這些游牧民族而搭建的。

這幾個男人趕緊看向那張地圖，很快地就辨認出位置來。小屋與我們的距離差不多只有兩公里遠。所有的眼光都集中在我身上。我後退一步。傑森興奮地對我笑：「瑪耶拉，謝謝你，我想這一次我們已經接近目標了。」我不可置信地轉身看向馬地奧，而他的那雙棕色大眼也正盯著我。他央求我陪他們一起去：「我們需要你讓改變發生。」

我一時覺得頭暈，於是　把抓起外套、端著我的茶杯，走到外頭去透透氣。馬地奧擋住我，可是尚堤感覺到我需要獨處，於是伸手拉住他。我對著太陽，在一塊石頭上坐下。我已經不清楚自己究竟是處於什麼境地了：我的心為了這個剛認識的男人而迷醉，可是我的人生在法國等著我。我已經拿到要給羅蔓的手冊了，不可能跟著這幾個空想研究員一起去尋找他們所想像出來的寶藏。我的夢境確實混亂，一切都是那麼模糊不清。我真的已經不知道怎麼辦了。我的渴望與我的恐懼混雜在一起。我應該回法國，可是某個東西召喚我進行這趟荒謬的冒險。我已經因為愛而盲目行事過了，我也還記得那讓我淪落到什麼樣的地步：八個月的油盡燈枯！我不可能讓自己再陷入那種狀態了：我要按計畫回巴黎去！

尚堤站在我身旁。我不給他時間哄騙：

「我想清楚了。我應該回去。」

「決定權在你。」

沒想到他這麼快就放棄了。我望著他看。他沉默不語，雙眼陶醉在這個向他敞開的王國之中，彷彿第一次發現這個擁有閃耀山巒的國度。

「如果你是我的話，你會怎麼做？」

「我怎麼可能會知道？除了你自己以外，沒有人會是你！」

「你真是幫忙啊。我沒辦法相信巧合。這些事情讓我覺得害怕，而且我也得回去了。我有工作在等我。」

「所以問題在哪裡？」

「我感覺有什麼牽絆住了自己。」

「是人還是事情？」

我緊張地笑了。

「當然是馬地奧，可是我並不想重蹈覆轍。再度全心全意投入一段愛情故事會讓我覺得害怕。」

「馬地奧是米蘭人。他幾天後就會回義大利。你們彼此的距離並不遠。當你們都各自回國之後，沒有什麼可以阻止你們見面。要是你不希望進展得這麼快，那麼，在這段見不到面的日子裡，可以好好利用時間思考。」

我大口地喝下已經涼了的茶。我可以感覺得到茶水順著我冰涼的食道流進了胃。我看著尚堤。「要是放棄這段可能靠不住的邂逅，我會覺得傷心。我的理智硬要我回去，可是我聽見內心裡那個小小的聲音求我別走……我不知道要怎麼跟你解釋！」尚堤站起來，拍拍我的肩膀，以滿意的語氣下了結論：「你會有答案的！」留下我就走。

什麼答案啊？他想說什麼？「別再否認我！」我清楚聽見了這句話。我訝異地轉過身去。沒有人。我是不是要瘋了？可是我可以感覺得到一個令人安心的存在，內心的焦慮也消失了。我打從心底知道，自己前一天向傑森提過的那個內在小小聲音，其實一直都在。我因為害怕承擔選擇所帶來的後果，所以一直避開它。可是現在，我想要跟從它，就算我覺得它並不理性。生平第一次，我渴望信任它。有一股力量推動著我，讓我知道，該是嘗試新事物的時候了：我應該重視自己的夢想。

這些想法讓我的心平靜了下來。尚堤教過我要傾聽自己的身體。我花了一點時間去感受它的反應。它很放鬆，令我感覺如釋重負。看來，我做了好的選擇。

尚堤與已經結束行李打包的西姆與尼夏在等著我回來。

我的嚮導摟住了我，問：「你準備好繼續冒險了嗎？」

「對！」

這是我們第一次出現的親暱舉動。我掙脫他的懷抱，懷著擔憂的心情去找馬地奧與傑森。馬地奧正在收拾東西，傑森則是要留下來照顧一個西藏女孩。庫馬之後會與他一同下山。我們十五分鐘後出發，預計要走上一整天的時間才會抵達崇。

我感覺到壓力不斷升高。我的臉部表情開始皺緊，對於自己的決心突然也不再有把握了。

尚堤鼓勵我：「你做了對的決定。」

「可要是那些影像其實全是幻象的話怎麼辦？」

「請好好享受這段路程，而不要去尋求結果。**喜樂是一種心境，並非取決於後來所發生的什麼或是外在事件；它現在就從這裡開始。**」

「可是尚堤，要是我們沒找到這個學者，不就是白做苦工了嗎？」

「一切都有賴你的目標。你想要找到那個人還是想要幸福？」

「在這種情況下，兩者缺一不可。我們繞路是為了找到一份獨特的指導。當我們與他見面的時候，我會覺得心滿意足……如果他這個人真的存在啦！」

「**『結果』這回事，在我們的現代社會當中，一直是個反覆出現的問題。為自己確立方向或許有用，可是在專注於目標的同時，我們也就忘了過程。**我們對於結果的執著，會令自己從而害怕失敗。我們受不確定所苦，直到決定性的時刻到來：不是達到目標（接著再為自己訂出下一個，而後再度為了新目標而擔憂）就是失敗——從而受到失敗的折磨，更加深信自己幾乎毫無價值——目標成了一種創傷。結果只不過是一項事件；一個介於兩段過程當中的短暫時刻而已。你相信幸福就取決於像這樣短暫的時刻嗎？」

「不相信，可是……很難讓我的行動和思想與我的目標分離。而且，我記得你教過我，我們的期待透過視覺化就會成真。」

「是沒錯，但那是為了讓你的行動能夠一致，而不是讓有害的想法在恐懼的沃土上生長。你有沒有發現你一直活在對下一刻的恐懼之中呢？幸福就在他處。幸福會接受所有到來的一切；它會從此刻的魔法、當下的完美、你與綻放的花朵一致的腳步之中，獲得滋養。要是你任自己在未來受到你的恐懼所毒害，那麼，你就永遠不會體驗到幸福。目標只不過是一個終點，而不是過程。」

「你是指知不知道我們能不能遇到這位學者根本沒有用是嗎？」

「我要跟你說的是，將心思集中在結局上是沒有用的。我，或者是你，都無法確定是否會遇到那個人。要找到他的最佳辦法就是對於所有發生的事情保持警覺。不過呢，無論結局如何，目標就是在每一秒之中獲得喜悅，如此一來，你的過程就會是一件成功的事。**幸福並不在於那從不存在的最後里程，而是在每個時刻開始的零公里**。」

我笑了，全身因為崇拜而起了雞皮疙瘩。尚堤是對的，我預想一些可能，然後自己創造出問題來：我做了對的決定嗎？要是我們找不到那個學者怎麼辦？要是馬地奧不是對的人？要是這個、要是那個的……總之，把握當下就對了！我心上的石頭落地，感覺到了一陣輕鬆。

「歸根究柢，那很簡單，只要不對結果有壓力，也不去想就夠了！」

「或是轉移到其他地方去。要是你認為你的目標是得到幸福的話，那你就得要明白每一秒都是結果。路程與目的，兩者根本毫無分別。」

「這實在太聰明了！結果就包含在過程當中的每一刻。」

「是的。遇不遇見那個人都不能影響我們內心的安適。你的幸福在零公里處就已經在你的心上生根。你要提醒自己這一點，那就是唯一的祕密。」

尚堤總是懂得如何引導我為自己負責任。我明白沒有什麼能夠影響自己內心的安適感——除非我任由自己的意念去汙染它。只要做出決定，從而付諸行動就行了。我想要不帶著這種恐懼而活，能否在道路的盡頭處找到那個人，或者馬地奧是不是我的命定伴侶都不重要了。我想要幸福、想要把握這些時刻，而不去想結果。在瞬間的喜悅裡、在發覺自己的本質而不依賴他人的讚賞與害怕失敗之時，細細品味著每一分每一秒。我想要去親眼看看在崇那裡有什麼事發生。我要應我內心的要求、應我對於這項體驗（對於路程、對於信任生命的體驗）的期待去那裡。

我快速地溜進房間打包最後的雜物，隨後與在大門前的小廣場上等我的其他伙伴會合。我在馬地奧面前放慢腳步，隨後謝過傑森與庫馬，同時給了他們大大的擁抱。

# 16. 直覺

直覺是上帝出借予我們的閃電。

——安娜．巴哈旦[12]

我們順著山坡上的一條碎石長路往下走。沿途的風景美得令人窒息：低空的雲朵謹慎地遮住山谷的起伏線條與峽谷。尚堤望著水平線出神。他向我指出西努瓦的位置。我們會在那裡歇腳。

我端詳著那座看起來似乎遠在天邊的迷你村莊。尚堤頂了一下腰，順勢拉住背包的背帶，將背包的位置往上調。他深深地呼吸，彷彿想辦法將整個宇宙都吸進體內。他對著兩隻黃喉麻雀微笑，撥開拂過他耳邊的一根樹枝。他的精力傳染了我，我也想要嘗試他向我提議的全新版本旅遊。我看了馬地奧一眼。有他在，我的心裡就感覺舒暢，而他的體貼也讓我感動。我感覺到了自己的心與他的心以同一個節奏跳動。尼夏與西姆走在前頭。我注

12 安娜．巴哈旦（Anne Barratin, 1832-1915），法國女慈善家暨作家。

意到他們所說的話語在空中飄揚，時而穿插著笑聲。他們走得似乎毫不費力。我趁機享受著這股美好的能量。

在一座長長的吊橋旁，尚堤對我使了個眼色之後，走了上去。我毫不遲疑地跟上。我本能的恐懼因為我的意識而消失。儘管其他人走上橋之後，橋身開始左搖右晃，但是我配合著他們腳步的節奏往前走。這對一個星期前的我來說還辦不到的事，現在可以說是稀鬆平常了。

尚堤看見我跟上便笑了。當其他人也趕上的時候，我們重新上路，緩緩地往下坡走。馬地奧摟住了我的肩膀。他想要知道所有關於我的一切，所有我能夠讓他知道的一切。

「太不巧了，我整個人正處於迷霧之中！尚堤讓我意識到我缺乏判斷的基準，因此我現在很難跟你說我是什麼樣的人。真的很慚愧。」

「歡迎你來到轉化的世界！」

「啊，真令人期待啊……上星期的我還很有信心，可是我的信心一點一滴地消失了。才一點點的時間，一切就都變得亂七八糟，連我自己都不敢相信。然而矛盾的是，我覺得自己很脆弱，但又比以前堅強了。」

「對什麼事情都沒把握，但是卻又有信心？」

「是的……我已經無法掌握一切，但是卻又覺得一切都有了秩序。你看，當我在你跟說話的時候，我心裡想著的是到底是什麼樣的力量讓我竟然踏上一條通往某個奇特目標的混亂道路，走遍這座喜馬拉雅山，可是我還是會繼續往這個與我在三十四年間所確立的所有信心相反的方向前進。很瘋狂吧！」

馬地奧一語不發地聽我說，彷彿明白這段充滿拯救性的獨白讓我能夠在這個人生的十字路口上，做一番總結。他讓我繼續說下去。

「我大可以跟你列舉出我拿到多少名校的文憑，同時炫耀自己的工作成就、社會地位、薪資水準，讓你安心，可是我不會在你面前展示讓我成為現在的我的保護層：從可以掩飾我自己的名牌套裝、讓我的車子可以溜得飛快的強力引擎，或者……讓我以為自己受到尊重的銀行存款。事實上，我並不明白自己沒有能力獲得期望他人給我的尊重。我意識到自己根本透過這所有的行頭、物質來令自己安心，生怕被看出自己是個什麼樣的人。你看，我說這些可能會把你嚇跑，可是今天呢，我覺得自己的心思已經不在那些東西上，而且心裡所期盼的，也遠非膚淺的東西了。我完全無法預料自己接下來會如何，但是我知道自己受夠了。」

「這全都在一個星期之中發生的？」

「是啊，很不可思議吧！我明白過去的自己有多麼盲目！」

「你對自己太嚴格了。你的過往使你今日得以擁有。你沒有變。你的心跳動的方式也沒有不同，你只是擴展了自己的視野。你那非凡的經歷讓你得以預備未來。我這個人並不是完美無缺的，但是我也感受到了同樣的事情。我有預感，你說的轉化已經開始，而我也已經準備好了。我放手，不再掌控，也信任宇宙。我們都在自己該在的地方。只要傾聽而不尋求什麼，也不去想未來，因為我相信演出的盛大是我們所無法想像的。」

他拉起我的手，緊緊地牽著。我們默默地走著，同時欣賞著風景的美好。我品味著貼近而來的生命，生平第一次享受著每一幕場景、每一個聲音、每一絲氣味、每一種感受。我那幸福的內心充分沉浸在傳來的能量之中。我再也不為什麼而煩憂。馬地奧的手給了我安全感，可是除那之外，我感覺到了一股力量，指引我走上屬於我的全新之路。

「十二點半了！」西姆雙眼盯著插在地上的竿子通知大家。尚堤收起地圖，提議到多彭村去吃午餐。到那裡要走半小時的路，當然也要大家能保持同樣的步調前進。最後，我們只花了二十幾分鐘的時間就抵達目的地。

我們在一間儉樸的建築物前停下腳步。尚堤問我們吃素食達八如何。大夥兒都餓壞了，當然開心同意。一個男人為我們點飲料，同時建議我們坐庭院的位置。西姆躺在草皮上，跟一隻蚱蜢玩了起來。這個建在山坡上的空間，視野良好，梯田與高粱地的景觀一覽無遺。在中海拔地區，有高海拔處看不見的綠色，依著濃淡深淺與各顏各色重新出現。

庭院中央有一架鞦韆激起了我的赤子之心。兩根立起呈Y型的木棍支撐著一根橫置的木棍；而左右牢牢綁住橫置木棍的繩子垂成了U型。就這樣而已。我坐在上頭，面對著地平線擺盪。尚堤在一張面對著山谷的木頭圓桌前坐著。尼夏選了一張深綠色塑膠椅，在尚堤身邊坐下，接著給自己捲了一支菸，兩人討論了起來。馬地奧躺在草皮上。我走到他身旁跟著躺了下來，將頭靠在他的胸膛上。他溫柔地摟著我。時間似乎靜止了——除非我的思緒還沒醒。我躺著，除了眼前展現的影像之外，什麼都沒有出現。我的心中洋溢著喜悅，陽光溫柔地暖和我們的身子，山巒的力量充滿了我們的體內。

我的胃大聲地咕嚕咕嚕叫，讓所有人聽得都笑了。我兩隻手摀著肚子也跟著哈哈大笑。就連後方廚房的人員也聽見了，連忙端上熱騰騰的菜餚。尼夏打了手勢要西姆跟他走。我攔住他們，要他們上桌一起吃。叔叔禮貌地拒絕了，但是我堅持。尼夏望著尚堤，等著他同意。大膽的西姆主動表示樂意，不過他從來沒試過用叉子吃東西。

「我呢，我不懂得怎麼用手吃飯。你可以做給我看嗎？」他的真誠打動了我，於是我這麼問他。西姆訝異地看我。「那很簡單啊，我教你。」尚堤朝尼夏點了點頭，示意他過來和我們一起坐。馬地奧也感覺到尼夏應該不習慣用餐具吃飯，於是也要求試試。我們在簡陋的洗手槽用冰水將手仔細洗乾淨之後，西姆便開始進行教學。他認真地扮演起老師的角色，認真地改正我們的笨拙。他靈巧地將米飯捏成一個個小球之後，泡進滾燙的小扁豆湯裡，再拿出來送進嘴巴。尼夏與尚堤也技巧熟練地用手吃。我與馬地奧認真地跟著做，可是結果並不怎麼成功，也惹得尼夏與尚堤都笑了。至於我們倆的老師則是專注於我們的動作上，他帶著旺盛的鬥志鼓勵我們，同時瞪了那兩個人一眼，還比了個要他們別出聲的手勢。

這整個場面像是永恆，可是這個男孩握有了一項為人所遺忘的事實。他是耐心與大方的典範。他的注意力都在我們的身上。他很看重我的請求，以致於忘記吃飯。我努力做出正確的動作，免得讓他失望，並且忍耐著燙傷的疼痛，吃完最後一粒米飯。馬地奧為了對這項感人的活動表達重視之意，於是也同樣把飯菜都吃光光。西姆的微笑代表了我們倆都成功了。我謝謝他給我們的這個禮物；把他的才能傳授給我們。對他來說再自然也不過的事情其實是一項難得的優點。我真的很感動。

在我吃午餐之時，我的衣服也一起享受這頓飯菜。在馬地奥拉著我一起到戶外睡個午覺之前，我再次到洗手槽洗掉衣服上的髒汙。我在他的懷中睡著了。半小時之後，他在我額頭上一吻，在我耳邊輕聲說該出發了，把我給叫醒。尼夏與尚堤與屋內的男人確認路線。那個人向他們說明了地圖上的一些資訊，同時給我們一個老婦人的地址。那個地方就在崇的旁邊，路程需要兩小時。

在這個海拔高度，生命重回大地。當風掃過高粱地，起起伏伏的高粱就像一波波的海浪。順暢的呼吸降低了體力消耗。從較低處傳來的孩童尖叫聲引發了我們的好奇心。放學時，一隻母羊等待著小朋友摸摸。牠也吸引了他們的注意。穿著海藍色制服的小學生熱烈地歡迎他們的玩伴，牠開心地打著滾。尚堤微笑，眼前的情境令他著迷。西姆則是蹦蹦跳跳地，忍住笑發出叫聲，鼓勵著母羊。

我怎麼能夠忘記最重要的事呢？我怎麼能夠讓自己的內心充斥著膚淺的事物，堆疊著一層層厚重的無用之物呢？我的眼淚在眼眶裡打轉。

尚堤抓住我的手臂，對我說：「不要評斷你自己。」

「我怎麼迷失得這麼嚴重呢？」

「你並沒有迷失自己，你只是看著不對的地方而已。」

「我們到底為什麼必須脫離這種狀態，讓自己一切都得符合社會習俗呢？」

「我們都以為，成為大人就是每一件事都必須理智，因此忘了好好體驗大人的生活。孩童運用經驗而非思考經驗。要是你想讓你的內在小孩在你的內心表達想法的話，你會怎麼做呢？」

馬地奧不等我回答，便拉住我的手，搶先說：「我們會跑過去和那隻小母羊一起玩，因為唯一能讓我們感到幸福的事情，就是分享愛的時光。」

他拉著我跑向那群小學生，他的另一隻手則是抓住了西姆。西姆放下了行李與我們一起奔跑。我們加入了混戰的行列，逗得這群孩子樂不可支。我們與他們一起玩，讓我們的赤子之心在這群孩子之中展現其天真率直，以重拾一種強烈而熟悉的喜悅。

馬地奧成功讓小羊穩下來不亂跑，但是沒多久，小羊狡猾地從他手中逃脫了。牠躺在地上，十幾個小孩纏著牠玩。我溫柔地摟著兩個小女孩。我們的笑聲隨著時間消逝。我們的笑已經不是微笑了，而是真真切切的笑：一種原始的情感；一種無算計容身之處、思考讓位給天生自然、恐懼因為唯一表達的感情——也就是愛——而消失的情感。一顆狀態純淨的鑽石；一個獨一無二的時刻。

我們勉為其難地放開彼此站了起身。我奔向馬地奧的懷抱。我吻著他說：「你太瘋狂了，可是我也愛你愛得發狂。」西姆拍拍馬地奧的手，接著往我肩膀一摟。我一手扶著一個人的腰，兩個男人一左一右地緊緊挨著我，三個人就如同玩得混身髒的死黨般，一路快活地走到了其他伙伴身旁。

當我們穿越一片松樹林時，一隻俯身看著我們的猴子，在我們經過時把牠吃剩的午餐往我們的頭上丟，向我們打招呼。

走了一個小時的下坡路之後，「崇」的指示牌矗立在我們眼前。我的心跳開始加速。這個景象已經出現過在我的夢中。我的臉色蒼白。眾人看向我。尚堤指著前方蜿蜒的小路，說：「我們可以往這個方向走，大概中午就會走到旅館老闆指示的那個地點了。」

我們沿著那條山坡小路，走到了一間荒廢的庇護所腳下。從我們所站的位置望去，山谷三百六十度環繞的景觀，令人嘆為觀止。低處聚集了十幾間房屋，證實我們要找的村莊確實存在。尚堤帶頭走。他問一名挑夫。挑夫指了指下方的一間房屋。儘管陽光仍高照天空，這座孤立的村莊完全處於陰影之中。

當我們抵達目的地時，遇見了一個名叫古朗的老婦人。她望著我看了許久。她那雙深邃的眼睛蘊含著智慧，令我深深著迷。尚堤告訴我，她的名字意思是：「母親與孩子的保護者。」

古朗特別對那幾個尼泊爾人打招呼，之後再次轉向我與馬地奧。她拉起我的手，將我的手擱在她的手上，接著彎下身子，對著我們的手祈禱，待直起身子之後，對著我們微笑。這個婦人似乎讀得出我們的心思。她拄著拐杖，走得顛顛晃晃的，卻不妨礙她步伐堅定地前進。

屋內昏暗，光線只能透過兩扇狹窄的窗探進屋內。泥土地板讓整個空間更為陰暗。我們的頭頂與低矮的梁柱幾乎沒有距離。屋子最裡頭的地方，從堆疊的一組鍋子來看，應該就是廚房了。一只鍋子底下燒著松木當作爐火。古朗一跛一跛地陪著我們走到廚房左邊的樓梯。她要我們把行李帶上樓稍事整理。這個開放式的房間面積與樓下一樣大，經過整理之後可以接待十幾個人。地上鋪的幾片席子就是睡床了。

尚堤對於這處下榻地的狀況感到尷尬。他搔搔頭，問我要不要再找其他地方。這個地方雖然儉樸，可是散發出的大方氛圍令我覺得安心，也讓我覺得自在舒服。「不用了，我喜歡這個經驗！」我想起自己剛抵達加德滿都時，還因為瑪雅的旅館而喪氣不已……我當時真不知道自己之後會遇上什麼事，而且還會從中得到樂趣呢！

我將包包放在一面小天窗底下的地毯上。我向馬地奧嘛了個嘴，示意我的旁邊有位置。他立刻過來。尚堤將他的物品放在我們臥榻的對面，並且讓他的團隊成員睡他隔壁。西姆發現大家要睡在一起，便一副開心的樣子。尼夏以眼神要他別興奮。這個年輕人的態度令我感動，而他的天真也觸動了我的心。

在快速地整理過後，馬地奧向大家提議到村裡逛逛，不過我寧願休息一下。他們在確認過我可以在這空間裡頭待得舒適之後，便離開了。我睡了一會兒。

古朗的姪女提芭把我叫醒。她問我要不要下樓去喝杯熱飲。我看了手錶，原來自己已經睡了整整一個小時。我開心地答應了，同時問自己的伙伴在哪兒。他們還沒回來。那名年輕女子笑著告訴我，男人都喜歡一起去酒吧勾引女人。我的心裡不禁有一股醋意。馬地奧離開的時候明明說過他們半小時後就會回來的……我感到不開心。

古朗坐在一根圓木上，凝視著我的眼。我向她擠出一絲微笑，可是她的表情依然專注。她以藏語對我說話。我轉頭看著提芭，她於是替我翻譯：

「我姑姑說他在等你。」

「誰？馬地奧嗎？」

「不是。是那個你過來要見的那個人。」她提高音調，語氣肯定地說。

提芭以同樣的音調，同步進行翻譯。

「你怎麼會知道呢？」

「因為我在夢裡見過你。」

這個那個夢境，終究讓我開始感到害怕。我不知道該說什麼。

她又說：

「無形的東西存在於一個眼睛看不見的世界裡，可是偶爾會以比真實更為真實的方式現身。你因為直覺所以來到這裡，你聽從你的直覺。一種獨特的力量讓你回應他的召喚，來到了這裡。」

「我感覺自己這兩天以來，一直追著一個幽靈跑。」

「那不是幽靈，而是另一種溝通系統。我沒有足夠的知識可以解釋給你聽，但或許那是言語所無法表達的。不過我就跟你、跟所有人一樣，可以感受得到。」

我聽了既是擔心又是懷疑。我雙手緊緊捧著那杯熱茶，整個身體跟著暖和起來。

她低聲開口說：

「你應該去見他。他正在等你。這很重要。」

「你認識他嗎？他跟你提過我嗎？」

「沒有，可是他在夢中指示過我。我的姪女會帶你去。那離這裡不遠。」

「你夢見了什麼呢？他有什麼話要告訴我的嗎？」

「我不知道他對你有什麼想法，我只是給你引路的中間人而已。」

「這一切還真可笑！」

「也許吧。不過你人也已經在這裡了。你不想知道他要給你什麼訊息嗎？」

她打手勢要她的姪女帶我去。我猶豫了。我覺得謹慎起見，應該先等那幾個男人回來才是。啊！反正……他們竟然丟下我自己去玩了。我一怒之下便決定跟她走。古朗給了提芭一些指示之後，我們便上路了。

我擔心地跟在提芭後頭，醋意在心頭反覆起伏。我開始對馬地奧生氣，也對尚堤生氣。他們怎麼可以丟下我不管？女人勾勾手搖搖屁股就可以讓他們什麼都忘了！我是發什麼神經要拋下一切來尼泊爾呢？我是來拿那個妙方的，結果整個人就卡在喜馬拉雅山區裡，收不到訊號，與世界斷聯。我意識到自己是如何頭腦不清楚！我的公司和同事該如何在我做了這麼不負責任的事情之後恢復正常運作呢？村莊裡，烹飪的香氣與從煙囪飄出的炊煙相互混合。我找尋著馬地奧的蹤影，每當經過一座茅屋，便會偷偷地朝裡頭看一眼。但是我只是白花力氣而已。我們走右手邊的橫向路，進入了一片枝葉更為繁茂的闊葉樹林，跨過了一個個的樹枝堆與一條條潺潺的流水。夜晚來臨，越是往山區的深處走，內心裡不安的感覺就越強烈。我那雙已經無力的腿開始感受到漫長的一天所累積的重量。

提芭在一處十字路口停下了腳步。看她遲疑的樣子，我明白她迷路了。眼前交會的四條路看起來幾乎一模一樣，很難從中選出一條路來。四周不見任何指示牌，這讓我們不得不理智。

我提議：「回去吧，已經很晚了，而且開始冷得受不了了。我們明天早上再試試吧？」我準備往回走，可是提芭抓住了我的手，提議找人幫忙就好。我緊張地乾笑。她狐疑地望著我。我對她說：「我們沒有任何方法可以聯絡得上誰，而且從出發到現在，一路上也沒有遇見過任何人。你以為我們可以找誰幫忙？算了，理智一點，回去吧。」我扯著她的衣袖，堅持要回去，可是她還是猶豫。

她定定地望著我的眼睛，說：「要是你能夠集中精神的話，我們就會成功。」

「要我集中精神？對什麼集中精神？」

「集中精神在眼前的交叉路上。我們一起閉上眼睛，安靜地在心裡問自己，哪條路能夠帶我們到目的地去。」

她的語氣直接、聲音堅定，不讓人有放棄的餘地。提芭閉上嘴巴，深深地呼吸，接著拉長身體，仰頭向天。這看起來真的太瘋狂了。他們這些人全都得病了。更糟糕的是，他們這病還是會傳染的。可是一部分的我似乎也入了迷。我感覺到了一股特殊的力量。我觀察著她的動作，隨後也閉上眼睛。我集中精神在那三條剩下的道路上，而選擇第四條路會是比較理智的作法。我試著去感受某種能夠指引我的東西，可是什麼也沒有。

一陣鼓翅的聲音打斷了我們。我們訝異地朝聲音的方向抬起頭。一隻老鷹衝出樹林，展翅往左邊飛去。牠沿著道路的曲折，低低地飛著，接著棲上了一顆石頭。牠轉頭看向我們而後再高高飛起。

眼前的景象深深吸引了我，讓我說不出話來。此時，提芭語氣肯定地宣布：「所以就是這條路！」

我走在她的身旁，同時遙望遠方，尋找著那隻鳥兒的蹤影。從刮擦過我們衣服的高草與高草之間，我們隱約看見小路驟然變得陡又窄，而且似乎沒有什麼人走過的樣子。我們心想，大概是走錯了路。

走著走著，一個九十度轉彎之後，提芭像隻動物一樣的抬起口鼻部位，到處嗅聞。

「你聞到了嗎？」我仰頭身深呼吸。

「沒有，你聞到什麼？」

「煙囪的味道。我們離有人住的地方不遠！」

她開始快步走。一間孤立的小房屋矗立在幾公尺遠處。新鮮的空氣送來了一陣焚燒木頭的大量蒸氣。我的心跳加速。提芭朝著木頭敲門錘伸出手。她喜孜孜地表示：「我們到了！」

可是我感到懷疑。

# 17. 混合物

我們經常只要遇到一點障礙，就會讓自己的看法變得狹隘。
——第十四世達賴喇嘛

當我發著抖準備敲門時，一名老婦人將門打開。當她看見我們時，毫無意外之情。她的容貌看起來像東亞人，大概是日本人或中國人吧。她的穿著證實我的直覺是對的：她穿著一件灰色亞麻和服，繫著一條橘色腰帶，搭上一件紅底黃花羊毛羽織（和服長外套）。她讓我們進門。

屋內空間的狹小令中央火爐的熱氣均勻散發。我與我的同伴張著凍僵的嘴唇自我介紹，同時向她表明來意。她沒等我們說完，便以簡略的英文說：「我丈夫在等你！」她接著摩擦我的背部，搓了我的左手再換右手，並且塞了一杯熱藥草茶在我的手中。她隨後轉身，對提芭重複同樣的動作，再讓她在牆邊靠火爐的位置坐下。

這位女主人邀我跟著她進隔壁的房間。比起來，這間房間略微寬敞些。一位老者巍巍顫顫地從扶手椅起身。「瑪耶拉，你好，所以你找到路來了啊？」我嚇壞了。「您怎麼會知道我的名字？您是誰？您是如何與我溝通的？您要我做什麼？為什麼您會做這一些事呢？」我話越說越大聲，而一連串混亂的問題正洩露了我內心的不安。我的雙腿抖得厲害，讓我幾乎站不穩。

那個男人拉住我的手。他拍去一張安樂椅上的灰塵，要我坐下。他臉上掛著一抹同情的微笑，坐進了他的扶手椅，再從書桌的某個抽屜裡拿出了一個菸盒，開始填他的菸斗。他先是看著我的情緒恢復鎮定之後，才開口回答我的問題。「我怎麼會知道你的名字呢？我聽見你進門來，向我的妻子自我介紹！我是誰？我不想太過簡化這個問題的答案。」他抬眼望著天花板，沉吟了一會兒：「就是我，這樣就已經不錯了，對吧？」

我的眼珠子都快掉出來了。我不安地聽他把話說完。我很快就注意到這個人習慣以「對吧？」作為句子的結尾，再神經質地眨一下眼睛。

「我想要你做什麼嗎？你千里迢迢來這裡就只是為了討一個答案嗎？那麼，你的問題是什麼？」

「什麼意思？你透過不知道什麼樣的詭計讓我來到這裡。現在我既然人已經在這裡了，結果您問我想要您做什麼？我從來沒見過您，也不知道您是誰……這整件事真的太瘋狂了！」

我倏地站起來。「不要再浪費時間了！」我的恐懼全化作了怒氣。我想起自己替羅蔓拿到的妙方。說不定這是為了偷走這份妙方所設的局。我緊緊抱著我的包包。當我準備走出這個房間時，他語氣生硬地命令我：「冷靜一點。請坐下，我們會一起試著把事情弄清楚，對吧？」他的聲音變得柔和，閉上的雙眼用力打開。他左手伸到臉上，撫摸著臉上的山羊鬍子——這簇長長的鬍鬚，令他的下巴看起來更長了。

「讓我們再從頭開始說吧。我名叫千加郎，住日本富士山附近。我一生都致力於科學研究。三個月前，我發現自己的曾祖父是在這附近的一座村莊裡出生的，於是決定到那裡待一陣子。七天前，我做了一個夢，夢見有兩個西方人上門來。所以我才會等著你來。結果你來了，對吧？」

「兩個西方人？」

「對，一男一女。」

「我是和一個朋友來的。他也做了和我一樣的夢。」

「所以我們三個人可以好好聊一聊。他人呢？」

我翻了個白眼。

「他寧願去玩。」

「喔……既然這裡只有我們倆，那讓我再問一次這個問題吧：現在我能幫上你什麼忙？」

千加郎顯得相當真誠。他的態度打消了我的不安。「我不知道。從這些日子以來，我什麼都已經搞不清楚了。」我把自己在這段期間所發生的事情全說給他聽，像是尚堤要我好好思考我的優先要務、學習新的概念、與身體達成協調、遇見傑森、與馬地奧邂逅——這件事似乎讓我更相信自己的創造性思維——而後是幻滅。我沮喪地下了結論：「我已經搞不清楚了。」

千加郎忙著用一只不聽話的打火機點菸斗，因此沒立即回話，而後才說：「所以你正走在正確的道路上。也就是通往幸福的道路。這不就是你所期待的嗎？對吧？」

「我們都在找尋通往幸福的道路！」

「並不是。許多人雖然這麼想，但是很少有人會認真地去找。那是一條唯有體驗過的人才能走上的道路。」

「以前呢，我的幸福就只不過是一個已經上手，並且讓我滿足物質慾望的工作。但是這幾天我發現原來不是這樣。我感受到了一些前所未有的情緒。只要起心動念，就會開始運作發揮。只是我深陷於自己的妄想之中。那個我認為已經愛上的男人並不那麼愛我。他寧願晚上和他的朋友或是其他我不認識的人去喝一杯。說到這，或許我只是一廂情願而已，畢竟他沒有給出任何承諾！」

千加郎吐了一口煙，沉思了起來。一會兒之後，說：「你知道為什麼有那麼多的感情一開始都愛得濃烈，到了最後竟不歡而散嗎？」我聳聳肩。

「我們都期待對方彌補自己的不足，對吧？只要我們不針對自己未獲得滿足的需求下工夫，我們就會把自己的期待投射在另一半的身上，甚至到了把對方理想化的程度。而他也會扮演起回應、維持我們自身缺點的角色。我們也從而進入了一種相互的依賴關係，而這種關係經常會在魔法消失的時候，以災難收場。」

「吸引力是個無法解釋的東西。它就源於一見鍾情之間，我們根本無法控制。」

「不完全是的。我們的教育、人生前幾回的戀愛、往來的人、個人歷史，都會影響我們心目中那個理想對象的形象。一見鍾情是愛上一個其外在符合這個理想形象的陌生人。儘管我們感覺這一切都是內心的行動，大腦是我們喜樂的中樞。當我們戀愛時感受到的那股電流，是一連串不同感官的化學與生物反應。大腦受到影響，釋放神經傳導物質，而後是激素，對吧？」

他的口頭禪，搭配著濃重的亞洲口音，談論一個我並不十分瞭解的主題，讓我無法專注。千加郎努力地逐字清楚發音，試著維持我的注意力。「視神經將邂逅對象的形影傳送到大腦皮層，啟動了不同的現象，像是心跳、臉紅。我們的表達變得混亂，只能結結巴巴說話。因我們想望的對象所分泌出的費洛蒙進入了鼻腔，活化了嗅覺神經元，讓大腦產生情緒，所以這代表氣味會吸收、滲透入我們的精神思想，對吧？」我專注聽完他的話，點頭同意。

「音波振動了鼓膜。聲音變得具有吸引力、讓人興奮。一開始的碰觸會傳送電流至末梢神經。電流沿著脊髓到大腦中樞，釋放腦內啡，也就是愉悅的神經傳導物質。當我們戀愛時，大腦的十二個區域會開始活化，釋放出這些欣快的化學分子。這種神奇的混合物，性質近似某些藥物，像是海洛因或鴉片，這就是為什麼我們會覺得『輕飄飄』的。」

「神奇的混合物？」

「是的，過度分泌的激素，像是會刺激大腦活動，讓睡眠與食慾減少的苯丙胺（安非他命），或是造成過動與興奮的多巴胺。還有會造成欣快感的苯乙胺、神經生長因子（在一段愛情關係初期會增加，但是最多只持續一年的某種蛋白質）、或是黃體生長激素（也就是慾望激素），對吧？」

「啊！這些物質我都不懂，可是我現在倒是比較明白為什麼自己會抑制不住地開心了。」

「當我們看見我們想望的對象時，大腦會接收到正面且放大的信號。對方的缺點會自動消失，取而代之的是吸引我們接近的優秀典範。我們的意中人成了世界的中心。」

「是啊，沒錯！我讓自己盲目了。」

「性行為與歡愉又增強了激素的釋放。舒暢的狀態到達了最高點，從而令我們暫時感受不到身心的不適，也帶來想要再來一次的渴望，對吧？」

這個嘛，我不知道……我又沒有時間和馬地奧一起體會……

「不過大腦習慣於反覆的排放激素，導致我們神經元的接收器對於不同的激素失去了敏感度。在半年到三年的時間左右，靈丹妙藥的魔力逐漸消失，意中人的全部特質也開始展現。一見鍾情的激情終於消失，換來理性真誠之愛。」

「或是因為沒能再擁有這些感受而分開。」

「是的。失落與沮喪開始出現，對吧？」

「真浪漫啊！我寧可相信靈魂伴侶。」

「愛情源於對於自我所做的努力；接受自己與對方的本質；相互的支持。只要你心有恐懼，你就不能去愛。你會讓自己憤怒，也會受制於那個阻擾你去珍惜的小我。」

千加郎站起來，打開一只上漆木頭五斗櫃的抽屜，拿出了一個火柴盒。他劃了火柴，點燃一根蠟燭，將蠟燭放在書桌旁的單腳小圓桌上。燭光的光暈在這個黑暗的空間裡，創造出了一個隱密的小空間。

「那該怎麼做呢？難道我注定一輩子孤家寡人嗎？我能夠感覺到恐懼與憤怒，我也沒辦法趕跑我的小我。所以，這表示我永遠都找不到真愛了嗎？」

「你不需要去找，因為它無所不在。你看不見它，可是它一直沒有離開過你。它會改正自身的不完美之處。愛是唯一真實的存在狀態，一切都需要有愛才能存在，對吧？」

「那要如何才能看見眼睛看不見的東西呢？」

「就從感受開始吧。**想要感覺被愛，就必須欣賞自己**。想要給予某樣東西，就得擁有那樣東西。你不能給人自己所沒有的東西，對吧？你不能夠接收不同的振動頻率。想要體驗愛情，就得擺脫阻止愛情表現於外的層面，也就是負面情緒。想要體驗愛情，就得從瞭解愛情的本質開始。對許多人來說，愛情是兩個個體間的吸引力；而這種吸引力強烈到心裡只會想著對方。」

「事實上是這樣沒錯。我心裡只想著他。」

「你只體驗到了某種愛情的限定版本，而且你注定會感受到某種的不穩定。你藉著擁有自己想要的東西，彌補自己的缺失與孤單。當那個東西再也無法滿足你的期待，你的感情就會轉化成怨恨。你把感情的付出與收回當成獎賞與懲罰。但是那跟愛情根本八竿子打不著，因為愛情是無條件的。當你處理好了自己的傷口之後，你就可以給予與分享自己的本質。要是你以為自己以外的東西能夠讓你幸福的話，那你就中了圈套。你幸福，是因為你的內心充滿了幸福。」

「那要怎麼做才能讓內心充滿幸福呢？」

「愛情無所不在；在每個東西、每個存在、我們當中的每一個人之間。我們的恐懼源於對恐懼的無知。這個世界看起來充滿了未知數，而我們也感覺到了攻擊。可是呢，在這數千年當中，地球在這個宇宙之中進行演化，也未受到任何行星的撞擊。你要怎麼解釋我們為何在這些時間當中還能夠一直存在呢？一種有機的智慧為我們提供保護。要明白，儘管我們身邊處處有威脅，生物依舊能夠存活延續，而這已經是覺悟的開始。承認自己是整體的一分子，發生在我們身上的，只會是最美好的事情，就是內心深信我們是安全的，而且是被深深地愛著的，對吧？我們沒有任何理由擔心。」

千加郎以眼神示意我察看那根蠟燭。

「讓我們一起來感受在我們內心搖曳的小小火焰，並且把精神集中在那上頭吧。」

「因為過往，我學會時時謹慎提防，也讓我自己避免犯下同樣的錯誤。」

「讓我跟你說我如何改變看待自己與他人關係的三個關鍵吧：第一個是：你從來就不是你眼見的這個世界的受害者。想要獲得內在的平靜，就必須帶著善意看待這個世界，而不是當它是個威脅。還有，除了愛之外，別保留過往的經驗。餘下的東西都是無用之物，而且只會讓你的內心充塞著錯誤的信念。過往會從恐懼的角度，對事實進行刪節。」

「事實上呢，我有聽過這個說法。我們都有用愛或是用恐懼看待這個世界的選擇。」

「而事實上呢，無論是用愛或是恐懼看待這個世界，我們都是要角，而且都有責任得負，而不是受壓迫者，對吧？」

「我也學到了恐懼並不存在這個概念。」

「是的，這就是為什麼每當我把自己當成代罪羔羊時，就會不斷地告訴自己，唯有我的眼光與充滿愛的意念才是真實的，其餘的全都不是。」

「您認為相對於馬地奧，我把自己當成受害者是嗎？」

「當然了。你覺得自己是受害者，想當然耳可以對他生氣。」

「但是您也得承認他的行為真的令人失望了！他會為了第一個向他示好的女人而忘了我。」

「你真的這麼想嗎?」

「我猜的。」我理所當然地表達自己的失望。

「你讓我覺得應該直接跳到第二個關鍵:停止所有的假設!當我意識到自己詮釋起他人的作為和想法的時候,便明白自己失去了一大部分的能量。我相信自己的假設就是真理,從而創造出並不存在的問題。我對自己的劇本主角生氣;寧願講對方壞話而不是釐清狀況。今天晚上,你看到馬地奧的身邊有別的女人了嗎?」

「沒有,不過聽說村裡的女人很會逗男人開心。」

「這只不過是假想而已,對吧?與其詮釋,你應該要等著瞭解真相。男人的想法很厲害:對我們來說,為自己的不愉快找藉口於是怪罪某個外在行為,比接受不確定的事物還來得簡單!」

我垂下眼。

「那怎麼做才可以不要這樣呢?」

「這就是第三個關鍵的目標了。我是直到不再批判所有發生的一切,才擺脫為自己找藉口的需求。我花時間裁決所有發生的一切:這個好,這個不好。我也會裁決他人;裁決他們的優缺點。我以批評的眼光看待擋我路或是讓我失望的人,對吧?如果想要身心能夠安適,就必須以善意的眼光看待世界,並且拋下評斷心。如此一來,我們就不再需要爭什麼對錯了。」

我雙手捧著頭，按摩起太陽穴。要我放下評斷心，這簡直是不可能的事。

「這是一個時時刻刻都得進行的練習。當你驚覺自己正在批評時，請用好意的想法來取代批評的想法。當你感覺到了來自於說話對象的挑釁時，請觀察他所發送的苦惱訊號，不攻擊他，而是將愛的意念傳送給他，讓他安心。我們的本質是彼此相愛，對吧？」

燭芯的小火焰開始閃爍，並且隨著燃燒時的劈劈啪啪聲搖曳。

千加郎注視著燭火，訝異地說：「啊，我們要有訪客了。」他愉快地低下頭，以拇指與食指抹了抹嘴唇。我驚訝地望著他，接著豎起耳朵注意著隔壁房間的動靜。什麼也沒有。

他先是沉默了一會兒，而後說：「有一天，一位名叫鈴木俊隆[13]的日本禪師為兩個人面對漂亮花朵時的態度進行比較。第一個人想要把花剪下，插在花瓶裡據為己有。另一個人則是想要與花達到和諧的境界；想要也成為一朵花。」

門上沉重的敲擊聲打斷了這首詩。

---

13 鈴木俊隆（1904-1971）：日本禪宗大師之一，他在美國創建了七座禪修中心，為美國的佛教發展帶來影響。

# 18. 明鏡

哪一個你，哪一個我，敢大膽地不視別人為威脅？
——法國歌手，巴提克·布紐爾

我認出馬地奧的聲音問我在不在這裡。他如釋重負地吁了一口氣之後，進到房間來。他直喘著氣。我可以感覺得到他的心臟猛撞著胸口。

他低低地說：「你還好嗎？」我被他抱得快喘不過氣來，根本沒辦法回答。他似乎嚇壞了。千加郎咳了幾聲，提醒他的存在。馬地奧放開了手。他順過氣來，對我說：「我好擔心你啊。古朗告訴我，你們倆在夜裡獨自外出，我就跑到這裡來了。」

他擔心我耶。我知道很蠢，但是這個想法讓我的心情平靜許多。我心裡壓抑住的怒氣，在他的話語裡消失無蹤。我察看他的脖子，尋找著吻痕或是其他線索；我嗅聞著他瘋狂奔走後所散發出的身體熱氣，可是並沒聞出陌生的香味。我沒有將內心的不快展露於外，只是微微地對他表現冷淡。「尼夏被狗咬了。我與尚提和西姆背他到隔壁村去找醫生。雖然只是皮肉傷而已，但就怕染上狂犬病。」

我聽了好羞愧。我轉頭看著千加郎。他正注意著我們的舉動。他笑笑地輕聲說：「你並不是如你想的是受害者中的受害者……所以請不要再有任何的詮釋……也別評斷所發生的任何事情……你將會感覺到，在因為痛苦而不安的情緒背後，會是平靜安詳，對吧？」他站起來走向馬地奧：「很高興認識您。我正在等您大駕光臨呢。需要我幫什麼忙嗎？」

馬地奧愣愣地看著我。千加郎指著房間最裡頭的那張椅子，示意他在我們旁邊坐下。隨後，這個老人開始說明緣由。馬地奧在短暫訝異過後，便向千加郎表示，自己對於這十年來與傑森的研究成果：大腦轉化的能力、提升振動頻率，以達到創造與治療功效的可能性，以及透過科學統一性的證明有信心。千加郎認真地聽他說，看起來對於這些話題並不陌生。他從數學接著是物理學的角度，在科學上支持、闡述他的研究。而我因為先前傑森的解說與自己的經驗，所以大概聽得懂。這場討論的重心是合一。兩個男人從各種形式對合一進行論證。

馬地奧想知道讓這個事實可為眾人所見的方法。如何將人類的關係朝這個事實轉化？

「讓它融入日常生活的唯一方法，就是經歷它、感受它。」

「那您有找到了解決方法嗎？」

「我們都活在一個龐大的矛盾之中。科學證明了我們每個人都是相互連結的。我們的自動化思維系統慫恿我們進行區別，讓我們因而有了妄想。所以請停止相互比較，並且去發現我們都是一樣的。個人主義讓我們找到花招去評定自己對他人或是他人對我們的尊敬等級，像是金錢、身高體重、性別、膚色、國籍、年紀、教育、學識、穿著打扮、思考推理與行動方式等等列也列不完的項目，畢竟我們會花時間讓項目變得精細！我們沒辦法測量兩個完全相同的東西，因為那是同一個東西，對吧？比較把我們封閉在匱乏的信念裡，但那是一種錯誤的觀點！而合一給予我們豐盛、完美、覺察到自己擁有一切，毫無匱乏，因為我們是無限的、圓滿的。」

千加郎話說得慢，不讓我們分神；我們都聽得入迷。

「無數個世紀以來，我們人與人之間是分歧的，對吧？要明白有另一種不同的思考與行動方法，讓我們得以進入一個有別於我們個人系統的場所。一個已被我們遺忘的內在空間。想要進入這個空間，就必須針對語言與理解力，進行徹頭徹尾的改變。想要與這個新世界溝通，我們就得放棄區別的自動性，好讓我們能夠與所有的人事物連結。改變的關鍵就在於一個簡單的概念，那就是從相似性的意義進行思考，讓我們由尋找差異轉而尋找相似之處。讓我們問自己這些問題吧：『在我們覺得差異很大的東西當中，什麼是相似的？』與其讓小我為了確保自己的不同而批評他人，我們的目標是尋找我們的共同點以獲得和諧，對吧？」

我語氣肯定地說：「等等！我並不同意。我們每個人心裡的運作方式各有不同，不是嗎？我的某些反應，某些人並不會有。比如，某個批評會令我受傷，但是卻不會對你們造成任何影響，因為你們的過往、經歷、敏感度甚至環境，都與我不同。」

「讓我們學會明白，讓我們受傷的，是我們內心未經處理的陰影區，對吧？當我解決了自己的問題之後，外界就沒有什麼傷害得了我。只有自我或許會覺得受到侮辱所以反擊。」

我坦承：「我一直都分不清哪些是我的小我的作為。」

「小我其實很容易辨認。它總是會讓你覺得自己是對的。它會評斷並且定罪。我們每個人都有同樣的動力。當我侵犯某人的時候，就等於攻擊我自己，並且因此而受苦。你讓別人所承受的一切，你也會承受得到。我們都是一個單獨個體，甚至是實體。」

我懂了：「這讓我想起我學過的教義：『愛鄰如己』。我是無神論者，對於和神的關係沒有興趣呢！」

「你不需要信神才能瞭解物理。當我們讓兩個纏繞的電子分隔幾千公里遠，當其中一個電子起了反應，另一個電子也會起相同的反應。這裡有兩個解答。一個是訊息以無限的速度旅行——我個人並不認同；另一個則是兩個物體儘管分離依舊保持連結。在宇宙大爆炸發生之前，也就是一百四十億年前，一切都是一體的，對吧？我認為從那之後，一切都沒有改變，一切還是相互連結。我們中間的距離只不過是心智的幻覺。小我只有在定義自己是獨立於眾人之外時才會存在。我們以為我們是分散的，但其實那只是一種感覺而已。我們從來都是整體的一員。物理也如此證明。我們都只不過是能量而已，而這個原子的集中體讓所有一切成了一種龐大的智慧性振動。這就是為什麼我們的行動會對我們身旁周遭的人與我們本身造成影響。」

馬地奧就千加郎提出的這個論點：我們內心未處理的陰影區會造成我們的痛苦，請他再深入解說。這位日本人叼著菸斗。他凝視著燭火，溫柔平靜地說：「我每次感到害怕的時候、評斷的時候、講別人壞話的時候，就是受到小我掌控的時候，對吧？那時，我就離棄連結。我想要保持唯一僅有。」他看著我，又看著馬地奧，而後加重了語氣：「想要找回人與人之間的和諧，只需要把對方當作禮物一樣對待，因為他是我們的明鏡，替我們打開理解之門。」

馬地奧由下往上地撫著鬍鬚。

「您要說的是，我們受到別人傷害其實是幻覺而已？對方只不過反映出我們未調節處理的部分？」

「完全沒錯！我從來就不會因為自以為的理由而不高興。我發覺外在環境會影響我的感受。我的情緒依外界而定，而我只是為了回應身旁的人而活。舉例來說，天氣好的時候，我的心情就好；下雨的時候，我心裡就難過。要是某人對我微笑，我就覺得有人愛；要是某人對我冷淡的話，我就覺得被冒犯。要是我的同事稱讚我，我就會開心得充滿活力，也會更重視他；可要是他批評我的話，我就會反擊。」

我心想，這就是我的狀況啊。

「於是我問自己，如果我的假設是對的話，要是我認為外在事件只不過是我內在的反映，所以改變了假設，那會如何呢？當我們的心境平靜而幸福時，世界就像是對我們充滿善意，一切都很順利，我們也會充滿幸運。反過來，當我們陷在內心的恐懼裡時，世界就會顯得陰鬱，人們也會像是充滿了攻擊性。我們會覺得一切就像是聯合起來對付我們，對吧？於是我明白我的生活是我的意念與心境的反射。在這兩種狀況當中，重要的是觀察到自己與某種事實或是某個人，在某種意義上有連結。在第一個假設當中，我們是被動反應；認為外界引導著我們的生活，於是忍受並採取防禦系統。至於第二個假設是，我們主動讓事情發生並負起責任；我們也明白自己內心的安適取決於自己，而非任何外在的事件。因此也沒有必要尋找怪罪的對象。」

馬地奧引伸了千加郎的解釋：「當我對其他人微笑、體貼、親切、平和的時候，他們會對於我的存在感到放心，不會為了保護自己而進行攻擊。他們會對我微笑，對我做出親切的舉動。當我對某人表現出冷漠、多慮、憤怒、傷心或是嫉妒的態度時，他們的不安全感會賦予我粗暴的形象。我的行為就如同一面鏡子，反映出我的內在狀態。」

我問：「難道你們不認為某些人就是想要傷害你們嗎？」

「如果從小我的窗子看出去，當然有了！」

馬地奧分析：「如果我接受這個科學證據：他人只不過是自己的一部分，反之亦然，那就沒有所謂的他人了，而是只有一個人，是嗎？」

千加郎點頭。

「假設我們還是只能從小我的角度看事情的話，就不可能接近真相了，因為我們會堅持分隔的表象。而這也是我們的狀況，對吧？如果改變這個假設，認為自己如今日科學所證明的那般，一直都在完美的合一當中，所有的其他人都會變成鏡子；是讓我們得以面對內在不安的禮物。我也因此可以針對自己的恐懼與匱乏下工夫。」

「這意思是，我們幾千年以來都活在無知當中。合一的概念似乎頗為瘋狂，而且遠遠超出我們的理解。我知道已經有科學證明，可是我們真的可以打破長久以來根深柢固的習慣嗎？」

「我們該回答的問題是：我是否已經準備好要以不同的觀點看待事情呢？我是否想要不再視自己為個體呢？我透過自己的獨特性而非愛看待一切，要如何放下這種觀點呢？那是我的慾望嗎？我們希望活在恐懼裡，與所有因恐懼而起的反應共處嗎，還是想要找回內在的平靜呢？」

我開始擔憂了起來。

「我們是為了要體驗這個全新的次元，所以注定得死亡嗎？」

「當你早晨醒來的時候，你沒有死，你意識到你的夢境是你的一部分，可是你不是你的夢境，對吧？我要說的這個假設也是一樣的東西：當你醒來的時候，你發現自己是整體的一部分。而你在分支時所以為的真實，只不過一場夢魘。你不需死亡才能從夢中醒來，只要覺察，再改造你的觀點就可以了。」

馬地奧轉身對我說話。他將千加郎的觀點與傑森的研究連貫起來：「當我們推開恐懼之門時，就像是在絕對的合一之中沉睡，並且在幻想的世界裡進行改變。我們都活在夢裡，卻以為那是真實。」

我看著馬地奧，接著是千加郎。怎麼可能呢？

「當我們作夢的時候，有什麼比夢還真實的嗎？我們只有在醒來的時候才會有所察覺，對吧？真實在一邊，幻覺在另一邊。我們只能覺察到外表，因為小我在我們的眼前罩上了一層紗。它為了生存，於是阻止我們接近自己的本質。它讓我們與事實保持距離。我們都只是那個擁有相同DNA的個體。每次的不快都讓我們學習到了該努力的事項。小我會第一個跳出來反駁所有問題，並且把錯怪罪在某個有錯之人的身上。它錯了，但是我們還是跟從它，所以痛苦才會持續。每當某個類似現象發生的時候，痛苦就會出現，可是我們不能靠他人獲得幸福，因為改變他人就等於回應了小我的原始需求：控制與主宰。當某件事情並不如『我』所願，『我』就會沮喪。小我歸結一切都很完美，問題都只來自於外界。」

「當某個人冒犯我或是傷害我，問題就來自於對方啊？」

「我們該把對方想得跟我們一樣完美。要是某件事情讓你痛苦，就得從內在解決這個衝突，對吧？在路上拋錨，然後想辦法找車子本身以外的理由也是一樣的。你可以怪氣象、怪路況、怪你的妻子或丈夫做了什麼、怪路人、怪代理商或是任何你想要怪罪的人，可要是你沒把心思放在車子上的話，那麼這輛車也就沒辦法再開。目標是什麼？我們遇到問題，是為了挽回面子，於是爭辯眼前境遇並不是自己的錯，還是讓車子可以再發動呢？當我因為某個人對我的批評而難受時，我可以藉著將痛苦視覺化成不同的感受，將注意力置放在對方與我的相同之處——而非相異之處——以脫離現狀。感覺自己與他人相似，讓我們得以摧毀這個主宰／被主宰、高等／低等的機制。對於眼前狀況，觀看但不評判，我們就可以透過鏡像遊戲瞭解自己希望在內在培養什麼。

「不評判很難。當我遇到某個人，我會感覺跟這個人合不合。我認為不需要跟某些人浪費時間。」

「我也可以用不同的方式看這個狀況，對吧？某些人讓我面對自己未處理的問題；他們讓我走出我的舒適圈，而其他人則是讓我聚焦在自己身上。當我們認識新的人時，會有三種不同的態度。我們或是感受到一股強烈的吸引力，或是立即的排斥，又或是冷漠——前兩者經常是最明顯的。讓我們起反感的人，其實會喚起我們本身不得不痛苦承認的部分。假設我無法忍受看不起我，自以為什麼都懂得的人，或許是因為我還沒有處理好自己的自卑感，所以我很難承認自己進行對話時，能夠如他們一般思緒敏捷、口才流利。或者，我無法接受厚臉皮的人。為何不承認自己為自己的嚴厲所囚禁呢？我希望能夠給自己更多的自由，可是我的教育不准我這麼做。一見鍾情也是同樣原理。別人所吸引我們的，其實是我們自己某部分的雛形，也就是我們想要獲得成長，但是找不到途徑的部分，對吧？縈繞在我內心的，是我最真切渴望的表達。我們所尊敬的人經常是我們的人生榜樣。當我們意識到他們所吸引我們的，其實是我們自己的一部分，我們就能夠看見達成目標的方向。」

千加郎沒說話，以便讓我們能夠有時間吸收他的論點。馬地奧大聲地說出了重點：「我用歡迎最棒的禮物的心情對待別人，因為他給了我一面明鏡，揭示出了我的意識與良知。我們以為自己與他人不同的部分，其實是我們與他人相同的部分與我們的陰影區。我的意念與我的行動都會與映出我自己的對方直接產生共鳴。我可以看清自己是什麼樣的人，不需要再欺騙自己。」

千加郎語氣肯定地說：「一個小我不可能接受，但是對於理解真相卻是不可或缺的事實。」

千加郎看了手錶，站了起來。「時間很晚了，你們該回去了。」

夜幕低垂。黑暗中，兩只手電筒指引我們的腳步。刺骨的寒冷讓我們不得不快步前進。從嘴裡冒出的霧氣，在月光下，成了細細的亮粉漩渦，旋進了夜裡。

我們的歇腳處的燈火照亮了黑夜。整屋子的人都睡了，除了等著我們的尚堤。當我們一進屋，他才鬆了一口氣，並且端上熱湯給我們。我冷得全身打哆嗦。我問起尼夏，他已經睡了；雖然傷口並不深，不過被狗咬這件事嚇到他了：當他們從村莊往下走的時候，碰到一隻小狗，尼夏靠近想摸摸牠，卻沒注意狗媽媽已來到他身後，立刻咬住他的小腿肚……幸好他們在隔壁村莊找到醫生替他打預防針。

接著換我向尚堤敘述古朗給的訊息、與她的姪女的冒險、在鳥兒身上出現的巧合、與千加郎會面的狀況。尚堤急著想知道千加郎告訴我些什麼。我垂下眼，對於自己像個被拋棄小孩般的使性子感到不好意思。「因為一直沒看到你們回來，我就開始生你們的氣，尤其是馬地奧你，所以我就出門去了。我以為你身邊會有個漂亮的女人陪，畢竟聽說這個村子一直有這樣的名聲。」我偷偷地看了他一眼。他挑起了眉毛，一臉訝異。他揚起了微笑，握住了我的手。我深深呼吸。「在你到那裡之前，千加郎解開了我對於感情關係的疑惑。他向我說明，我們都把愛情與小我的幻覺搞混了，而且小我會利用愛情滿足自己的需求。小我會把感情當作懲罰或是獎賞。它掃描確認自己缺乏什麼，然後就會令心愛的人把它缺乏的東西給理想化。想要享受愛情，就得明白自己的欠缺，並且驅除內心的恐懼。」

這兩個男人聽我說話。我花了一點時間整理自己的想法，然後背誦出自己所獲得的忠告：「他給了我三把理解的鑰匙，好讓我離開痛苦。第一把是：我們從來就不是如同我們所想的，是這個世界的受害者。**透過辨識出內心的恐懼，我們就可以察覺那些恐懼會對我們所感知的世界抱有偏見，因為恐懼只不過是幻覺而已。**所以我們是自身感知的受害者。第二把是：面對某個情況時，不做任何猜想。在等待獲得明確的解釋之時，得排除所有折衷的詮釋。第三把是：不去評斷所發生的事情。我們不做批評，接受他人的全部，人與人之間的連結將會變得堅不可摧，對吧？」

馬地奧微笑。尚堤點頭表示贊同。「然後你就來了。」我朝馬地奧的方向伸出手，示意由他來說話。

「我和他聊了我們的研究，他聽了並沒有感到訝異，因為他也深信絕對合一。他從人事物都有連結、我們都是一體的原則為出發點，讓我們面對我們所置身其中的矛盾。分別的錯覺會令我們無法得到幸福，因為分別並不存在。為了確保人與人之間的和諧，我們就該接受事實，並且依此行事。如果我們的假設是與宇宙合一，那麼，我們就得將心神專注在研究我們的相似之處，而不再是我們的差異——我們的差異其實是虛幻的；是小我為了確保生存，所維持的表象。我們在尋找相似處的同時，也會找回我們的本質。我們在接觸第三者時所感受到的痛苦，正呼應了我們所未處理的問題。他人，是我們的反射；是生命中的禮物，讓我們得以理解自己的陰影區。」

尚堤點頭。他退後坐回椅子上，雙手手指交疊地扶著脖後根。爐子裡，木柴燃燒的劈啪響聲，刺破了我們沉思時的沉默，直到尚堤喃喃地說：「對了，就是這樣……他人即是我們的明鏡！」

我看著馬地奧。在他的眼中，我看見了自己的倒影。

# 19. 陰影區

見賢思齊；見不賢而內自省也。

——孔子

我醒來了，姿勢還是跟入睡的時候一樣：依偎在馬地奧的懷裡，心臟貼著他的胸膛怦怦地跳。

尼夏斷斷續續的如雷鼾聲，讓我們在入睡前狂笑了幾回。睡在尼夏身旁的西姆用枕頭摀住了頭。至於尚堤呢，他一直注意著這兩個叔姪是否打擾到了我們，並且不時地搖著尼夏，阻止他打呼。馬地奧臉上露出了擔心的表情。我看著他。

我輕聲問他：「你在想什麼？」他訝異地回過神來，對我微笑。「我在等你睡醒。」我吻了他的脖子，接著坐起身子，以眼神尋找著我的旅伴。他們都不在。我專心聽著樓下的動靜，認出了屋子主人，以及尼夏與西姆的聲音。

馬地奧挪開了讓我的頭給壓麻的手臂，同時動動手指，讓血液流動回復順暢。

「你睡得好嗎？」

「應該吧？」我摩擦著他的手臂回答。

我轉身趴在他身上吻他。他沒抵抗，可是我感覺他有心事。我問他。他並不正面回答。「我們應該要準備一下，今天得走一整天的下坡路。」

他把我們的行李拿到了門口。太陽已經升起。西姆與尼夏也已用完早餐。古朗為我們端上早餐。我問尼夏腳上的傷如何，他說他的腿經過了一夜的修復，所以好多了，要我不用擔心。他讓我看他的傷口，可是我覺得傷勢並不如他所說的輕微！

尚堤一大早就出門了。他敲了兩下門，沒等回應便直接開門進來。早晨的他總是容光煥發。他凍得四肢僵硬，連忙走向火爐。他出去確認便道能否通行。要是能的話，我們就可以更早到莫迪科拉河谷，而後再走到甘丹村。不過還是得依尼夏的狀況而定。

馬地奧替尼夏以繃帶包紮傷口。西姆在一旁關心地看著。我說：「大家可以平均分擔他的行李。我可以自己背背包。」尚堤拒絕：「我們已經減輕了他的行李重量。西姆再多背一點行李沒問題。」

我堅持：「我也可以。我可以抬幾公斤的東西。」

我不給尚堤選擇的餘地，直接拉著西姆到外頭去重新分配背負的重量。我拿起綁在尼夏行李上的我的背包。尚堤跟在我們後頭，試著說服我放棄，可是我的態度堅決，他只好打消主意。西姆細心地幫我把剩下的東西裝進我的背包之後，幫忙我背上背包。我們已經準備好了。尼夏一跛一跛地走出來。他找著他的行李，最後發現在尚堤的背上。他連忙過去拿，但是尚堤斷然地阻止他：「要是你拿我的包包的話，你就得背其他人的，因為每個人的包包裡都有你一部分的行李。」

尼夏一個一個地看著我們。他拜託我把我的行李給他。我堅決拒絕了。我把拐杖遞給他，說這樣可以減輕我的負重。淚水沿著他的臉頰滑落。我緊緊抱著古朗與她的姪女。她們向其他人致意之後，祝我們一路順風。

整個早上，我們走了一段又一段的階梯，穿越過層層梯田。幾次短暫的歇腳，讓我逐漸習慣背上的重量。馬地奧幾次想要幫我拿背包，讓我輕鬆一點，可是我不願意。尼夏很勇敢，他默默地忍耐疼痛。儘管馬地奧讓他每隔兩小時吃一次止痛藥，我依然好幾次無意中發現他痛得表情都扭曲了。

我們在一間停靠在河邊，由四片木板搭成的簡陋小飯店中用午餐。兩名農夫問我們要不要花幾盧比買一碗自家白米扁豆蔬菜湯。我們在一塊正對著瀑布的岩石上品嚐著餐點。之後，大家很勉強地重新上路。我們走在一條長長的厚木板橋上，穿越了莫迪科拉河谷，然後往高處走向甘丹村。甘丹村是這個地區裡最古老的村莊，村內建築都保留著原來的風貌。看起來闊氣的乾砌石屋裡，住的是古隆族人。

尼夏冒著大顆大顆的汗珠，尚堤提議在村子入口處的一間小旅館裡過夜。我點了涼飲給大家喝。馬地奧讓尼夏在一張椅子上伸直了腿，然後取下包紮的繃帶。傷口因為摩擦而紅腫發炎。馬地奧仔細地清理尼夏的傷口，再讓他吃消炎藥。

馬地奧邊收拾醫藥包邊對尚堤說：「今天走到這裡就好。我不想他傷口感染得更嚴重。」尚堤點頭。「我們明天清晨就出發，好在傍晚前抵達博卡拉。明天也會有好長的路要趕，不過我們可以的。」

西姆和尚堤幫忙扶尼夏到房間裡。時間已經是下午四點。在沖過澡提振精神之後，我與馬地奧與尚堤決定到村裡參觀。西姆要陪他的叔叔。儘管馬地奧表示並沒有大礙，西姆還是很擔心。

我們沿著一條碎石路走到了村莊中心。尚堤說明古隆族是尼泊爾中部最大的高山族之一。著名的廓爾喀傭兵團其主要組成分子便是古隆族人。這群菁英戰士現今為英國軍隊、印度軍隊、新加坡警力效力，也參與聯合國的軍事任務。

馬地奧走在我身旁。我們的身體距離近到我心裡又是興奮又是激動。每一次他的手拂過我的手時，我便心跳加速。我覺得他這個人很棒、很體貼、很聰明……顯然我是戀愛了！

這一天，我們很早就吃晚餐。馬地奧到房間去看尼夏，同時為他進行當日最後一次的治療之後，便到花園與我們會合。我與尚堤邊欣賞著星空，邊啜飲著一杯高粱酒。在山上經歷過低於零下三十度的酷寒摧殘，零下出頭的溫度對我們來說就像夏季。

明晚在博卡拉，就是我們在一起的最後一晚。到了隔天早上，馬地奧就要出發到加德滿都去，而隔四個小時之後，尚堤也會陪我搭飛機到瑪雅的旅館。馬地奧在抵達加德滿都的當晚就要回歐洲。我知道分別的時候會很痛苦，所以我運用了尚堤教我的方法，讓自己不去想。我不想破壞與馬地奧與其他伙伴共處的最後時光。我將心思轉回在當下。尚堤希望我們倆能夠好好地共度一晚。馬地奧固執地看著我。「怎麼了？」我喉頭一緊，低聲地對他說。他一口氣喝完杯裡的高粱酒，一語不發地牽著我進他的房間。我就像一個期待進行第一次體驗的少女一樣，身體僵直卻又火熱地跟著他走。

他關上我身後的門，而後吻我。他將他的羽絨睡袋鋪在床上，接著邊把我往床上推，邊細心地扶住了我。他開始脫我的衣服，而我的身體迫不及待地等待著他雙手與嘴唇的愛撫。我再也控制不住自己，深深地陷入了這場浪漫的瘋狂。

§

我們擁抱著彼此醒來。儘管睡眠短暫，卻渾身充滿了精力。我覺得自己已經煥然一新，在如此短暫的時間當中放開了自我，讓我情緒激昂。或許尚堤教我的原則讓我進入了陌生的次元吧？我不知道。可是一切都開始轉化。

馬地奧鬆開手，對我微笑。他以指尖拉開了窗簾，太陽還未升起，但也是一時半刻的事了。我靠著他赤裸的身體，盤腿坐起。

我望向遠方，期待著這一天是一個全新生活的初始。陽光穿透了安娜普納峰。我擁住他抱著我的雙臂，兩人交纏的手指鞏固了彼此的交流。在我們的無語沉默之中，時間似乎停住了。

尚堤宣布半小時後出發，結束了我和馬地奧的親密時刻。我到浴室去，當我發現除了冷水別無選擇時，一分鐘就沖好了澡。馬地奧也是。我們擁抱彼此以暖和身體，再穿上保暖的衣物。其他伙伴已經在等我們了。他們的親切微笑讓我不再感覺尷尬。

尼夏已經好多了。馬地奧給他比較強效的藥，讓他可以應付這一天的長時間步行。吃完早餐之後，尼夏重新包紮了傷口，我們便上路。

我們沿著下坡路走到了畢瑞丹提。尼夏堅持要幫我背背包。他走在西姆之前。西姆在為他唯一的親人擔心了這麼久之後，也終於恢復開心的模樣。我跟在馬地奧後面。尚堤在後面壓隊。

當我們到了海拔一千公尺以下的位置之後，腳步開始加快。坡度緩和，氣溫宜人。我們腳步輕鬆地往前走，直到過了中午，在一家小飯館停下吃午餐。

當我們即將出發的時候，蓄水池從屋頂往下衝。這不牢固的設備連帶扯下了一部分的屋頂，幸好沒有人受傷。尚堤、馬地奧、尼夏與西姆連忙上前幫忙店主與他的兒子把水槽擺放好。與此同時，一名年約五十多歲的西方婦女操著英語大吼大叫，自一樓的某個房間走了出來。她的丈夫跟在她身後，試著勸她不要生氣。他拉著她往我的方向走來，希望能幫上一點忙。他的妻子看到我，如同看到浮木一樣，緊緊攀著我不放。他倒也不管她，只是邊抬頭往上看邊衝上前幫忙其他男人。

我不安地問：「你沒哪裡受傷吧？」

她哽咽地回答：「沒有，可是我真不敢想像會發生什麼事。」

「您不要激動，那只是物品而已。」

「您不懂啦，因為這種事情老是只會發生在我身上！」

她的語氣嚴肅了起來。她用指尖抹去了眼淚，小心地不讓睫毛膏糊掉。她掏出手帕，抽抽噎噎地哭了。

「幾分鐘之後，那就只會是一場不好的回憶而已。」我有些心虛地勸她。

「我真不應該答應來這裡的。我先生硬是堅持要我來，我只好跟往常一樣妥協。可是我們從來到這裡開始，就發生了一堆倒楣事，而今天才只是第二天而已呢！我一定會死在這裡的！我一直都照他的意思做事，就這樣忍耐了三十年。他從來就不願意聽我喜歡什麼。我的命可真苦啊，當我還小的時候，我爸爸……」

她速度飛快地叨念著，而我只能斷斷續續地擷取隻字片語，好抓住她的意思，可是她那止不住的淚水稀釋了她的話語，讓我難以聽得清楚。她那串長篇大論，我從一開始就沒聽懂。我沮喪地望著她傾訴自己的不幸。她的獨白間接穿插著「您懂我的意思吧？我相信您懂，您就像我一樣！」

我不僅完全聽不懂，而且還因為她而心情沉重，真的很想告訴她，這整個狀況有多麼可笑。我試著保持心平氣和，同時回想著尚堤告訴我的話：「你是想要與他人保持連結還是想要證明自己是對的？」於是我沒有勸她、告訴她這段插曲的性質有多麼地無聊。她需要抱怨，而且認為我人夠好，願意聽她的心聲。

我將注意力轉向那群敲敲打打，忙著修補的男性，心情也平靜了許多，甚至差點忘了那個哭哭啼啼的女人，只是她很快就用她的悲慘現實將我的注意力喚回：「真的要夠瘋狂才會來這裡送命。我是發什麼神經才會跟他來這裡啊？反正不管這裡或是其他地方，我都一樣沒有用！」她站起來，跟我道別之後便回她的房間。這女人只花了五分鐘就成功讓我深深地覺得不舒服，難以平復。我一直讓她說話，完全沒插嘴，可是她的負面與受害者心態讓我實在受不了。

尚堤走近我，我把方才的對話說給他聽，同時還告訴他自己的心情狀況。

「你沒有試著想證明自己是對的，所以才能夠保存自己的能量。你真該為自己覺察到了這一點而高興。」

「在和她說話之前，明明一切都很好的啊，這真讓人覺得悶。」

「要是你覺得不舒服，那是因為她的態度碰觸到了你內心的某個點。我思考過了你和千加郎所進行的討論。他是對的，他的理論很紮實。他人是我們的反射。我們應該尋找相似之處而非相異之處。」

「我不這麼想。這個女人哀聲抱怨個沒完，一點都不會不好意思。我自認和她不一樣。你有聽過我自憐自艾嗎？我可是很堅持不要那樣呢。」

「那你為什麼從來不抱怨呢？」

「因為抱怨也沒有用啊！」

「對某些人來說，抱怨是一種吸引能量的方法。可是最重要的還是瞭解你自己為什麼會受到這種行為的影響。」

「我不知道。我討厭愛抱怨的人。」

「或許你否認自己的某一個部分。『別人是我們的反射』的意思，指的並不是我們完全像那個人，而是對方的行為當中所惹怒我們的，是我們內心害怕靠近的陰影區。也因為那個陰影區會折磨我們，所以我們寧可選擇忽視它。然而，當你不得不面對它的時候，就產生了痛苦。當你年輕的時候，難道沒有忍受過這種行為嗎？」

「沒有吧。」

「也許比你年長的人或是你的長輩反對抱怨的行為吧？也或許有個親人正是利用這個機制生存或是為自己的不開心找理由吧？」

我想了一下。

「我媽媽在我爸爸離開之後，有十年的時間飽受憂鬱症所苦，不過那也難怪，因為我爸爸為了一個年輕二十歲的女人，沒有留下一句話就走。」

「那她是不是會找你抱怨呢？」

「對，她很傷心，遇到這種打擊，抱怨是很正常的！」

「我沒有要評斷她的意思，不過瑪耶拉，你應該思考的是，在那段期間，你也許覺得自己有責任聽她訴苦、支持她。當你遇到類似的狀況時，這種責任又出現了，也讓你處於不舒適區。他人是我們的機能與機能障礙的明鏡，揭發我們試著掩藏或是否認的東西。」

「真可怕啊！」

「不，其實相反。你越是能夠覺察到自己的傷口，就越能展露出你的潛能。千加郎是對的。他說他人是一份獨特的禮物，讓我們看見自己所拒絕看見的。」

尚堤說的這些話，我心裡固然有些難以接受，可又覺得他話說得也對。我的自尊想要反抗，卻只是徒然。這個女人讓我回到了自己還年輕的時候——我完全不想再回到那段痛苦的時光。我問尚堤，我們對於每個人的態度都會是一樣的嗎？

「我們把童年、青少年、年輕與成人時期的時間，都花在為自己打造一個理想的形象上，為此而壓抑性格黑暗的一面，隱藏自己不喜歡的特點。我們深深以為，唯有表現得完美，才能換來被愛，因此摒棄自己的某些特質。當某人凸顯了我們的某項缺點時，為了不讓自己的真面目被揭穿，最簡單的方法就是指責對方。我們對於我們的對話者也有同樣的期待，那就是無可挑剔的行為。要是現實並非如此，我們就會為此而批評、排斥對方。我們把大部分的能量都花在掩藏自己的缺點，結果，我們為了確保擁有一個更好的形象所給予自己的壓力，讓自己無法得到幸福。我們一直都在尋求著認同——我們唯一所能找到的活力泉源——也培養著自己的包容心、批判性還有與眾不同的需求。我們變得敏感易怒，而他人的批評或是缺乏感恩的心會讓我們覺得不舒服。當他人的行為與我們所極力克制的行為出現共鳴時，就會讓我們進入了不舒適區。我們會寧可將之視為敵人，而非與我們所未處理之事的相似物。」

「我懂，可是我沒有意識到自己隱藏了什麼。」

「你是真的很想要知道嗎？」

「當然了。」

「就如馬地奧跟你所說的，改變的希望就是轉化的起點。」

「那你呢？你是怎麼處理自己痛苦的區域呢？」

「我試著辨識出自己在對話者之前所感受到的不舒適。日復一日，我發現到了讓自己不舒服的點是什麼；對方的行為有哪些點會觸怒我。哪些批評或態度會令我受傷？我沒辦法向對方解釋的是什麼？我會把自己難以承認的點寫下來。」

尚堤從口袋裡拿出一本黑色小筆記本。他打開筆記本，給我看上頭某一欄。「我把自己成功做到的事情記在這裡。」他翻開一頁。「我還沒辦法做到的就記在這裡。」他翻到小筆記本的最後。

「不可能做到的就記在這裡。我的問題慢慢地浮現，我也就能夠特別留心處理了。」

「真是不容易的工作啊！」

「比尋找讓我們產生分別的差異還容易，也比說人壞話還無害。最複雜的還是擺脫自動性習慣、思考我們的相似之處。只要在每次與人相遇之時，問自己一些有益的問題，像是：我喜歡這個人的什麼？他讓我感動的是什麼？他可以給我什麼啟示？他能不能夠給我一個答案？我感覺與他擁有相同的振動頻率嗎？我不能接受他的哪些點？我曾經對其他人有同樣的反應嗎？」

「有道理耶！我也要試試！」

「不對。你要是想的話，就得思考如何好好說出你的期盼！」

「從現在開始，我會在自己的內心當中找出自己所不願看到的事情。我會接受全部的自己！」

「瑪耶拉，恭喜你，我沒有什麼要補充的了！」

我感覺到自己甩開了這種壓力所帶來的負擔。千加郎說得沒錯，這個女人是一份禮物，讓我看清了自己童年時的某個憂傷痛苦。不僅如此，這場相遇讓我得以實踐千加郎的理論。而這個巧合也令我莞爾一笑。

當該修的設備修理好了之後，我們再次出發，抵達博卡拉。我細細品味著這場徒步旅行的最後時光。我與馬地奧手牽手從村莊高處準備進村。從那裡可以俯瞰整座機場。我的心情難過了起來，因為我知道隔天早上，一架飛機就會把他帶離我的身邊。我緊緊抓住他環抱我肩頭的手。

尚堤帶領我們到這趟旅程的最後一個落腳處。這間旅館舒適度與先前的那幾間差不多。我懷著喜悅的心情，享受著與這個讓我心動不已的男人一同在喜馬拉雅山的最後一夜。

尼夏、西姆與尚堤在朋友家過夜。他們邀我們過去，但我們選擇了親密的獨處。在喝下代表友誼的開胃酒後，馬地奧向尚堤道謝。尚堤隔天清晨就要到隔壁村去拜訪一位表親。馬地奧搭的是早晨的航班。他知道他與尚堤再次相見的時間不會太短。他們倆久久地擁抱彼此，真切地凝視著對方的眼睛。尚堤再次擁抱他，祝他幸福。

接著，我與馬地奧離開了眾人視線。

# 20. 背叛

經驗並不是我們的遭遇，而是我們以我們的遭遇所做的事情。
——阿道斯．赫胥黎[14]

我的臉偎著馬地奧的胸膛，從睡夢中醒來。我望著他沉睡的側臉、聽著他的心臟輕輕地拍擊著我的臉頰。我將自己的呼吸與他的呼吸融為一體。他的胸膛隨著肺部的擴張收縮，載著我起伏。

在他到加德滿都前，我們只剩兩個小時可以共同分享。我知道分別的過程雖然短暫，但也會相當漫長；是無止境的分分秒秒。我們已經計畫好下次在歐洲相會的時間，而我的心緊緊抓著這個即將開展的未來不放。

我的內心沉浸在兩人所有的承諾之中。我把握著這個偷來的片刻，讓自己陶醉於在那些夜間時光中交融的慾望，直到他發現我的視線，漾起了微笑。

他吻我，我們的身體結合為一。在將自己奉獻給他的同時，我也發現了從未曾有過的

14 阿道斯．赫胥黎（Aldous Huxley，1894—1963）：英國作家暨哲學家。

感受。那是屬於不同世界的感受嗎？我聽著他的生命打著拍子，我們的心化為了一個心跳。我任憑自己被帶入情感的漩渦之中，一陣幸福的浪潮將我淹沒。馬地奧輕撫著我的頭髮，再次親吻我，同時試著掙脫我的擁抱，想要開始為出發做準備。我拉住他，望著他硬是抽身離開我們的愛巢，再回頭親了我的嘴。他赤裸的身體與早晨的冰涼空氣搏鬥。我在因我們的熱情而溫暖的睡袋中蜷縮著身體。他穿上褲子、T恤，走出房門往浴室去。我的思緒將我懸在半空中飄盪。

馬地奧的手機突然振動。我下意識地伸出手，然後讀到了一則義大利文簡訊：「我好想你，等不及明天和你見面。快回來吧，我愛你。蘿拉。」然後是一串紅色愛心。我的心激烈地撞擊著胸口。這個蘿拉是誰？我全身發抖地看著他的手機，而後發現自己正面對著一件不可思議的事。在這個女人的簡訊下方，出現了羅蔓——我的朋友的名字。我按下進入，愕然地讀著這幾天以來，她與馬地奧一來一往的對話。

11月13日

馬地奧：「第一個觀點並不怎麼有說服力。」

羅蔓：「你要當心，她這個人的觀察力很敏銳。保持一點距離吧。」

馬地奧：「我明天早上出發，然後會在上頭和她碰到面。」

羅蔓：「她沒有起疑吧？」

馬地奧：「我覺得沒有。」

羅蔓：「她好嗎？她堅持得住嗎？」

馬地奧：「嗯，她很強，她可以的。」

羅蔓：「確認她有沒有拿到那個包裹。傑森的任務就是親自將包裹交到她的手中。」

馬地奧：「放心，我人到時會在，再隨時通知你！」

11月16日

馬地奧：「傑森已經把包裹交給她了，一切都很順利！」

羅蔓：「太好了。我會出去幾天，我的網路有點糟。」

馬地奧：「別擔心，一切都交給我處理。」

我連花時間看蘿拉與他的對話都沒有，直接從床上一躍而起。我忿忿地穿上衣服，拿著他的手機，直直地往浴室走去，接著粗暴地將手機丟向浴室門，同時痛苦地吶喊：「你們兩個怎麼能夠這樣對我！」馬地奧全身都是泡泡。他定定地看著我噙淚的雙眼，再看向他腳邊的手機碎片。我咬牙切齒地重複說著：「你怎麼可以……」他抓住我的手臂。

「讓我跟你解釋。」

「沒有什麼好解釋的。我都懂了！」

「不，瑪耶拉，事情不是你想的那樣！」

「事情不是你想的那樣。」這句話，早在幾年前，當我撞見我的前男友與他的一個女同事在我們的床上時，我就已經聽過了。我就跟個傻瓜一樣，聽進了他的理由，結果三個月之後被騙得更慘！

所以現在想都別想！我沒辦法再接受任何謊言了，於是掙脫他的手跑走。我憤怒地叫喊，痛苦地在陡直的碎石路上快步走了一小時，直到精疲力盡地坐下。我用力地捶著自己的胸口。我怎麼會這麼天真呢？

§

當種種情節一個個衝上腦海之際，太陽也緩緩升上天空。馬地奧搭乘的飛機劃破了四周的沉默。整個狀況的慘烈，將我的精力摧毀殆盡。我的心在淚海中沉沒，讓我深陷在被遺棄的恐怖感受裡，無法抽身。我就像個孤伶伶的可憐孩子。在悲嘆了好久好久之後，我獨自發著呆，而後試著把事情想個明白。

這個包裹裡頭裝了什麼？我怎麼會讓自己上當呢？我理所當然地往毒品想，可是我真的無法想像羅蔓竟然會為了這個而利用我。除非她是派馬地奧拿回包裹。不，這不合理，因為是我要將包裹帶回給她。

我什麼東西都還丟在房間裡。真笨啊！我的心裡一陣焦慮，於是拔腿往旅館的方向跑。在跑著的同時，一個個的問題在腦海中快速地輪番閃過。我隱約看見西姆在橋上等我。「瑪耶拉，你聽我說，馬地奧要我把這封信給你。這很重要喔！」我放慢腳步，從他手中抽過那封信之後停了下來。不，別想再讓我上當，我已經學乖了！我憤怒地撕碎信紙，讓文字飄向湍流。「他只不過是個騙子，你聽好了，我再也不要跟他有任何關係！」西姆寬厚的臉換上了不一樣的表情。他望著飛向湍流的碎紙花說不出話來。我跑進房間，把背包裡的東西一股腦兒地往床上倒。什麼東西都還在，尤其是那個包裹！我咬開繫綁的繩子，接著是牛皮紙。牛皮紙包著一本橘黃色的全新記事本。我坐在床緣開始翻閱：完全空白。我真的不懂。我絕望地躺在床上。成千個假設在我腦中繞啊繞的，可是沒有一個可以消除我心中的疑慮。我滿腹怒氣，整個人幾乎無法呼吸。我走出房門。

尚堤結束了與親戚的偷閒時光，回到了旅館。他朝我走了過來。我冷冷地對他說：「我想要一個人靜一靜。」他置若罔聞，直接在我身邊坐下。我提高音量又對他說了一次：

「我需要你讓我一個人靜一靜，你聽不懂嗎？」

「怎麼了？是因為馬地奧離開你才這樣嗎？」

「我不想提這件事。」

「很好，我不認為你想要一個人，不過我想是因為你沒有其他選擇。那不一樣。」

「尚堤，我拜託你，不要再說教了。讓我靜一靜。」

「你的怒氣表露出了你的自我封閉。」

我臉紅了。

「我沒有生氣。」

「是嗎?」

「我很怕別人強迫我做什麼。我想要一個人,但是你偏偏就要裝不懂。」

「所以是我的錯囉?」

我與我的小我當場被識破。我和它笑了出來。儘管尚提教過我那麼多,自動性行為還是很快地再次出現。「瑪耶拉,我知道你的內在小孩需要安撫。它找到了讓自己繼續當受害者的藉口。可是我可以和成人瑪耶拉說話嗎?」我垂下眼。「是的,我很生氣。我剛經歷了一件非常痛苦的事情!我的朋友欺騙了我。我不懂她為什麼要這樣愚弄我。」我把早上所發生的事情一五一十地告訴了他:馬地奧的手機、蘿拉的簡訊、與羅蔓的對話。他默默地聽我說。我愕然地望著他,斷然停止述說。

「你?你一定早就知道!」

「沒有,我向你保證。」

尚提一副誠懇的樣子。他過去和西姆與尼夏說了幾句話之後再回到我面前。他沒有打聽到什麼。馬地奧只是把信交給西姆,要西姆保證他會把信交給我而已。

「無論你有什麼理由,你都有擺脫這種狀態與否的選擇。只有你可以決定需要多少時間讓自己不再苦惱。」

「我做不到，因為我被騙了。我的身體讓我很不舒服，我的胃被一股我消除不掉的重量壓住了。我痛苦得想要大喊！」

「你說的那些疼痛都是由你的怒氣與信念所引發的。如果你擺脫這股不好的能量，就會重拾內心的平靜。除非你想要待在這種狀態久一點。」

「當然不想！可是我覺得自己被困住了。我克制自己，不要咒罵他們，但是我的腦中卻只想到咒罵的字眼，我無法控制自己的想法，就像我也無法控制自己的情緒一樣。」

「慢慢呼吸，同時退後一步來看。你完全不確定自己在做什麼。你得等待你的朋友和馬地奧的解釋。當你有了所有的資訊之後再做決定。對於馬地奧的事情，你得要有耐性，因為他沒了手機，而且他除了那封給你的信之外，什麼也沒留下。」

我撇嘴，同意他說的話。尚堤問我是不是試著想要聯絡羅蔓。我跑進房間拿手機。我的手機幾乎沒電，可是這一次竟然有訊號！電話直接轉到語音信箱。我默默地掛斷電話。可是尚堤堅持要我問出個解釋。她的語音信箱提示聽了真叫我難受。我嘆了一口氣。在「嗶」一聲之後，我大聲叫罵：「你竟然戲弄我！我已經知道你和馬地奧在暗中耍什麼詭計。你別躲在語音信箱後頭！你都有勇氣做出那些事來了！回電話給我！」我掛上電話，情緒比打電話前更激動。

「好，就算語氣不對，起碼你已經做了該做的事。你現在可以繼續生氣或是不再生氣。你選擇哪個？」

「我覺得在這種情況之下，根本沒有選擇，不過要是你有能讓我想開的辦法，就跟我說吧。」

「唯一讓你想開的辦法，就是讓你從攻擊性的意念之中解脫。」

「你就承認那些意念並不是沒有道理的吧！」

「全都取決於你的目標：你希望證明自己是有理的，還是找回內心的安詳呢？」

「我已經不知道了……」

「你認為攻擊羅蔓或馬地奧的想像會讓你覺得好過一些嗎？當我們覺得受傷的時候，就很難看得清楚。你會被自己的情緒給困住。恐懼、好勝心、憤怒都是防禦的情緒。當你覺察到攻擊他人就是傷害自己時，就能脫困而出。把你對馬地奧與羅蔓的裁決改換成親切的言語。」

「看他們對我做出這樣的事情，真的很難……尚堤，試著站在我的立場想想！」

「他們對你做了什麼？難道你不是正在做出詮釋嗎？你要記得，當你與提芭去見千加郎的時候，你不是幻想馬地奧與別的女生玩在一起嗎？」

「是啊，可是你也知道的，這不一樣！」

「不，我不確定，在沒有任何清楚的解釋之前，我寧可不做任何假設。」

「明明很清楚！我再一次選擇信任，然後再一次上當。」

「所以你氣你自己嗎？」

「是，你是對的，我只不過是個傻瓜！」

「那為什麼你把錯都算在他們頭上？他們又沒強迫你什麼。」

「你是想說什麼？全都怪我嗎？你不認為我這樣已經夠難過了嗎？」

「你大可以找所有人的碴，可是你的怒氣是對你自己發的，因為你氣自己再一次選擇信任——就像你剛才跟我說的。」

「對，我是那樣以為的。一切似乎都那麼美好，讓我想要再次去愛人。」

「你沒有什麼好後悔的，畢竟你經歷過了那些悸動時刻。要是重來一遍，你還會做出同樣的選擇嗎？」

「啊，不會了！我太痛苦了，所以覺得這個代價也太高了。」

「你知道是什麼讓你這麼痛苦的嗎？」

「知道。是背叛。」

「那其實只不過是小我受到攻擊的問題！當你意識到馬地奧並不符合你的期待時，你就會很快復原。」

尚堤思考：「事實上呢，你是因你的幻想、與他一起飛走的未來而哭。」

我沉默了一會兒，重溫著在這個劊子手懷裡的最後時光。「是的，我們花了一整晚的時間談我們的計畫。當我想到他都在騙我……真的忍不下這口氣！」我的淚水開始不斷地流。

「未來與過往同樣都是毒藥。攀附就定義上並未真實存在的幻想，就注定受苦。你感覺自己所想像的未來已不可能成真，所以驚慌。活在有別於現下的另一個時間裡，是小我的脫身之計。你為了你的海市蜃樓而哭；而那是對於愛情的一個不真實的幻影。就像某些人一旦結了婚就有了安全感一樣。」

「婚姻是一種承諾。我很推崇婚姻呢。」

「如果婚姻是以當下的力量去進行，而不是被當成一個穩定未來的保證的話，確實是的。可惜我們都需要某種澈底的決裂，像是失業、分手或是重病才能讓自己回到現實。伴隨的痛苦與對於無法將未來視覺化的驚慌相關。過著生活，不去設想未來，對我們來說似乎是不可能的事，然而，那是唯一真實的時刻。」

我很想隨便打發這個隨手拈來就有好句子的嚮導，可是我得承認，他的用詞總是貼切。我以手背抹去淚水。

「你可以說我的痛苦與那些已經落空的希望與計畫相關？」

「對，我們在實踐未來之時，也就會錯過身邊的幸福。我們寧可讓內心那些與假設性思維相關的焦慮繼續：要是我得孤單一輩子；要是我不適合愛情；要是我找不到工作；要是我生病了；要是我這樣，要是我那樣……」

「可是當情況令人無法忍受，就像我現在遇到的……」

「**讓你痛苦的不是當下，而是你內心幻想的喪失**。當某個改變發生，我們可以找到抓住當下那個機會的必要資源，辨認出讓我們感動的那條道路。我們都知道表象不能作為基礎，可是我們偏偏會把表象當成某種必然一樣的緊抓不放。生命負責讓我們回憶，僅此而已，而非讓我們為任何事物付出代價，因為我們不能繼續欺騙自己。有一部分的自己已經覺醒，並且呼喚我們回到現實。」

「這，我得承認生命並沒有饒過我！我想要能夠信任人；我打開心房，付出我的愛。結果呢？我毫無理由地被甩，而我最好的朋友竟然還是主謀。我恨這兩個人！」

「你相信愛情會轉為怨恨嗎？」

「是的！我遇到的事情就是典型的例子！」

「只要你把這件事與過去或是未來結合，就不能從中獲取經驗，因為經驗源於當下。」

「那要怎麼做呢？少了能夠過得更好的希望，就沒有活著的理由了。」

「正好相反，當你把握當下，就是接受當下的面貌。你把你的意念、觀點、想望搬到現實，整個人就會變得充滿生氣，也將能夠連結上你的無限潛能。我知道要消抹未來是很困難的，因為你將精力集中於想像一個虛擬世界之處，需要你接受虛無。可是要是你能夠達到這個唯一的真實，你的人生就會少了失望。」

我嘆氣了。我受夠了他的長篇大論：什麼「當下」、「未來」、「幻想」、什麼「恐懼」、「小我」。沒什麼好猶豫的，馬地奧就是個混蛋，而我的好閨密令人想吐。哲學幫不了我的！

我雙手捧著頭，準備大叫讓我的嚮導閉嘴。可是當我看著他的時候，發現他根本沒說話，吵雜聲來自於我那躁動的思緒。尚堤一定明白他的長篇大論對於這種狀態而言根本不夠。他看著手錶，說：「飛機再一個小時就要起飛，我們得準備了……當愛情、憤怒與苦難混合的時候，就很難看得清楚，你要記得，白色，也就是純潔的象徵，是所有原色的混合色。」

我收拾行李，接著在床緣坐下。我的心裡一片空虛。我的思緒全都繞著馬地奧的形影打轉，而我的心，則是為著他已經不在而哭泣。我的所有精力已經流失。唯一讓我能夠恢復一點活力的念頭，就是把自己送到他身旁的念頭。我回憶著他的臉、他纖細的手、他的表情、他的沉默、他的微笑與嘆息，以及我們的默契。我身體的每個細胞都想念著他。我眼神茫然地望著窗外。尚堤拍打著我半掩的門。他輕聲問我：「準備好了嗎？」我點頭。

「尚堤，我很痛苦，但是我沒辦法讓自己不再痛苦。」

「走出你的牢籠吧！只要你認為自己是受害者，我就沒辦法幫你。讓你的心智安靜，我們就可以進行討論了。」

我打從心底知道尚堤是對的。我反覆想著自己的事，困在自己的思緒之中。我回想他所說的話，花時間深呼吸了三次，接著看著他。「我準備好了，你說吧。」尚堤雙手交叉搭著膝蓋坐在我身旁。

「控訴馬地奧或是羅蔓對你造成痛苦，會讓你遠離解決之道，因為你知道問題和關鍵就在你自己身上。」

「我發現自己不值得擁有愛情。」

「因為你不愛你自己。」

「我當然愛啊！呃……其實我不知道……」

「你就像評論別人一樣的評論自己。只要你有任何匱乏，就沒辦法去愛。當你開始對自己有信心，你就會知道什麼對你才是好的，而你的生活也將會符合你深切的願望，不用擔心被拋棄或排斥。當你與你自己建立起友誼，就無須再害怕孤單。」

「是啊，我覺得很孤單。」

「你知道這世界上有一個人永遠都不會拋棄你嗎？那個人也一直都會在你身旁。那個人就是你！請好好照顧自己，帶著感情看待自己，同時以不評判自己的態度，去瞭解自己的缺點與力量。先從真心愛自己開始，你之後將可以毫無畏懼地珍視某個人。你覺得孤單，是因為你忽略了自己。請對生命有信心。你已經許下了願望，請相信宇宙會為你動工。你體驗著你應當有的體驗；你在適當的時刻遇見對的人，因而達成了你自己的目標。你遠比你所想像的擁有更多的愛。你也正走在正確的道路上。」

四周陷入了一片沉默。過了好一陣子之後，尚堤才又說話。「當我覺得孤單的時候，我就會想起我爺爺在我最灰心的時候跟我說的故事。」

「這個老人已經走了一百年了。他經歷過了童年、年輕時光、許許多多的苦樂與疲憊和希望。一個個他曾經愛過的女人、小孩、國度、太陽，依然停駐於他的記憶之中。

現在，他們已經遠遠落在他的身後，幾乎看不見身影。沒有人能夠跟得上他到世界的盡頭。從此，他就只能獨自對著廣闊的大海。

在浪濤的邊緣，他暫時停下了腳步，並且轉過身去。在消失於無邊濃霧之中的沙灘上，有他踩過的腳印。每一個腳印，都是他漫長生命的每一天。那些，他全都認得……那些蹣跚、艱難的境況、迂迴、幸福的步伐與在被痛苦壓垮的日子中的沉重腳步。他數著那些腳印，無一遺漏。他記得這條人生道路。他向這條道路微笑。

當他又回過身去，想要走入讓他濕了涼鞋的黑水之中時，突然猶豫了。他似乎看見了在自己的腳印旁，有某個奇怪的東西。他再次細看。事實上，他並不是一個人慢慢地走。有其他的痕跡幾乎貼著他所走過的痕跡一同延伸。他感到詫異。他完全不記得有哪個如此靠近與忠實的存在。他自問是哪個人曾經陪著他。一個熟悉的聲音回答：『是我。』他看不見聲音的主人。

他認出了自己的先祖。在那一長串給予他生命的男人當中，第一個父親，就是人稱的『神』。他記得在自己出生的那一刻，這個所有父親的父親答應他，永遠都不會拋棄他。在那當下，他感覺到自己的內心升起一股舊有但又全新的喜悅。他從童年開始，從來就不曾體驗過類似的感受。他又仔細地看，結果看見了一串平行，但更窄更長的腳印。在他的人生的某些日子裡，痕跡就只有一條。他記得那些日子。他怎麼會忘呢？那些是最可怕、最絕望的日子。當他回想起那些悲慘的時日——那些他以為天地不仁的時日之時，心頭只覺苦澀、憂傷。

「看這些痛苦的日子裡，只有我獨行，這些孤單的痕跡，都是我的腳印。這些你以為被拋棄、盲目前行的日子裡，我都在你的道路上。這些你因為我的缺席而哭的日子裡，我一直背著你走。」

這些話語安慰了我。我感覺獲得了釋放，一股來自於他處的力量充滿了我的內心。我站起身，決心不讓自己再消沉下去。

§

尼夏與西姆等著和我道別。他們替我在脖子上圍了一條哈達。這條裝飾上吉兆圖樣與經文的白色披巾，是祝福與美滿的象徵。我擁抱他們，感謝他們在這趟旅程之中，對我的親切好意與體貼。我真不想與他們分別。我知道自己一定會想念他們。在最後一次擁抱過他們之後，尚堤溫柔地與他們握手。我們便出發到機場。

西姆跑向我。「瑪耶拉，等等！」我轉過身去。他解下脖子上的藍晶石墜皮繩項鍊，替我戴上。

「你表現得很勇敢。我知道你不再害怕走吊橋，你也可以跟尼泊爾人一樣用手吃飯。我把我的項鍊給你，因為這條項鍊為我帶來了好運，也讓我什麼都不缺。當我心裡難受的時候，它也安慰了我。這條項鍊對你比對我還有用。」

「西姆，我不能收。這是你最珍貴的東西啊！」

尚堤對我說過，這顆鍊墜是他母親的唯一遺物。「不，我最珍貴的東西，是我的心，只是我沒辦法把我的心給你，所以，我給你我能夠給你的東西。當我想我媽媽的時候，我的心就會激動起來。當我緊緊握著這顆石頭的時候，我的心就會有滿滿的喜悅。當我難過的時候，我握住這顆藍晶石，我的心就會暖暖的。當我迷失方向，不知該往哪裡走的時候，我只要專心想著我的項鍊，我的腦子裡就會有主意。我於是明白它為我指出了我內心的道路。現在，我將會一個人走上那條路，也不再需要它了。就算我把我的心給你，對你也沒有用，因為它是我的。你應該要學著辨識出通往你內心的那條路，而這顆寶石呢，會引導你走上那條路。」

我緊緊抱著他，淚水忍不住流了下來。

「西姆，謝謝你，你是個很特別的人。我答應你會好好地保管這條項鍊。」

「你不用太過依戀這條項鍊。當你找到內心的那條路之後，就把這條項鍊給另外一個人吧。」

我摘下我完成學業時，我父親親手為我戴上的手錶遞給他。西姆推辭。

「這手錶很漂亮，可是對我並沒有用。我不會看時鐘，看太陽反而還比較清楚。你留著吧，因為你比我還需要。我沒有時間教你如何依據光線辨認方位了。或許下次吧？」

「我可以用什麼來謝謝你呢？」

我很傷心。他那雙晶亮的眼睛直盯著我，像一個我答應要摘月亮給他的孩子，一臉幸福得不知如何是好。他一句話也沒說地望著我，眼珠子閃閃發亮。「我想要一個微笑。你笑起來很漂亮呢！」我沒料到他會提出這樣的要求。我的眼睛又模糊了起來，可是這次暖心的淚水已經取代了哀傷的淚水。這個男孩著實令我感動。我一把摟住他，他並不反抗，而後退開。

「你感覺到自己的心開始激動起來了嗎？」

「是的，我感覺它很幸福。」

他在我耳邊喃喃地說：「那顆石頭把你帶向它了。」

他在我臉頰上親了一下，而後蹦蹦跳跳地離開。

我緊緊握住了脖子上的那顆藍晶石。

# 21. 寬恕

在極度失望的時候，我們並不知道那是否為一段故事的結束，
但那也可能會是一段偉大冒險的開端。
——佩瑪．丘卓

我們與博卡拉機場的降落跑道之間只隔著一道鐵絲網。航空站的設備相當簡陋。行李是在一個臨時辦公室的櫃台進行登記託運。一名制服警察檢查尚堤的包包，接著是我的，然後再將我們的包包放在一台屬於上個世紀的磅秤上。

尚堤第一個完成快速搜身，走出了檢查亭。他要我在查驗完身分之後，一起到外頭的降落跑道邊坐著。天氣溫和。我閉上眼睛，仰頭對著太陽，疑惑著：

「你相信為了幸福就得受苦嗎？」

「不相信。痛苦是隨著意念而存在的。一個事件是一項事實，我們可以對事件進行觀察，而後放下。」

「我沒辦法控制自己的意念。」

「這就是你痛苦的原因。你讓你的痛苦去影響情勢。告訴我，你有什麼感覺。」

我長長吐了一口氣。「我覺得內心很沉重，喉頭發緊，呼吸不順。我覺得已經失去了精力，很想哭，很累……接著心裡越來越憤怒，我很希望這場惡夢就此結束，而馬地奧能夠抱著我。我看見他的臉龐，也回想著在這最後幾天當中，我們共同經歷過的一切。我越是想，就越覺得難受。」我傾吐出了自己的痛苦。

「好，現在，我建議你花一分鐘注意自己的意念——無論是什麼樣的意念都一樣，然後把那些意念大聲地描述給我聽。要像個狩獵者面對獵物時那樣地窺伺每一個意念，再一一說出來。」

我認真地照著他的吩咐做，可是我就像陷入一個黑洞一樣，什麼都說不出來。

「你有什麼感覺？你是不是不像你剛才跟我說話時那麼痛苦了呢？」

「呃……我得承認自己真的沒有感覺到痛苦了呢。啊……還是有！當馬地奧的影子又浮現腦海時，我的心痛了一下。」

「很好，瑪耶拉。現在你對此有何結論呢？」

「當我想起他的時候，我就會難過，可是這我早就知道了啊！」

「我想要證明給你看的是，痛苦只能隨著意念出現，因為痛苦只不過是想像的投射。當你想要捕捉它，它反而不會出現，而且所有伴隨的悲痛感受也會跟著消失。」

「可是我沒辦法整天花時間檢視我的想法啊。」

「為什麼沒辦法？難道你覺得讓你的自動性思維控制你的人生會比較舒服嗎？你自己選擇吧。不過我再說一次，沒有任何痛苦可以不依靠意念而存在。」

「你的意思是，每一次痛苦再次出現時，我只要捉捕內心的擔憂就可以讓痛苦消失嗎？」

「你剛才不是就這樣嗎？」

「那每一次都有效嗎？」

「當你覺得痛苦的時候就試試看，你就會有答案了。」

我重新注意起自己的意念，但是卻等不到意念出現了。當我一鬆懈，意念便藉由痛苦的感受重回心頭。「當你感覺到不舒服時，你就知道是意念搞的鬼。」

一架飛機在我們面前降落。旅客才剛下飛機，一名空中小姐便要我們上飛機。這架雙引擎直升機裡，兩旁共有二十幾個個人座，中間是狹窄的走道。尚堤堅持要我坐在右邊，我明白那是因為飛行時可以欣賞到絕佳的景觀。

機上只有一名穿著棕色制服、身材瘦小的女性服務人員，穿著高跟鞋的腳步搖搖晃晃，介紹安全注意事項。引擎開始運轉。飛機穿越了峽谷，沿著喜馬拉雅山山脈飛行。

§

卡爾瑪來加德滿都機場接我們，而後在滿願塔入口前放我下車。瑪雅在那裡等我。尚堤隔天早上會過來接我到機場。我向他道謝。他抱住我久久不放。我和卡爾瑪道別之後，他發動車子，鑽進了車流之中。我看著他們的車子揚起了數公尺的塵沙，在隆隆的聲響中逐漸遠去。

我進了旅館大門。瑪雅開心地朝我展開雙臂。我依偎進她的懷裡。她撫摸著我的頭髮，溫柔地對我說：「你看起來真像隻小野獸。」

「你都不知道在短短的時間之中，我發生了多少的事情。」

「你的房間已經準備好了，是上次的那間房間。好好地沖個澡，再到滿願塔的露天平台上找我吧。可以的話，把你這趟旅行中發生的事情說給我聽吧。」

「真高興有人願意聽我說話。」

我打開房間門，看到的是不一樣的東西，可是所有的東西都和原來一樣。一張鋪上真正的床墊的大床、暖氣、浴室、廁所。這房間實在太享受了！我記起自己剛來這裡時的心情，不禁莞爾。

洗了三次頭還是覺得沒洗乾淨。電突然停了。房內一片幽暗，只有一束陽光自天窗半掩的窗簾照進了屋內，也照亮了空氣中漂浮游動的灰塵微粒。

在半明半暗之中，我細細品味著自己的身體在歷經幾小時的寒風之後，因為這一道熱水所產生的感受。我套上了乾淨的衣物，前去與瑪雅會合。她面前擺著一杯薑茶，仰著頭望著佛塔。一名尼泊爾年輕人立刻為我端上一杯熱騰騰的飲料。瑪雅坐直身子，對我說：

「來吧，說給我聽！我全部都想聽。」

我向她細數在這十一天當中，每一天所發生的事情：尚堤的教誨、我們的小隊、我所遇見的人、巧合、我的情緒、我的驚奇、傑森與他的研究、千加郎，以及……我花了許多的時間說那件傷心事，以及我是如何發現羅蔓與馬地奧的背叛。瑪雅專心地聽我滔滔不絕地說話。「我和羅蔓不熟，所以不知道她為什麼這麼做，不過她應該是有理由的……」

她話說到一半，便陷入了沉思。這段沉默令我不禁伸長耳朵去聽下方的滾滾塵囂：鈴鐺的叮叮噹噹、喃喃的誦經聲，一波波的聲音，繞著佛塔盤旋而上。瑪雅翻找著手提包，拿出了一個珍藏的紀念品。她的臉色發亮：「到了今天，我才明白二十年前，我爺爺在臨死前所留給我的是什麼。他以前住在印度朋迪治里市附近的某間精舍裡。有一天，當我生我爸爸的氣時，他默默地將這封信給我。」瑪雅給我看一張折成四分之一大小、因為光陰而破裂的信紙。

「他在等待死亡降臨的床榻上，拜託我看、學習、傳授這篇文章。直到今天以前，我並沒能夠完全明白有什麼重要性，可是從你跟我說的話當中，一切就說得通了！」她將那張紙放在桌上，兩手將黑色長髮綁成馬尾，接著再從眼鏡盒拿出玳瑁框眼鏡戴上，調整了一下鼻梁部分的位置之後，小心翼翼地攤開那張變黃的紙。她替我翻譯上頭寫著的梵文：

「你有想要什麼，但寬恕給不起的嗎？你想要平靜嗎？寬恕會給你。你想要幸福、安詳、對目標有信心，以及超越世俗的價值與美好的感受嗎？你想要關懷、安全，以及永恆的安全保護所能給你的溫暖嗎？你想要一種不被擾亂的安寧；一種永遠不會受到傷害的溫柔；一種深刻且持久的安適；一種完美到不會受到阻撓的安靜嗎？這些所有，甚至更多更多，寬恕都會給你。當你醒來的時候，它會在你的眼中閃爍，並且給予你喜悅，讓你開始新的一天。當你睡覺的時候，它會讓你的額頭放鬆，並且在你的睫毛上休息，讓你不會夢見恐懼、傷害、惡意與攻擊。當你再次醒來的時候，它也會再次給你一個充滿幸福與寧靜的一天。這些所有，甚至更多更多，寬恕都會給你……你有想要什麼寬恕給不起的東西嗎？有什麼贈與的東西會比這些還值得尋求呢？有什麼想像的價值、什麼平庸的效應或是什麼一時的承諾，會比寬恕帶給我們更多的希望呢……[15]」

我說：「這真的是一篇好文。可是寬恕並不是那麼容易呢。」

「沒有那麼難。你現在瞭解了我們可以透過愛或是恐懼的角度看事情，他人是我們自身的反射，而我們是一體的。如果你選擇幸福的話，那麼，寬恕便是鑰匙，但是我們唯有心靈處於平靜，才能夠拿到那把鑰匙，因為那是唯一可能的真實。當我們的心境不再平靜，便會有許多由恐懼指引的情緒對我們的感知斷章取義。寬恕能夠打開療癒之門；讓我們從盲目之中釋放。寬恕消除了怨恨的濾鏡，讓我們不再迷惘。寬容令我們明白我們評斷的錯誤，並且面對自己的責任：我們都並非無辜，對方也並非有錯。」

15 海倫・舒曼，《奇蹟課程》第一二二課。

「我真想要能夠寬恕，可是痛苦一直沒有消失。」

「就像那個你剛才提過的日本人所說的……呃……每一次的不快都是理解的機會。小我總是搶先回答所有的問題，然而當它是錯的時候，我們也會盲目地跟從。這就是痛苦持續不去的原因。」

「可是羅蔓與馬地奧背叛我啊！那又不是我的錯。關我的小我什麼事呢？」

「假設羅蔓與馬地奧真的背叛你，你為何應該要受到影響呢？這個狀況是一件事實，為什麼你會覺得被攻擊呢？是什麼讓你害怕了呢？你的安適為什麼要受到阻礙呢？」

我訝異地望著她。她說話的方式就跟尚堤一模一樣。我無意識地攪著湯匙，將薑片壓扁，大口大口喝茶。瑪雅沒有說話，一會兒之後，她閉起眼睛又睜開，以食指指著自己的太陽穴，說：「聽聽你的小我吧。它正重複哼著那幾個不協調的音符！」接著，她用一種聽起來狡猾的嗓音，說：「我很可憐，因為天氣很冷；因為電腦沒辦法啓動；因為這個人忽視我；因為那個人侵犯我；因為我沒有受邀參加這場聚會；因為他背叛我……你看到了吧？它就是會找理由怪罪別人！它會尋找掌控情勢與別人的計謀，提防那些與它相異的個體。你沒聽見它喃喃對你說：『看看我們周圍吧，這些自私的傢伙只想要傷害我。當這個人的反應好一點；當天氣變好一點，當這樣那樣的話，我就會幸福了。』」

我微笑，眨個眼表示認同。「瑪雅，你說得對，仔細想想，小我所給的解決辦法充滿了侵略性與暴力，還真的怪可怕的。」

瑪雅抓住我的手，再次要求我做到同一件事。

「進行覺察，就是明白自己寧可體驗這個全新的世界，而不是繼續在我們所創建的機制之中受苦。沒有什麼會比我們所體驗、所感受到的更糟了！現在換你決定：放棄小我，或是追隨它？痛苦或是歡喜？」

「我受夠了，所以我選擇幸福！」

「那麼，寬恕就是我們能夠送給自己的最佳禮物，也是通往真實的路徑。寬恕自己沒能總是做最好的選擇，並且預先原諒他人處於恐懼之中。要是我們往外找某人批評、批判、怨恨，那是為了逃避自己的責任。可要是我們注意到分離是一種幻覺，那就再也沒有什麼好寬恕的了。」

「等等，我沒聽懂。你跟我說要寬恕，然而實際上卻沒有什麼好寬恕的？」

「當然了！這就是我之前沒能懂得的部分：關鍵就是無條件的愛。如果我們都屬於那獨一僅有的振動，而你從整體性的範圍來看的話，痛苦是不曾存在的。我們在錯誤的地方尋找錯誤問題的答案：為什麼別人要折磨我們？或者……他做了什麼壞事？不過，問題在於理解對方碰觸到自己的哪個點。我有哪個地方沒處理好的，導致他的態度或言語讓我覺得受到打擊？與其把自己當成面對著劊子手的受害者，不如讓自己為自己的痛苦負起責任，並且試著解出為何對方會讓我們痛苦的原因。」

「現在我比較明白千加郎對我強調要視敵人為珍貴禮物是什麼用意了。那能夠為我們打開內心那些應當解決問題的門扉，讓我們因此而獲得幸福，並且跨越我們信念的藩籬。」

「你可以發現，寬恕不再是我們包容別人所引發的傷害，而是理解其實並沒有傷害，因為痛苦並非來自於對方，而是我們自身。而這從評斷開始，以感謝結束。」

「嗯，你說得對：傳統的寬恕是基於某個傷害已經造成，但是我人很寬厚所以原諒你的事實上。幸福的關鍵就構築在沒有任何過錯的基礎上，全都只是我的心智基於某個斷章取義的看法，往外找個該擔罪的人，是這樣吧？」

「我認為是的！」

「讓我把我聽懂的事情做個總結吧。一，我不想再受苦。我的問題真的是源自於我與馬地奧與羅蔓所發生的狀況嗎？覺察到這一點，讓我得以正視我的責任。我不再是受害者，搖身一變成了我的幸福的要角。二，我覺得所受到的攻擊其實是我自己對自己的攻擊！如果我離開愛的國度，就會給自己帶來痛苦。我所滋養的憤怒是我自己的選擇。我承認自己被過往與幾段感情嚇到不敢有任何動作。他們的背叛令我害怕。三，我欣賞別人給我的禮物。我可以看見那兩道為我展開的門。放下我的小我以體驗我所尋找的幸福。四，我接近內心的喜悅，分享自己無條件的愛。我們不能彼此分開。我無法讓自己排除於整體之外。寬恕自己，即是體悟到我們未曾離開這個偉大的振動，因為那是不可能的事情，所以，沒有什麼好寬恕的，因為存在的只有愛而已，所以也沒有痛苦。」

全都清楚了。我們感動地凝視著彼此。

陽光為佛塔罩上了橘色的長袍。我的身心靈完全沉浸在此時此刻的光輝之中。一陣喜悅襲上心頭。我感覺自己無比地自由、幸福與充滿了活力！我閉起眼睛，深深地呼吸著生命。我的嘴邊浮出了一抹微笑。我喃喃自語：「是了，**這就是零公里了；是一切開始的時刻，而一切也將於完美之中結束！**」

# 22. 起飛

愛自分離始知深。
——紀伯倫

我過了一個很平靜的夜晚。早晨時，我在旅館上方的露天平台上，聽著底下幾公尺遠處傳來的人聲鼎沸，用完了早餐。我的心裡寧靜，我的身體也符合當下的狀況。我就像最笨的笨蛋一樣被騙，但是我已經感覺不到苦澀與憤怒。也感覺不到恐懼與空虛，因為我已經用別的更令人安心的東西填補了自己的內心，那就是：覺得自己是被愛的。我感覺重獲了新生——或者就只是新生。我聽著四周與內心裡傳來的生命之聲。附近廟宇發出的聲音往上拉長至天空。過去確信的一切，在十天當中已全數灰飛煙滅，但是我卻感受到了一種堅定不移的信心。我清理掉了所有不牢靠的東西，留下一個乾淨的位置給自己的心靈沃土。我在距離自己家園七千公里遠之處找到了自己的家，對於自己身體與心靈的感覺，我選擇馴服，不再背叛。我的優先要務就是前往那個寶藏；那個當我們傾聽時，會讓我們體驗到最美好的旅程的獨特感動。一個屬於每個當下的漫步，一場至無限之外的遠征：一段於此時此地開始、進行與終結的整體中心歷險記。一切都尚未解決，我也意識到了必須進行的工程繁重，可是我為自己那一點的仁慈而自豪。我看得出那代表著幸福。我也明白自己在這幾天當中所體驗到的，是一份龐大的禮物。不管羅蔓與馬地奧是為了什麼理由要我，我都已經走了出來，而且變得更成熟了。對於他們給我的禮物，我心懷感激。

我覺得很幸福，整個人充滿了一股全新的能量。

我等著尚堤的到來。他堅持要送我到機場，不過我一想到離別的時刻心裡就害怕。他教了我那麼多，也給了我那麼多！他以令人不解的耐性，顛覆我的原則，摧毀我的確信，讓我走回正確的道路上。我答應自己，要好好地尊崇這份寶藏，我也會認真地不讓自己再迷失方向。

我的嚮導依然一副享受人生之樂的態度，從花園的大門進來，並且朝我揮了揮手。瑪雅也在同時間從旅館走了出來。我緊緊地摟抱著她，謝謝她從我初來乍到開始所給我的一切。我的眼淚混著她的眼淚，在緊貼著臉頰上滑落。我再擁抱她最後一次，同時答應會與她聯絡。

尚堤拿起我的行李。我們從左邊繞行佛塔一周到了出口。我以眼神向這座龐大的建築物道別。

在主要幹道上，夾雜在民戶之間的美麗攤子與臨時餐館一一自我眼前晃過。

我與尚堤之間，沉默已經足夠。話語不再說出口，而我的淚水也流個不停。他輕拍我的手。

「我很怕和你分開。」我哭得連話都說不清楚了。

「講得就好像你要我和你一起去個幾天一樣！」

我笑了。

「是好幾天！」

「瑪耶拉，現在已經不是你的生活中有沒有我的問題了。當我們喜歡一個人，那就是一輩子的事。你將會追隨我的腳步，而我也會追隨你的腳步，別忘了，當兩個相連的原子分隔開時，其中一個就算相隔幾百萬公里，也會在同一時間仿效另一個，做出同樣的動作。其餘的都不存在。」

「我已經開始想你了！」

「你看這問題就只是虛幻的，因為我們人還在一起。你的投射把你帶往了恐懼，可是我永遠都會和你在一起。我們都不孤單，都會有陪伴。我們不用擔心什麼，也都得到了無條件的愛。只要人與人之間彼此連結，就感受得到。請信任這個宇宙母體，感受你內心的安詳，傾聽那你亦為其中一分子的浩瀚無垠，而幸福，就在那兒。」

「這我知道。我有選擇自己的體驗與意念的權利與能力。但是這並不妨礙我的內心脆弱，就像有人在我骨折後移除我打上的石膏一樣，你懂嗎？我可以一個人走路，但是拄著拐杖還是比較安全！」

尚堤陪我到登機室。他抱住了我，說：

「我要怎麼謝謝你呢？」

「謝謝我？別開玩笑了，是我得謝謝你，而且我也不認為有任何言語可以表達出我內心的感受。從來沒有過任何人像你這樣改變了我的生命。」

「瑪耶拉，你送給了我最為美好的禮物，那就是教會你去愛的能力。只要你行的話，就利用你的每個意念、每個動作、每個行動，將你的本質傳達出去。只要你能傾聽充沛獲得的愛，奉獻會是你所能給自己最珍貴的禮物。」

我的淚水忍不住滑落了下來。他說的每一個字都觸擊到了我的靈魂。生平第一次，我感覺到自己與他人成為一體。我望著他看，他明白了。「你知道嗎？我們再也不會分開。我們會永遠握著彼此的手。」我緊緊抱住了他，感受著我們的心貼著心，這份我不曾體驗過的愛，這份唯一的愛。

他在我耳邊輕聲說：「我們很快會再見。」然後揮揮手，走出了我的視線。

# 23. 全新出發

在移動或言語之前，需先檢視意念，使之處於穩定，再酌情行動。

——寂天[16]

經過一小時的飛行之後，我的眼淚依舊流個不停。我離開了這個給了我許多的國家。有些相遇將永誌心頭，而我與尼泊爾的就是其中之一。

我在包包底下找到了一個小小的信封。瑪雅在信封裡放進了一張佛塔的明信片，並親手寫下了這些話：

「瑪耶拉：

每當自動性又回復之時，別放棄，要把你的小我當朋友，然後再重新開始。我希望你分分秒秒都能活在愛裡。每一天都是一個禮物。瑪雅」

§

飛機很快就降落跑道上了！

我打開手機。前一夜在旅館時，我已經將手機充飽電了。該說奇怪還是創下紀錄，我竟然在抵達巴黎之前，都沒想要打開手機。累積的電子郵件一下子全宣洩了出來。前一天某位同事的緊急狀況，隔一天就有其他同事提出解決辦法。當天需要下的決定，不是可以等我回國再處理，就是已經有了答案。地球終究繼續轉動……

我聽著語音留言。我的家人輪流打過電話給我。我的心隨著一通通的留言逐漸慌張。當時出發得倉促，所以我沒有通知任何人。在「歐洲護照」那一列排隊時，我才連忙撥了電話給我媽媽。她驚慌地回答：

「到底怎麼回事？」

「呃……因為我得趕緊去處理公事……」

「你就不能花個五分鐘跟你媽媽說嗎？害我擔心得要命！」

「我的手機有問題。沒想到你會擔心成這樣。」

「我真的會被你嚇死。你這個人只想到你自己和你的工作。你姐姐也很擔心你耶。」

「媽，我真的、真的很抱歉！我打電話給瑪歌讓她放心。一切都很好，拜拜。」

「等等，我們想要幫你過生日。查理可是迫不及待地想見你……我也想好好照顧你一下。我可以煮你愛吃的菜，再像以前一樣一起散個步，你覺得如何？」

---

16 寂天（Shantideva）：八世紀初，古印度那爛陀寺著名佛教學者，屬中觀應成派，為中觀派晚期極具開創性的思想家。

查理是我媽媽的新男朋友。那個傢伙人挺隨和的，而且幾乎沒有聲音。雖然每次我和我姐姐回家裡的時候，他從來沒有表現出不高興的樣子，但我並不認為他會希望我回去。

「媽媽，謝謝你的好意，不過我們會有時間聊這個的。」

「可是寶貝啊，明天就是你的生日！來啦，我們週末等你來！」

「我再打給你。」

我都忘了自己已經三十五歲了！想到這，我笑了。這是第一次我媽媽成功讓我有愧疚感。

我過了海關之後，打電話給瑪歌。

「嗨！姐！」

「啊，等待果然是值得的。那裡風景一定超美麗的吧！」

「你在說誰啊？」

「老妹，不是我。上星期，我到你的辦公室去，祕書告訴我，你出國幾天。我很清楚那裡一定有個帥哥讓你放下工作。」

「比那還複雜。」

「不是為了某個男人啊？」

「不是，應該說為了某些男人……」

「啊！告訴我吧，事情聽起來有趣了！我們尼斯見吧。媽媽已經保證你週末會回南部。」

「其實我並沒有跟她確定會下去。我是跟她說，我不會下去。」

「聽我說，她已經煩了我十天，我實在受不了了！」

「喔，可以想像。真的很不好意思。可是我要靜一靜。我需要好好休息……」

「你知道她那個人的。她肯定會感到失望，不過她會沒事的。我們趕快找時間見見面吧，我等不及聽你的故事了！」

我領了行李。天色雖然陰沉，但是氣溫依然舒適。我上了計程車往戴高樂廣場去，心裡輕鬆喜悅。

羅蔓傳來的訊息打斷了我的思緒。「明天到安潔麗娜餐廳吃我們的年度早午餐如何？十一點好嗎？我不想錯過你新增加的皺紋。給你一個溫柔的擁抱。」

這女人也太厚臉皮了吧！都對我做出那些事了，總不會以為我還願意見她？我感受到自己內心潛藏的那股怒氣，我觀察著這股怒氣往上升。我的身體變得僵直，我也咬緊了牙關。我的小我又取得掌控權了。我嘗試另一扇門，也就是愛之門：與其向她報仇，讓她永遠消失在我的生命之中，難道我真的不想要瞭解她的動機、恐懼和痛苦嗎？難道我不想要知道她的說法，反而要堅持自己的詮釋嗎？當然想啊。我的身體開始放鬆，我也有種獲得釋放的感覺。

「我會到，我也抱」……我停下動作，接著把逗點後的三個字刪掉。不，我才不要抱她呢！光是去餐廳就已經夠大方了。我又咬緊了牙關。我低聲地咒罵：「親愛的小我，你閉嘴吧！」難道我不開心收到她的訊息嗎？難道我的心底其實覺得如釋重負嗎？難道我不想與她保持來往嗎？於是，我繼續把訊息打完：「我會到，我也抱抱你。」我的身體輕鬆了起來。

§

能夠回到家重新享受溫暖舒適的環境、我的浴缸、我的床，真的是太幸福了。一夜的好眠修復了我所累積的疲勞。早晨醒來時，我整個人充滿了精神，而且還多了一歲。為了不被打擾，我早就關掉了手機。事實上，我已經喜歡上沒有手機的生活！真是個好主意。從七點開始，語音留言、簡訊與電子郵件，輪番湧來祝賀我生日快樂。這些年當中，我完全埋首於自己的事情，但是他們都沒離開，都在等待著我。這些真情表白觸動了我的心。我感覺自己是被愛的。現在一切都不同了，我注意到自己的優先要務。

我按下開關，打開電動窗簾。天空一片蔚藍，這一天，將會是個特別的一天。我傳了一封訊息給皮耶，告訴他，星期一，也就是三天後，我將會恢復上班。他相當開心，還傳來一束虛擬的花朵，祝我生日快樂。這一天將屬於我自己，讓我好好花時間做自己的事。回電話給我愛的人，接收他們的愛、向他們表達我的愛。下午來場按摩也不錯。

我泡在熱呼呼的水中，拍打著水玩耍，隨後為這個特別的一天選了衣服。一件牛仔褲、我最喜歡的襯衫、一件柔軟舒適的藍色喀什米爾毛衣。我套上大衣，圍上披肩，走到了香榭大道。

我大步走在巴黎的街道上。一小堆一小堆的落葉，隨著風吹移動了位置。我將自己與每個擦肩而過的人連結。有的匆匆忙忙，有的憂心忡忡，有的則傷感，哀傷、忙碌……除了年輕的情侶之外，看起來幸福的人並不多。我向他們每個人發送了正面的意念，祝福他們獲得心靈的平靜。我聚氣凝神，向四周發送美好的能量，希望能夠分享出自己的幸福。陽光陪著我走路，也令我所散發出的能量倍增。尚堤是對的，這個世界並沒有改變；改變的是我看世界的眼光。我不由得相信起證明意念可影響結果的量子物理學理論。在將自己最美好的能量吹送給這些陌生人的同時，我期盼能夠碰觸到這個人或那個人的細胞，令他們可以有那麼一會兒感受到了自在舒服。

我與羅蔓約定好的地方就快到了。我觀察到自己的怒氣重新出現。我也想起了馬地奧，這使得我的心更痛了。這次，我讓自己內心的情緒說話。我被背叛了嗎？我過去很信任那些對我有幫助的人，他們替我打開了某個沒有他們我就不得其門而入的世界——而那個世界就是我內心的王國，也是幸福的王國。所以，親愛的怒氣與親愛的自尊，讓我問你們一個問題吧：「我被耍了嗎？」

我注意到我這兩位同夥先是消失，而後又堅持回來：

「他都已婚了，還是跟你許下山盟海誓。他是在利用你，而且還趁機得利。結果你竟然不記恨！」

「他沒強迫我。就算重新再來，我還是會那麼做！」

我的自尊拉著我的憤怒的手，在它耳邊悄悄地說：「算了啦，你很清楚她並不瞭解我們！」

我面帶微笑地看著它們離開，並且向它們發送幸福與平靜的意念。我穿過了協和廣場，同時讓巴黎的美景填滿了我的胸臆。廣場中央的盧克索方尖碑、為這個都市增添魅力的路燈、杜樂里花園的法國梧桐、穿過拱門時遇見的那個小孩臉上的微笑……我的心為著小地方而激動。

我推開咖啡廳那道沉重的黃色金屬大門，穿過右手邊的商品區與陳列著可口蛋糕的冷藏櫃，進入了大廳。美好年代時期的裝潢，數十年依舊保存未改：最裡頭的彩繪大玻璃窗、框金的線腳與鏡子。一排排的深棕色皮椅與圓木桌，桌面上蓋著大理石台。當我尋找著羅蔓時，一名腳步急促的女服務生點頭招呼過我之後，繼續端著散發著溫熱甜酥麵包與熱巧克力香氣的托盤到別處去。銀製餐具碰撞白色陶瓷的清脆響聲，為喧囂聲與國際化的談天說話帶來了節奏。

羅蔓在中央處等我。我的心跳開始加速。她動作困難地站起來。她所受到的病痛折磨一望而知。蒼白的面色更凸顯了她身體的虛弱。她想要給我一個擁抱，我遲疑了。我寧可貼她的臉頰向她問好。我在她對面的位置上坐下，把那本空白的筆記本往桌上一丟。

「哎，這就是你要我帶的東西！」

她低下頭看著那本筆記本。

「我很想陪你去，可是我的身體狀況沒辦法。」

「我也不需要你！」

她深吸一口氣。

「我是從加德滿都回來的時候，知道自己得了癌症，而不是之前跟你說的，在當地得知這個消息的……」

我抬眼望著天空。該說多一個謊言還是少一個謊言呢？

「我明白自己的尼泊爾之行會幫助我拯救自己。」

羅蔓困難地說話，可是我才不會被感動呢。

「這一切都謝謝你啊，可是為什麼把我牽扯進你的事情裡？」

我發覺自己的怒氣開始升起。我試著在它爆發之前穩住自己的情緒。羅蔓深深地呼吸，而後語氣溫柔地說：

「我在那裡所得到的教誨，讓我得以堅強地面對疾病，與疾病抗爭。」

「我替你高興！」

一名穿著制服的女服務生替我們點餐。

羅蔓坐直身子，而後直直地看進我的眼裡，語氣堅定地說：「你就像我這些年一樣的在摧毀自己，所以我捏造了這個故事，讓你可以體會這些教誨，在承受我所承受的一切之前，醒悟過來。我知道要是我不強迫你的話，你是不會去的。」

我不知道該回她什麼。那名女服務生很快地端來我們點的部分餐點。羅蔓抓住我的手，繼續說話：「因為我想要送給你一個生日禮物，那就是在充分理解的狀態當中做出選擇的自由。」

我感受到了她的真誠，可是我對於她的怒氣讓我對她有所懷疑。我緊張地前後晃著杯中的茶包。在一陣沉默過後，我眼睛看著自己面前的茶杯，開口問她：

「那馬地奧呢？」

「啊，馬地奧啊！」

我抬起眼。羅蔓喝了一口果汁。

「我們是在美國認識的。我們的共同研究進行了好幾年。就如你所見，他對於尼泊爾懷抱著熱情。他在上個月告訴我，他要去加德滿都協助傑森。也就是在那當下，我有了那個想法。我想要他照顧你！我知道他是對的人。」

「啊，這個你可以放心，他確實很仔細地照顧我，甚至還照顧得過分了。你也要他睡我嗎？」

我失言了。我的小我又意外地奪回了控制權。當下我就為那些話而感到後悔。

「話不要說得那麼粗俗。除了保護你之外，我什麼都沒有要求他。他雖然努力把持住自己，還是愛上了你。」

儘管地上鋪了厚地毯，還是吸收不了那位女服務生的高跟鞋踩踏的喀喀聲。她端上了熱騰騰的炒蛋與白餐巾包住的吐司。

「愛上我？我當時也是這麼以為的，可是我看見的那封簡訊，是他心愛的女人傳給他的。你看，他愛的人不是我！她說她熱切地期盼他回去！」

「什麼！」

「啊！很驚訝吧？」

「你說的人是誰？」

「就是他太太還是女朋友什麼的，我不知道，就是和他一起住的那個……蘿拉！」

羅蔓笑了出來。

「哪裡好笑了？」

「真是誤會。」

「你覺得好笑嗎？老實說，我覺得不好笑！」

「跟你說……蘿拉是他妹妹！他們兄妹倆感情很好。他當時回美國照顧她，因為她在三年前發生了一場嚴重車禍。現在她的狀況已經好多了，那時對他們倆來說真的很不好過。他沒有跟你說嗎？」

「沒有。」

「他應該說的，不過你好像也沒給他時間說！」

「你怎麼知道的？」

「當他的飛機中途停靠巴黎的時候，我去機場見他。」

羅蔓低頭從手提包裡拿出了一個信封。她把信遞到我面前，說：「他要我把這交給你。」當我伸手去拿的時候，她反而不給我。「答應我在看完之前，不要把信撕掉。」我求她把信給我，然後迫不及待地打開來看。我的心臟猛烈地衝撞著我的胸口。我激動得手開始發抖。在往下讀的同時，眼前也開始模糊。

瑪耶拉：

在我回歐洲之前，本來很希望和你聊聊，可是我不知道該怎麼做。我有許多你應該知道的關於我的事情；許多我想要向你學習的事情；許多我想要與你分享的事情想要告訴你。星期五晚上，我會在米蘭等你。週末來找我吧，給我一個機會，讓我把來不及跟你說的事情全告訴你；請給我們一個機會，讓我們能夠一起體驗太陽——那顆照亮我倆相遇的星球，一起感受那光芒的魔法吧。

我不敢開口對你說的第一件事情，就是我愛你；而我愛你，不是為了滿足自己孤單的小我，而是為了一種希望在你身旁茁壯的真摯愛情。我好想你。

馬地奧

信封內附上了一張電子機票。十八點二十分於巴黎奧利機場出發，十九點五十分抵達米蘭。

我抬起頭。淚水自臉頰上不住地滑落。我看著羅蔓。她眼眶泛紅，與我同樣感動。我明白了這幾個月與病魔搏鬥的她，對我的愛有多深。她就在我面前，莊嚴、勇敢。她來送最棒的生日禮物給我，要在我沉沒之前拉我一把。在她之前，沒有人像她一樣將自己的愛給我。一想到在這幾個小時當中，我是怎麼想她的，心裡就覺得愧疚。

熱淚模糊了我的眼，我一個字都說不出來。我的喉嚨發緊，胸口灼熱，再也壓制不住這股將我吞沒的激動浪潮。

羅蔓拉住我的手。「我的好朋友，我愛你，別懷疑，馬地奧這個人很特別，就跟你一樣。去找他吧。別讓恐懼囚禁了你，這是一個重獲自由的時刻，也是一個活著的時刻！」

# 24. 尾聲

該是開始活出夢想人生的時刻了！

——亨利．詹姆斯[17]

在吃下幾個甜酥麵包、到茶館化妝間，照往例於出生時間許下生日願望之後，羅蔓開車送我回家收拾一些東西，幾個小時之後，我就將飛到米蘭了。

我打開自己前往世界之脊尋找的那本黃色小本子。羅蔓在機場把本子交給我，她說往後在我遇到困難時刻時，這本子將會對我有所幫助。我翻開第一頁，認出了她的筆跡：

「瑪耶拉，親愛的朋友，我誠摯地希望你能夠找到力量，寫下你的所有領悟，讓每個人都能夠選擇活在相同的意識之中。我真心地愛你。

你永遠的朋友　羅蔓」

一滴淚水自我的臉頰滴落在她的名字旁邊。

我從手提袋掏出了一枝筆，翻開第一頁，毅然提筆寫下：

「我招了一輛計程車，穿過整個巴黎來到了萬神殿。自從五年前，我到這裡的高等師範學校進行最後一次報告之後，便不曾再到過這裡。由於經費不足，我們便選擇到那些最優秀的工程師學院進行直接遊說，希望能夠吸引一大群高材生到我們創立的工廠：一間充滿天才的新創公司。八年來，只要醒著，我的人一定在工廠裡期待奇蹟發生。」

17 亨利・詹姆斯（Henry James, 1843-1916）：美國作家。

# 後記

我想要與你們分享一個夢想。

我希望有朝一日，我們都會懂得必須並肩而行。我對自己說，要是每個人把手伸給對方，我們就可以一起讓這個世界變成一個更美好的地方，讓我們在和諧之中愉快地生活。

但是，我需要你們幫忙實現這個夢想。如果你們和我一樣相信幸福是一種選擇的話，那麼，協助我們所愛的人自我實現，就是我們的責任了！請牽起某人的手，教導他什麼是愛；請成為他的「尚堤」，協助他找到人生的道路，再建議他也牽起另一個人的手，並且永不放開。

在不久之後，我們將會手牽著手環繞整個地球，讓這個星球成為我們共同實現的作品。

不要嘗試說服他人，而是給他們實例、啟發他們；當你閃閃發光的時候，你的光芒將會引領他們的腳步……

給你們我全心的愛

莫德

# 最後，想問你……

今天，你想牽起誰的手？

我想把這本書送給所有造就今日的我的人（我的家人、我的朋友，還有，我以為的敵人——是他們讓我瞭解自己的陰影區），謝謝他們在這些年當中給我的禮物。

從現在開始，讓我們一起打造夢想的生活。

如果這本書帶給你一些觸動，那麼請把它送給你親愛的人，作為愛的見證。

推薦——

# 結束並非終結，而是另一個新生的開始

——（作家、身心靈講師）謝宜珍

在我還未翻開這本書之前，好奇地先看過新書介紹。知道它榮登法國亞馬遜旅遊故事類No1，小說類Top10，盤踞文學類暢銷書排行榜超過兩百週。是什麼樣的魔力，能讓一本書，如此廣受歡迎？

打開這本書後，我很快地融入故事情節中，彷彿自己與主角一起踏上尼泊爾，攀登喜馬拉雅山，有種非常真實的感覺。而我覺得很棒的是：整個故事、過程、對話非常緊湊，沒有冷場，這也是吸引我，讓我一直想讀下去的原因。

尼泊爾，這個諸神的國度，一個物質貧窮卻精神富足的國度，自有他們的幸福祕密。對故事中的主角而言，這不只是登山之旅，而是一場更深層的心靈之旅。

這部作品，其實就是透過小說，融入身心靈教導的重點精華，談到想法、察覺、小我、高我、愛與恐懼、活在當下、與萬物合一、活出真實的本我。

我喜歡這本書，在這裡沒有飄渺虛幻的靈性名詞，沒有高不可攀的境界，不說道理、不說教，也不設法去說服或改變別人。書中的每一字、每一句，都深入我心，不覺得它是部虛幻小說，而是一面真實的鏡子，反映出每一個人內在的迷惘、追尋與渴望。

故事最後，以「愛」帶來故事的高點，是最好的設計，也符合宇宙所要傳達的最高定律──「愛的法則」。有愛，使衝突轉向和諧；有愛，恐懼則不存在。來到二元世界，我們要學習的功課就是愛他人、也愛自己，讓萬事萬物與愛合一。

若說生命是共同體，那麼，如同書中所表達的：攜手並肩，讓更多人知道什麼是愛，也協助所愛的人，自我實現找到人生的道路──這將是最高層次的大愛了。

故事的最後，講述了主角──瑪耶拉，一直在世界之脊尋找一本黃色小本子，最後卻由好朋友蘿拉交給她。

原來，一再尋找的那個神祕東西，是本空白本子，蘿拉希望瑪耶拉，可以將她在一路旅程中的所有的領悟寫下來，於是瑪耶拉感動之餘，寫下了書稿，那幾句話我感到很熟悉，心想，是第一頁開頭的故事嗎？

於是，翻回此書第一頁來看，果然是。

此時，不禁暗自拍手叫好，此寫作手法真是高明！不得不佩服作者的隱喻：

原來，一個伏筆、轉折，可以從虛擬的故事，反轉成為作者真實的故事。另外，以心靈的角度來看，結束並非終結，而是另一個新生的開始。

這是一本充滿愛與智慧的好書，在此我將它推薦給你。當你對人生感到徬徨迷惘時、想更認識自己、走在身心靈探索的旅程、想自我提升者，這本書會是很好的心靈指引。

幸福，其實不遠，它就在每一個人之內，只要你願意，隨時都能靠近它，擁抱它。

祝福你：與幸福零距離！與幸福、真愛合而為一。

國家圖書館出版品預行編目 (CIP) 資料

零公里：我與幸福的距離 / 莫德．安卡娃 (Maud Ankaoua) 著；黃琪雯譯. -- 初版. -- 臺北市：遠流出版事業股份有限公司, 2021.10
面；公分
譯自：Kilomètre zéro : Le chemin du bonheur
ISBN 978-957-32-9305-7(平裝)

876.57　　110015403

# 零公里：我與幸福的距離

## Kilomètre zéro

作　者｜莫德．安卡娃
譯　者｜黃琪雯
副總編輯｜簡伊玲
校　對｜金文蕙
特約行銷｜張元慧
美術設計｜王瓊瑤

發 行 人｜王榮文
出版發行｜遠流出版事業股份有限公司
地　址｜104005 台北市中山北路 1 段 11 號 13 樓
客服電話｜02-2571-0297
傳　真｜02-2571-0197
郵　撥｜0189456-1
著作權顧問｜蕭雄淋律師
ISBN 978-957-32-9305-7
2021 年 10 月 1 日初版一刷
定　價｜新台幣 420 元（如有缺頁或破損，請寄回更換）